마농 레스코

부클래식
059

마농 레스코

아베 프레보

홍지화 옮김

부북스

일러두기

* 번역 원전은 Abbé Prévost *Manon Lescaut*, édition de Frédéric Deloffre et Raymond Picard, folio/classique, Éditions Gallimard, 2008이다.

차 례

《재능 있는 사람의 회고록》 작가[1]의 의견

《슈발리에[2] 데 그리외의 사랑 이야기》를 내《회고록》에 넣을 수 있었지만 두 작품 사이에는 필연적인 관계가 전혀 없어서 이 이야기만 따로 보는 것이 독자들한테 더 좋을 것 같았다. 이 정도 길이의 이야기라면 내 이야기 흐름을 너무 오랫동안 끊어놓을 수도 있었을 것이다. 내가 정확한 작가라는 덕목을 내세울 생각은 추호도 없지만, 서술이 무겁고 혼란스러울 상황에서 벗어나야 한다는 사실은 아주 잘 알고 있다. 이는 다음과 같은 호라티우스의 교훈과 같다.

> "시인은 지금 바로 해야 할 말은 즉시 하고,
> 그 나머지는 간직하여 따로 남겨두어야 할 것이다."[3]

---

1 이 작가는 르농쿠르 후작Marquis de Renoncour을 일컫는다.

2 원어 chevalier(기사)는 작품 내에서 단순히 '기사'라는 작위가 아니라 고유명사처럼 사용되고 있기 때문에 번역하지 않고 원문을 한글 표기하였다.

3 원문 : Ut jam nunc dicatm jam nunc debenitia dici
　　　　Pleraque differat, et praesens in tempus omittat
　　출처 : 호라티우스《시학》, 42~44절

이토록 단순한 진실을 증명하기 위해 그렇게 무거운 권위는 필요조차 없다. 왜냐하면 이 규칙의 첫 번째 근원은 양식(良識)이기 때문이다.

만일 독자가 내 신상 이야기에서 어떤 유쾌하고 흥미로운 점을 발견했다면, 덧붙이는 이 이야기에도 만족할 것이라고 감히 약속할 수 있다. 독자는 데 그리외의 행동에서 정열의 힘의 끔찍한 사례를 보게 될 것이다. 나는 맹목적인 한 젊은이를 묘사하려 한다. 그는 행복을 거부하고 자진해서 최악의 불행으로 뛰어 들어간다. 그에게는 가장 빛나는 장점을 이루게 하는 모든 자질이 있었음에도, 그는 자신의 선택으로, 행운과 본성의 모든 이점보다는 어둡고 방랑하는 삶을 선호한다. 그는 자신의 불행을 예견하지만 그것을 피하려 하지 않는다. 사람들이 계속해서 그에게 구체책을 주어 언제든지 불행을 끝낼 수 있었는데도 그것을 사용하지 않아 불행을 느끼고 그 불행에 짓눌린다. 간단히 말해, 모호한 성격, 미덕과 악덕의 혼합, 선한 충동과 악한 행위 사이의 영원한 대조, 이것이 내가 소개할 그림의 바탕이다. 양식 있는 사람들은 이런 특성의 작품을 무용한 작품으로 전혀 간주하지 않을 것이다. 이 이야기에는 독서의 즐거움뿐 아니라 도덕적 가르침에 도움이 되지 않는 사건은 거의 없다. 내 생각에 그들을 즐겁게 하면서 교훈을 주는 것은 독자에게 대단한 서비스를 제공하는 것과 같다.

도덕적 교훈을 생각할 때마다 그 교훈이 존중되는 동시에 멸시받는 것을 보고서 놀라지 않을 수 없다. 그러면 사람의 마음이 이렇게 기이한 이유에 대해 자문하게 된다. 이 기이함으로 인해 사람들은 선과 완벽함에 대한 개념은 맛보지만 실천에서는 그러한 개념들에서 멀어지게 된다. 어느 정도의 재치와 예의를 지닌 사람들이, 대화에서 심지어 혼자만의 묵상에서 가장 공통된 소재가 무엇일까 검토해본다면, 그것들은 거의 언제나 몇 가지 도덕적 성찰 주위를 맴돈다는 사실을 쉽게 알게 될 것이다. 그들 인생의 가장 감미로운 순간이란 그들이 홀로 혹은 친구와 함께 미덕의 매력과 우정의 달콤함, 행복에 이르는 방법, 우리를 거기서 멀리 떼어놓는 본성의 연약함, 그 연약함을 치료할 수 있는 약 등에 관해 허심탄회하게 대화를 나누면서 보내는 순간들이다. 호라티우스와 브왈로는 이러한 대화를 행복한 삶의 이미지를 구성하는 가장 아름다운 특질 가운데 하나로 들고 있다. 사람들이 이렇듯 고고한 사색의 높이에서 그토록 빨리 추락해 곧 평범한 대중의 수준으로 돌아오는 일이 어떻게 일어날까? 내가 여기서 제시하는 설명으로 개념과 실천 사이의 이 같은 모순을 제대로 설명하지 못한다면 그건 내 실수다. 그리고 이는 모든 도덕 규범이 단지 막연하고 일반적인 원칙에 지나지 않기 때문에 태도와 행위의 특별하고 세부적인 부분에 적용하기가 아주 어렵다는 것이다. 예를 하나 들어보자. 천성이 착한 사람들은 친절과 자비가 훌륭한 미덕임을 느끼고 그것을 실천하려는 경향이 있다. 하지만 실행의 순간에 이르면 그러한 미덕은 유예된다. 정말로 지금이 실천할 때일까? 어느 정도로 해야 하는지 잘 알고 있는 걸까? 대상에 대해 착각하고 있는 것은 아닐까? 여러 가지 어려움이 가로 막는다. 선을 베풀고 관대하게 대하면서 속임을 당할까 봐 두려워한다. 그리고 지나치게 부드럽고 예민하게 보여서 약하게 여겨질까 두려워한다. 한마디로 자비와 친절이라는 일반적인 개념 속에 너무나 애매한 방식으로 들어가 있는 많은 의무들을 과하게 채우거나 충분히 채우지 못할까 두려워한다. 이러한 불확실성 속에서 마음이 기울어지는 성향을 이성적으로 결정해줄 수 있는 것은 단지 경험이나 실례(實例)뿐이다. 그런데 경험은 누구나 자유롭게 가지는 이점이 아니다. 그것은 운명에 따른 각자의 상황에 달려 있다. 그러니까 미덕을 실행하는 데 많은 사람들에게 규칙으로 사용할 수 있는 것은 단지 실례뿐이다. 바로 이러한 종류의 독자들을 위해 적어도 명예롭고 양식 있는 사람이 이와 같은 작품을 쓴 만큼 이것은 아주 유익할 수 있다. 거기서 이야기되는 사건 하나하나가 깨달음의 과정이고 경험을 대체하는 교훈이다. 뜻밖의 사건 하나하나도 사람들이 성장할 수 있는 모델이 된다. 각자 처한 상황에 맞추기만 하면 된다. 작품 전체는 실천적인 예로 적절하게 제시된 하나의 도덕론이다.

엄격한 독자는 이 나이에 운명과 사랑의 연애사건을 쓰려고 붓을 다시 드는 나를 보고서 아마도 마음이 불편할 것이다. 하지만 내가 좀 전에 제안한 성찰이 건전하다면, 그것은 나를 정당화해줄 것이다. 만약에 그것이 나의 잘못이라면 실수는 변명이 될 것이다.

제1부

내가 처음으로 슈발리에 데 그리외를 만났던 때로 거슬러 올라가야
만 하겠다. 그것은 내가 스페인으로 출발하기 약 6개월 전이었다. 그
당시 나는 칩거하여 집 밖으로는 거의 나가지 않았지만 딸을 위해 때
로는 몇 차례 짧은 여행을 해야 했고, 그럴 때면 최대한 일정을 줄이
곤 했다. 외조부로부터 받아 딸에게 물려준 토지 청구 권리, 즉 토지
상속문제 해결을 위해 노르망디 의회에 가 달라고 딸이 내게 부탁해
서 루앙에 다녀오던 어느 날이었다. 길을 다시 출발하여 첫날 묵었던
에브르를 지나, 다음 날 저녁을 먹기 위해 20내지 24킬로미터 쯤 떨
어진 파시에 도착했다. 이 마을에 들어서면서 나는 그곳의 모든 주민
들이 불안해하고 있는 것을 보고 놀랐다. 그들은 집에서 뛰쳐나와 무
리를 지어 허름한 여인숙 문 앞으로 달려갔는데 여인숙 앞에는 포장
이 씌워진 마차 두 대가 있었다. 말들이 여전히 마차에 매어져 피로
와 열기로 입김을 내고 있는 것을 보니, 이 마차 두 대는 좀 전에 도
착한 것 같았다. 나는 잠시 이 소동의 경위를 알아보려고 길을 멈췄
지만, 호기심 가득한 사람들에게서 거의 아무것도 얻어내지 못했다.
그들은 내 질문에 전혀 주의를 기울이지 않고 아주 큰 혼란 한가운

데서 서로를 밀치며 여전히 여인숙을 향해 나아가고 있었다. 마침내 어깨에 탄피와 구식 총을 두른 호송경관 한 명이 대문간에 나타나서, 나는 그에게 내게 와 달라는 손짓을 했다. 그에게 이 소동의 이유가 무엇인지 알려달라고 했다. 그가 내게 말했다. "별 일 아닙니다, 선생님. 저는 동료들과 함께 르 아브르 드 그라스까지 열두 명의 매춘부들을 호송하고 있고, 그곳에서 매춘부들을 아메리카행 배에 태워 보내려고 합니다. 그중에 예쁜 매춘부들이 있는데 아마도 그것이 이 마을 사람들의 호기심을 자극하는 것 같습니다." 한 노파가 탄식하는 소리에 멈춰 서지 않았다면 나는 경관의 설명을 들은 후에 그냥 지나갔을 것이다. 그 노파는 두 손을 모으고 "야만적인 일이야, 끔찍하고 불쌍한 일이야!"라고 외치면서 여인숙에서 나왔다. 나는 그녀에게 "무슨 일입니까?"라고 물었다. 그녀는 대답했다. "아! 선생님, 들어가 보세요. 가서서 저 광경을 보고서 가슴이 찢어지는지 아닌지 보세요!" 호기심 때문에 나는 말에서 내려 마부에게 말을 맡겼다. 나는 군중을 뚫고서 힘들게 들어갔고 실제로 꽤 애처로운 어떤 장면을 보게 되었다. 여섯 명씩 함께 허리를 묶인 열두 명의 아가씨들 가운데 한 명은 태도와 용모가 지금의 상황과 너무 어울리지 않아서 다른 상황에서 봤다면, 나는 그녀를 상류사회 출신이라고 여길 정도였다. 슬픈 표정과 더러운 옷차림에도 그녀는 거의 추하지 않아서 그녀를 보니 나는 존경과 연민이 우러나왔다. 그렇지만 그녀는 구경꾼들의 눈으로부터 얼굴을 감추기 위해 쇠사슬이 풀어지는 만큼 몸을 돌리려 애썼다. 몸을 숨기려 하는 그녀의 노력은 아주 자연스러워서 정숙한 감정에서 비롯된 것 같았다. 이 불행한 무리를 인솔하는 여섯 명의 호송경관 또한 방에 있어서, 나는 그 가운데 우두머리를 한쪽으로 불러 그에게 그 아름다운 처녀의 운명에 대해 몇 가지 물어 보았다. 그는 내게 아주 일반적인 것들만을 알려줄 따름이었다. 그가 내게 말하기를 "저희는 치안감의 명령에 따라 그녀를 오피탈⁴에서 데려왔습니다. 그녀가 좋은 일로 거기 갇힌 것 같지는 않습니다. 오는 길에 여러 차례 물어봤습니다만 그녀는 고집스럽게도 아무 말도 하지 않았습니다. 다른 여자들보다 그녀를 좀 더 잘 봐주라는 명령을 받은 적은 없지만, 그녀가 다른 여인들보다 약간 나은 것 같아 보여서 그녀에게 어쩔 수 없이 신경이 더 쓰였습니다." 경관은 덧붙였다. "저기 젊은이가 그녀의 불행에 대해 저보다 더 잘 알려줄 겁니다. 그는 거의 한순간도 울음을 그치지 않은 채 파리부터 그녀를 따라왔습니다. 틀림없이 그녀의 오빠 아니면 애인일 겁니다." 나는 그 젊은이가 앉아 있는 방의 구석을 향해 고개를 돌렸다. 그는 깊은 몽상에 파묻힌 것 같았다. 나는 그렇게 생생한 고통의 이미지를 결코 본 적이 없었다. 그의 옷차림은 아주 검소했지만 언뜻 보기에도 그가 좋은 집안 출신에 훌륭한 교육을 받은 사람임을 알 수 있었다. 나는 그에게 다가갔다. 그가 일어났다. 그러자 나는 그의 눈과 얼굴과 모든 움직임에서 아주 세련되고 고귀한 태도를 발견하여 자연스럽게 그에게 호의를 베풀고 싶은 마음이 들 정도였다. 나는 그의 곁에 앉으면서 말했다. "저 아름다

---

4 거지나 품행이 좋지 못한 여자, 부랑자 등을 수용하기 위해 1656년에 설치된 수용소.

운 분에 대해 알고 싶은데 말씀해 주실 수 있겠는지요? 제가 보기에
는 지금의 저 슬픈 상황과는 어울리지 않는 분 같아 보입니다." 그는
자기 자신을 알리지 않고는 그녀가 누구인지 알려줄 수 없는데 자신
이 알려지지 않기를 바라는 확실한 이유가 있다고 내게 솔직히 대답
했다. 그는 호송경관들을 가리키면서 계속 말했다. "그렇지만 저 비열
한 사람들이 알고 있는 정도는 말씀드릴 수 있습니다. 그것은 제가 그
녀를 너무나 격렬하고 열정적으로 사랑해서 그녀가 저를 모든 남자
들 가운데 가장 불운한 사람으로 만들었다는 사실입니다. 저는 파리
에서 그녀의 자유를 얻기 위해 모든 수단을 다 썼습니다. 청원, 술책
그리고 폭력 모두 소용이 없었습니다. 그래서 저는 설사 그녀가 세상
끝까지 간다 해도 그녀를 따라갈 결심을 했습니다. 저는 그녀와 함께
배에 올라 아메리카로 갈 것입니다." 그가 호송경관들을 다시 지적하
며 덧붙였다. "하지만 가장 잔인한 것은 저 비겁한 놈들이 제가 그녀
곁에 가는 것을 허락하지 않는 것입니다. 제 계획은 파리에서 수십
킬로미터 떨어진 곳에서 저들을 당당히 공격하는 것이었습니다. 저
는 막대한 금액을 주고 나를 도와주겠다고 약속한 네 명의 남자들과
연맹을 맺었습니다. 배신자들은 저만 홀로 저들의 수중에 남겨둔 채
돈을 들고 떠났습니다. 힘으로 성공할 수 없게 되자 저는 무기를 내
려놓았습니다. 저는 호송경관들에게 보상을 제안하여 최소한 그녀를
따라갈 수 있게 허락해달라고 했습니다. 돈이 탐난 그들은 거기에 동
의했습니다. 하지만 그들은 제게 애인과 이야기할 기회를 줄 때마다
돈을 받으려 했습니다. 제 지갑은 얼마 못가 텅텅 비었고 이제 저는

빈털터리가 되었습니다. 그들은 이제 제가 그녀를 향해 한 걸음만 내딛어도 저를 거칠게 밀쳐내는 야만적 행위를 하고 있습니다. 방금 전에도 그들의 위협에도 불구하고 그녀 곁에 다가갔더니 그들은 무례하게도 제게 총구를 겨누었습니다. 놈들의 탐욕을 채워주고, 걸어서라도 이 길을 계속 가려면 지금까지 저를 태워 준 가엾은 말마저 여기서 팔아야 합니다."

비록 그가 꽤 침착하게 이 이야기를 하는 것 같았지만 이야기를 끝낼 무렵 그의 눈에서 눈물이 떨어졌다. 내가 보기에 이 사랑 이야기는 가장 놀랍고 감동적인 이야기에 속하는 것 같았다. 나는 그에게 말했다. "당신의 비밀을 제게 말해달라고 재촉하지 않겠습니다. 하지만 제가 당신에게 어떤 도움이 될 수 있다면 기꺼이 도와드리겠습니다." 그가 다시 말했다. "슬프게도 제 앞날에는 조금의 희망도 보이지 않습니다. 너무나 가혹한 제 운명에 복종해야 합니다. 저는 아메리카로 갈 것입니다. 적어도 거기서는 제가 사랑하는 사람과 함께 자유롭게 지내겠죠. 저는 르아브르 드 그라스에서 얼마간 저를 도와줄 친구 한 명에게 편지를 썼습니다." 그는 자신의 애인을 슬프게 바라보면서 말을 이어갔다. "저는 단지 그곳에 도달하는 것과 가는 길에 저 불쌍한 여인에게 얼마간의 위로를 주는 것만 걱정할 뿐입니다." 나는 그에게 말했다. "자 그럼 제가 당신의 걱정을 덜어드리죠. 여기 약간의 돈이 있으니 받아주세요. 당신을 달리 도와드릴 방법이 없어 유감입니다." 호송경관들이 알아차리지 못하게 나는 그에게 금화 4루이를 주었다. 왜냐하면 내 생각에 호송경관들이 액수를 안다면 그에게 제공하는 편의를 좀 더 비싸게 그에게 팔 것 같았기 때문이다. 심지어 사랑에 빠진 젊은이가 르아브르까지 가는 동안 자신의 애인과 계속 자유로이 이야기할 수 있게 해주기 위해 호송경관들과 거래를 할 생각마저 떠올랐다. 나는 무리의 우두머리에게 오라고 신호를 보냈고 그에게 그 제안을 했다. 그의 뻔뻔함에도 불구하고 그는 창피한 것 같았다. 당황한 태도로 그가 대답했다. "저희는 그가 저 여인과 이야기를 못하게 하는 것이 아닙니다. 하지만 그는 끊임없이 그녀 곁에 있고 싶어 합니다. 그것이 저희로서는 불편합니다. 그리고 불편함에 대해 대가를 치르는 것은 정당합니다." 나는 그에게 말했다. "자 그럼 그 불편함을 느끼지 않기 위해 필요한 것은……?" 그는 대담하게도 2루이를 요구했다. 나는 즉시 그 돈을 주었다. 나는 말했다. "하지만 허튼수작은 하지 마시오. 당신들의 행동을 내게 알리도록 젊은이에게 내 주소를 남길 것이오. 그리고 내가 당신들을 처벌할 정도의 힘은 있다는 사실을 명심하시오." 이 일 전체에 내 돈 6루이가 들어갔다. 그 젊은이의 우아한 태도와 내게 감사하는 모습 등을 통해 그가 꽤 명망 있는 집안 출신이고 내 관대함을 받을 자격이 있는 사람임을 확신하게 되었다. 떠나기 전에 나는 그의 애인에게 몇 마디 말을 했다. 그녀는 내게 너무나 부드럽고 매력적이며 겸손한 태도로 대답해서, 나는 나오면서, 여성들의 이해할 수 없는 성격에 관해 수없이 성찰해보지 않을 수 없었다.

칩거 생활로 다시 돌아온 나는 이 사랑 이야기의 후일담을 전혀 알 수 없었다. 대략 2년이 흘렀고 거의 까맣게 잊고 있었다. 우연한 기회에 그 모든 상황들을 철저히 알게 되기까지는. 나는 내 제자인 아무개 후작과 함께 런던에서 출발해 칼레에 도착했다. 내 기억이 정확하다면 우리는 리옹 도르에서 묵고 있었는데 몇 가지 이유 때문에 우리는 하루 온종일 그리고 그 다음 밤을 그곳에서 보내야만 했다. 오후에 거리를 걷다가 나는 파시에서 만났던 바로 그 젊은이를 알아봤다. 그는 아주 허름한 차림새였고 처음 만났을 때보다 훨씬 더 창백했다. 도시에 방금 도착한 듯 팔에는 낡은 가방을 들고 있었다. 그렇지만 그의 용모가 너무 뛰어나서 그를 쉽게 알아볼 수밖에 없었고 당장 그를 기억해냈다. 나는 후작에게 말했다. "저 젊은이에게 가 봐야겠소." 그가 나를 기억해냈을 때 그의 기쁨은 말로 표현할 수 없을 만큼 강렬했다. 그가 내 손에 입을 맞추면서 소리쳤다. "아! 선생님, 마침내 죽어서도 잊지 못할 제 감사를 표현할 수 있게 되었습니다!" 나는 그에게 어디서 오는지 물었다. 그는 배편으로 르 아브르 드 그라스에서 왔으며 그 얼마 전에 아메리카에서 되돌아왔다고 대답했다. 나는 그에게 말했다. "보아하니 경제 사정이 그리 좋아 보이지 않네요. 내가 묵고 있는 리옹 도르로 가 있어요. 내 곧 그리로 가겠소." 나는 그의 불운의 전말과 그의 미국 여행 상황을 알고 싶어서 부랴부랴 리옹 도르로 갔다. 나는 그에게 호의를 베풀었고 그에게 부족한 것이 전혀 없도록 하라고 명령했다. 그는 내가 재촉하기를 기다리지 않고 당장 내게 자신의 이야기를 들려주었다. "선생님, 선생님께서는 저를 아주 명예롭게 대해주셨습니다. 제가 당신께 어떤 것을 숨긴다면 배은망덕한 일이 될 것입니다. 저는 당신께 제 불행, 고통뿐만 아니라 제 타락과 가장 부끄러운 약점도 알려드리겠습니다. 저를 비난하면서도 어쩔 수 없이 저를 불쌍히 여기실 것이라 확신합니다."

여기서 내가 독자에게 미리 말해둘 것이 있다. 나는 그의 이야기를 거의 듣자마자 썼고 따라서 이 서술보다 더 정확하고 충실한 것이 없다고 확신한다. 맹세코, 이 열정적인 젊은이가 세상에서 가장 우아한 품위를 갖추며 표현한 생각과 감정의 진술까지도 충실히 적었다고 자부할 수 있다. 이제부터 그의 이야기가 펼쳐질텐데, 그의 말이 아닌 것은 끝까지 어떠한 것도 섞지 않을 것이다.

나는 열일곱 살이었고 아미엥에서 철학 공부를 하고 있었습니다. P.의 명문가 출신인 부모님께서 나를 아미엥으로 보내셨습니다. 나는 아주 현명하고 규칙적인 생활을 하고 있어서 선생님들은 나를 학교의 모범생으로 추천하셨습니다. 이러한 칭찬을 받기 위해 엄청난 노력을 해서가 아니라 나는 태생적으로 온순하고 조용한 기질이었습니다. 이를테면 나는 기질적으로 공부에 집중했고 악에 대한 자연스러운 혐오감을 지녀 사람들은 이를 미덕으로 여겼습니다. 집안 좋고 공부 잘하고 외부의 인정까지 받게 되자 그 도시의 모든 신사들에게 알려지고 인정받게 되었습니다. 나는 공개 논문발표회를 찬사를 받으며 아주 훌륭하게 마쳤고 거기에 참석한 주교님은 내게 성직자가 될 것을 제안했습니다. 그는 성직자가 되면 부모님이 원하시는 십자군 기사단에 들어가는 것보다 더 많은 영예를 가질 것이라고 말했습니다. 부모님들은 슈발리에 데 그리외라는 이름으로 이미 십자가를 지니게 했습니다. 방학이 다가오자 나는 아버지 집에 되돌아갈 준비를 하고 있었습니다. 아버지는 내게 곧 아카데미[5]에 보내주겠다고 약속했었습니다. 아미엥을 떠나면서 단 하나의 아쉬움은 언제나 나와 함께였던 한 친구를 그곳에 두고 떠나는 것이었습니다. 그는 나보다 몇 살 위였습니다. 우리는 함께 교육을 받고 있었지만 그의 집에는 재산이 별로 없어서 그는 성직자의 길을 걸어야 했고 그 길에 합당한 공부를 위해 내가 떠난 후에도 아미엥에 머물러야만 했습니다. 그 친구에게는 수많은 장점이 있었습니다. 제 이야기가 전개되면서, 그의 최고의 장점들을 그리고 특히 고대의 가장 유명한 사례를 뛰어넘는 열정적이고 관대한 우정을 알게 되실 겁니다. 만일 내가 그때 그의 충고를 따랐더라면, 나는 여전히 현명하고 행복했을 겁니다. 만일 내가 열정으로 인해 벼랑 끝에 내몰렸을 때 적어도 그의 비난을 받아들였더라면, 나는 재산과 평판이 파괴되는 가운데 어떤 것이라도 건져냈을 겁니다. 하지만 대신에 그는 자신의 노력이 소용없게 되는 쓰라림과, 때로는 그 노력들을 모욕하고 귀찮게 여기는 배은망덕함에 의해 냉혹하게 되돌아오는 슬픔만 느낄 뿐이었습니다.

나는 이미 아미엥을 떠날 날을 정했습니다. 아아! 하루만 더 앞당겼더라면! 그랬다면 순결한 모습 그대로 부모님 댁에 갈 수 있었을 텐데. 아미엥을 떠나기로 한 바로 전날 티베르주라는 친구와 함께 산책하다가 아라스에서 역마차가 도착하는 것을 보고 이 마차가 도착하

---

5 귀솔레의 정의에 따르면 아카데미는 '젊은 귀족이 승마와 무기술 등 신사가 되기 위해 필요한 모든 것을 배우는 곳'이다.

는 여인숙까지 그 마차를 따라갔습니다. 호기심 외의 별 뜻은 없었습니다. 마차에서 몇 명의 여인이 내리더니 이내 사라졌습니다. 하지만 그 가운데 아주 젊은 여인 한 명이 남았는데 안내인 같은 나이든 남자가 짐칸에서 짐을 꺼내려고 서두르는 동안 그녀는 혼자 뜰에 서 있었습니다. 그녀는 내게 아주 매력적으로 보여서 그때까지 단 한 번도 이성에 대해 생각해본 적도 없고 여성에게 눈길 한 번 준 적 없던 내가, 모든 사람이 현명하고 신중하다고 칭찬하던 내가 갑자기 격정에 이를 정도의 사랑의 불길에 휩싸여버렸습니다. 나에게는 극도로 소심하고 쉽게 당황하는 결점이 있었습니다. 하지만 이러한 약점 때문에 지금은 멈춰 서는 것이 아니라 오히려 당장 내 마음을 빼앗은 그녀에게 다가갔습니다. 비록 그녀가 나보다 나이는 어렸지만 그녀는 당황하지 않고 내 인사를 받았습니다. 나는 그녀에게 아미엥에는 무슨 일로 왔는지 그리고 이곳에 아는 사람들이 있는지 물어봤습니다. 그녀는 내게 부모님이 수녀를 만들려고 이곳에 보냈다고 진술하게 대답했습니다. 사랑이 내 마음에 들어온 순간부터 사랑으로 인해 나는 아주 명확해져서 그녀 부모님의 계획을 내 욕망에 대한 치명적인 일격으로 간주하게 되었습니다. 그녀가 나보다 더 경험이 많았기 때문에 나는 그녀에게 내 감정이 전달될 수 있는 방식으로 말했습니다. 부모님이 그녀를 수녀원에 보내기로 한 것은 그녀의 의사와는 상관없는 것이었습니다. 틀림없이 이미 드러났고 나중에 그녀와 나의 모든 불행의 원인이 된 그녀의 향락적인 성향을 멈추기 위함이었을 것입니다. 나는 막 싹트기 시작한 내 사랑의 논리와 학교 웅변술에서 배운 갖은

논리를 들어 그녀 부모님의 잔인한 의도를 공격했습니다. 그녀는 엄격함도 경멸도 나타내지 않았습니다. 잠시 침묵한 후에 그녀는 자신이 불행할 것임을 너무 잘 알고 있는데 하느님이 불행을 피할 방법을 알려주지 않으니 이것은 하느님의 의지인 것 같다고 내게 말했습니다. 부드러운 시선, 말을 할 때의 슬픈 듯한 매력적인 어조―아니 오히려, 나를 파멸로 이끄는 내 운명의 영향력―로 인해 내 대답에 있어 한순간도 흔들리지 않을 수 있었습니다. 만일 그녀가 내 명예와 이미 내게 불러일으킨 무한한 애정을 믿어준다면 나는 그녀를 부모님의 압제에서 해방시켜 행복하게 해 주기 위해 목숨을 걸겠노라고, 나는 그녀에게 다짐했습니다. 생각해보면 그런 대담함과 내 뜻을 표현하는 데 있어서의 용이함이 어디서 비롯되었는지 아무리 생각해도 놀랄 일입니다. 하지만 사랑이 기적을 실행하지 못하면 사랑의 신성함을 만들지 못하는 것이겠지요. 나는 간절한 여러 가지 말들을 덧붙였습니다. 미지의 미녀는 내 나이에는 거짓말을 하지 않는다는 사실을 잘 알고 있었습니다. 그녀는 내가 그녀를 자유롭게 해 줄 수 있다면 목숨보다 더 귀한 것을 나에게 빚졌다고 생각하겠노라 고백했습니다. 나는 모든 것을 시도할 준비가 되어 있다고 그녀에게 거듭 말했습니다. 하지만 그녀에게 도움이 될 방법을 갑자기 생각해내기에 나는 경험이 너무 부족해서, 그녀와 내게 큰 도움이 될 수 없는 이러한 일반적인 확신에 그치고 있었습니다. 그녀의 나이 든 감시인이 우리에게 왔고 그녀가 기지를 발휘해 부족한 내 기지를 채워주지 않았더라면 내 희망은 물거품이 될 뻔했습니다. 감시인이 도착하자 그녀가 나를 사촌이라 부르면서 전혀 당황하는 기색 없이 아미엥에서 우연히 나를 만나게 되어 아주 기분이 좋으니, 나와 함께 저녁 먹는 즐거움을 위해 수녀원에 들어가는 것을 다음날로 미룬다고 말하는 것을 듣고 놀랐습니다. 나는 이러한 계략에 잘 따라주면서, 그녀에게 어떤 여관에 묵을 것을 제안했습니다. 그 여관 주인은 오랫동안 내 아버지의 마부였다가 아미엥에 정착한 사람으로 내 명령이라면 전적으로 따라줄 사람이었습니다. 늙은 감시인이 약간 투덜거리고 이 장면을 전혀 이해하지 못한 내 친구 티베르주가 한마디 말도 없이 나를 따라오고 있는 동안, 나는 몸소 그녀를 여관으로 데려갔습니다. 티베르주는 우리의 대화를 전혀 듣지 못했습니다. 내가 아름다운 내 연인에게 사랑의 언어를 속삭이는 동안 그는 정원을 산책하고 있었습니다. 나는 그의 현명함이 두려웠으므로 그에게 심부름을 시켜 그를 떼어놓았습니다. 그렇게 해서 여관에 도착하는 순간, 나는 내 마음을 가져간 사람과 단 둘이 대화하는 기쁨을 만끽했습니다. 생각했던 것보다 내가 아이 같지는 않다는 사실을 곧 깨달았습니다. 내 마음은 전혀 생각지도 못했던 수많은 쾌락의 감정을 향해 열렸습니다. 달콤한 열기가 핏줄 속으로 퍼져 나갔습니다. 나는 일종의 황홀 상태에 있어서 얼마동안 목소리도 나오지 않고 단지 내 눈으로만 말을 할 뿐이었습니다. 마농 레스코, 그녀는 그렇게 자신의 이름을 말해주었습니다. 마농 레스코는 그녀의 매력이 빚어낸 이 결과에 아주 만족하는 것 같았습니다. 나는 심지어 그녀도 나만큼 감동받았다고 생각했습니다. 그녀는 내가 자신을 매우 좋아한다는 것을 알며, 내가 자신을 자유롭게 해주면 몹시 기쁘겠다고 고백했습니다. 그녀는 내가 누구인지 알고 싶어 했고 나에 관해 알게 되면서 그녀의 호감이 더 커졌습니다. 왜냐하면 평범한 집안 출신인 그녀가 나와 같은 남자를 정복한 것을 자랑스럽게 여겼기 때문이었습니다. 우리는 둘이 함께 있을 수 있는 방법을 의논했습니다. 수만 가지 궁리를 한 끝에 도피라는 방법 이외의 다른 방법을 찾지 못했습니다. 먼저 감시자의 눈을 속여야 했는데 그는 비록 하인이지만 조심성 있게 대해야 할 사람이었습니다. 내가 밤사이 역마차를 준비하고 감독관이 깨기 전에 여관으로 되돌아오기로 우리는 결정했습니다. 그리고는 비밀스럽게 몸을 피해 곧바로 파리로 가, 그곳에 도착하자마자 결혼식을 올리기로 결정했습니다. 내게는 약 50에퀴[6]가 있었는데 이는 내 초창기 절약의 결실이었습니다. 그녀는 내가 가진 돈의 약 두 배를 가지고 있었지요. 우리는 철부지 아이들처럼 이 돈이 떨어지지 않을 것이고 다른 모든 계획들도 성공할 것이라고 생각했습니다.

결코 느껴본 적 없이 만족스럽게 식사를 마친 후에 나는 계획을 실행에 옮기기 위해 그곳을 나왔습니다. 다음날 아버지 집으로 돌아갈 계획이었기 때문에 이미 채비가 된 상태라 일은 쉬웠습니다. 짐 가방을 옮기고 도시의 문들이 열리는 새벽 5시에 역마차를 준비하는데 그 어떤 어려움도 없었습니다. 하지만 나는 생각지도 못했고 하마터면 계획 자체가 좌절될 뻔한 예기치 못한 장애물을 만났습니다.

---

6 에퀴는 과거 통용화폐로 5프랑 은화, 현재(2006년 기준)의 유로 가치로 환산하면 1에퀴는 대략 20유로에 해당한다. 〈위키피디아〉 참조.

나보다 세 살밖에 많지 않지만 티베르주는 성숙한 의식과 아주 규율 있는 행동을 갖춘 소년이었습니다. 그는 나를 아주 많이 좋아했습니다. 마농처럼 예쁜 아가씨의 모습, 그녀를 서둘러 안내하는 열의, 그를 떼어놓으려고 경계하며 애쓰는 내 모습을 보고 그는 내가 사랑에 빠진 것이 아닌지 의심하게 되었습니다. 그는 자기가 돌아오면 내가 놀랄까 봐 떠난 그 여관으로 되돌아오지 않았습니다. 하지만 비록 밤 열 시였지만 그는 내 숙소에서 나를 기다렸는데, 들어오는 길에 그를 만났습니다. 그를 만나게 되니 슬펐습니다. 자기가 나타나서 내가 낙담한다는 것을 그는 쉽게 알아차렸습니다. 그가 내게 숨김없이 말했습니다. "확실히 자네는 내게 숨기고 싶어 하는 어떤 일을 계획하고 있어. 자네의 태도를 보면 알 수 있어." 나는 그에게 내 모든 계획을 알려줘야 할 의무가 없다고 거칠게 대답했습니다. 그가 다시 말했습니다. "하지만 자네는 언제나 나를 친구로 대해 왔어, 친한 친구란 어느 정도의 신뢰와 터놓고 이야기하는 것을 바탕으로 한다네." 그가 내게 비밀을 말하라고 아주 강하게 그리고 오랫동안 재촉했고 또 그와는 비밀을 결코 가져본 적이 없어서, 그에게 내 격정의 모든 비밀을 털어놓았습니다. 그는 나를 떨게 할 정도의 불만 가득한 태도로 내 이야기를 듣고 있었습니다. 그에게 도피 계획을 경솔하게 말해버린 데 대해 특히 후회했습니다. 그는 너무나 친한 친구여서 온 힘을 다해 내 계획을 막을 수밖에 없다고 말했습니다. 그리고 우선 나를 포기시킬 수 있다고 생각되는 모든 것을 해볼 것이지만, 그래도 내가 그 불행한 계획을 포기하지 않는다면, 그것을 확실히 멈추게 할 누군가에게 알리겠다고 했습니다. 그 후에도 15분 이상이나 심각한 말을 계속 이어갔고 현명하고 이성적으로 처신하겠다는 약속을 하지 않으면 나를 고발하겠다고 위협했습니다. 나는 그토록 적절치 못하게 본심을 드러냈다는 사실에 절망했습니다. 그렇지만 두세 시간 전부터 사랑의 힘으로 나는 아주 뛰어난 기지를 발휘할 수 있었기에, 내 계획이 바로 다음 날 실행될 것이라는 사실을 그에게 말하지 않으려 조심했고 애매한 말로 그를 속이기로 결심했습니다. 나는 그에게 말했습니다. "티베르주, 나는 지금까지 자네를 내 친구로 생각해 왔네. 그래서 이렇게 속내를 털어놓음으로써 자네를 시험해보려 했어. 그래, 자네를 속이진 않겠네, 내가 사랑에 빠진 것은 사실이야. 하지만 사랑의 도피는 무턱대고 행할 계획이 아니야. 내일 아침 9시에 날 데리러 오게. 가능하면 내 연인을 보여주겠네. 그런 다음 내가 이런 행동을 할 만한 가치가 있는 여자인지 자네가 판단해주게." 그는 여러 차례 우정의 서약을 한 후에 나를 혼자 남겨뒀습니다. 나는 밤을 이용해서 내 짐을 정리했고 새벽 무렵 마농이 묵고 있는 여관에 갔을 때 그녀는 나를 기다리고 있었습니다. 그녀는 거리 쪽으로 난 창문에 있었습니다. 그래서 내가 오는 것을 알아보고는 직접 문을 열어주러 왔습니다. 우리는 숨죽이며 조용히 나왔습니다. 그녀는 옷가지 이외의 짐이 없어서 그녀의 짐은 내가 직접 들었습니다. 마차는 떠날 차비를 하고 있었고 우리는 곧 그 도시에서 멀어졌습니다. 티베르주가 내게 속은 것을 알아차렸을 때 어떤 행동을 했는지는 다음에 말씀드리겠습니다. 그의 열정은 그래도 역시 뜨거웠습니다. 그가 얼마나 지나칠 정도로 열정적인 우정을 보여줬는지 그리고 내가 그런 우정에 어떻게 보답했는지를 생각하면서 얼마나 많은 눈물을 흘렸는지 아시게 될 것입니다.

우리는 아주 빨리 달려서 밤이 되기 전에 생 드니에 도착했습니다. 나는 말을 타고 역마차 옆을 달렸기 때문에 말을 바꿀 때 외에는 서로 대화할 시간이 거의 없었습니다. 하지만 우리가 거의 안전한 곳인 파리 가까이 이르렀을 때, 우리는 아미엥에서 출발하고부터 아무 것도 먹지 않았으므로 한숨 돌리기로 했습니다. 내가 마농에게 아무리 빠져 있다하여도, 그녀 역시 나에게 빠져 있다는 사실을 알리려 했습니다. 우리는 거리낌 없이 키스했고 우리만 남게 되기를 기다릴 인내심도 없었습니다. 역마차의 마부와 식당 주인은 우리를 놀랍게 바라봤고 미칠 듯이 서로 사랑하는 두 젊은 남녀를 보고 그들이 놀랐다는 사실을 나는 알아차렸습니다. 생 드니에서 우리는 결혼 계획을 잊었습니다. 우리는 교회의 권리를 기만하고 그런 문제는 한순간도 생각지도 않은 채 부부가 되었습니다. 천성이 온순하고 한결같은 나는 마농이 내게 충실하기만 했다면 영원히 행복했을 것이라고 확신합니다. 그녀를 알면 알수록 그녀에게서 사랑스럽고 새로운 장점들을 발견했습니다. 그녀의 재치, 마음 씀씀이, 부드러움 그리고 미모는 아주 강력하고 매력적인 연결고리를 이루어서, 나는 그것들에서 벗어나지 않는 것에 무한한 행복을 느꼈습니다. 엄청난 변화였죠! 나를 절망에 이르게 하는 것이 내 최고의 행복일 수 있었습니다. 가장 행복한 운명, 사랑의 가장 달콤한 보상을 기대했던 바로 이 한결같은 마음 때문에 나는 가장 불행한 사람이 되었습니다.

우리는 파리에서 가구 딸린 아파트를 얻었습니다. 이곳은 V 거리에 있었는데 불행하게도 유명한 세금 징세 청부인 B의 집 옆이었습니다. 3주가 흘렀습니다. 그동안 나는 마농을 향한 내 열정에 사로잡혀서, 내가 없어져서 아버지가 느꼈을 슬픔도 가족도 거의 생각하지 않았습니다. 그렇지만 내 처신은 방탕과는 거리가 멀었기에, 그리고 마농도 아주 신중하게 행동했기에, 우리의 조용한 생활로 인하여내 의무에 대한 생각들이 점점 떠올랐습니다. 나는 가능하다면 아버지와 타협하겠다고 결심했습니다. 내 애인은 아주 사랑스러워서 내가그녀의 현명함과 장점을 아버지께 알려드릴 방법을 찾기만 한다면 그녀가 아버지의 마음에 들 것이라는 것은 조금도 의심하지 않았습니다. 다른 말로 하면, 나는 아버지 동의 없이 결혼할 수 있다는 희망에서 깨어나서, 결혼승낙을 아버지로부터 받기를 은근히 기대했습니다. 나는 마농에게 이 계획을 알려줬고, 사랑과 의무의 동기 이외에도 어떤 면에서 필요의 동기가 우리의 고려에 포함될 수 있다는 사실을 넌지시 이해시키려 했습니다. 왜냐하면 우리가 가진 돈은 거의 바닥이나서 나는 돈이 떨어지지 않을 것이라는 생각을 재검토하기 시작했기 때문이었습니다. 마농은 이 제안을 냉담하게 받아들였습니다. 그렇지만 아버지가 우리의 은신처를 알아버린 후에 우리의 의도대로따라주시지 않는다면, 나를 잃게 될지도 모른다는 두려움 그리고 애정에서 비롯된 걱정 때문에 내 의견에 반대하는 것이라고 했습니다. 그래서 나는 나를 향해 다가오는 잔인한 충격에 대해 조금도 예감하지 않았습니다. 돈이 필요하다는 반박에 대해 그녀는 우리에게는 아직 몇 주간의 생활비가 남아 있고, 그 이후에는 지방에 계신 친척들에게 편지를 써서 돈을 마련할 것이라고 대답했습니다. 그녀가 매우 부드럽고 열정적인 포옹으로 자신의 거절을 약화시켰기에, 그녀를 위해 그리고 그녀를 통해서만 살고 있는 나, 그리고 그녀의 마음에 최소한의 불신도 없는 나는, 그녀의 모든 대답과 결심에 동조했습니다. 나는 돈 관리와 일상적 지출을 그녀에게 맡겼습니다. 얼마 지나지 않아 나는 우리 식탁이 이전보다 좀 더 잘 차려지고 그녀가 꽤 비싼 몸치장을 하고 있음을 알아차렸습니다. 나는 우리에게 12내지 15피스톨[7] 밖에 남지 않은 것을 알고 있어서, 우리의 호사가 이렇듯 뚜렷이 늘어나는 데 놀라움을 나타냈습니다. 마농은 내게 웃으면서 걱정하지 말라고 했습니다. 그녀가 내게 말했습니다. "내가 방법을 찾을 것이라고 말했잖아요." 나는 그녀를 너무나 단순한 마음으로 사랑해서 그녀를 쉽게 의심할 수 없었습니다.

내가 오후에 외출을 나가면서 평소보다 더 오래 걸릴 거라고 그녀에게 말한 어느 날, 내가 돌아왔을 때 문밖에서 나를 2, 3분이나 기다리게 하여 놀랐습니다. 우리는 우리 또래의 하녀 한 명만을 고용하고 있었습니다. 문을 열어주러 온 그녀에게 왜 이렇게 오래 걸렸냐고 물었습니다. 그녀는 당황하며, 문 두드리는 소리를 듣지 못했다고 대답했습니다. 나는 딱 한 번 노크를 했었습니다. 나는 그녀에게 말했습

---

[7] 1피스톨은 약 3에퀴로, 지금의 화폐로 계산하면 약 60유로에 해당한다.

니다. "그런데 문 두드리는 소리는 못 들었다면서 왜 문은 열어주려고 나왔느냐?" 이 물음에 그녀는 아주 많이 당황하며, 그런 물음에 답할 정도의 재치가 없어서, 그녀는 울기 시작했고, 자기 잘못이 아니라 부인이 B씨가 작은 방과 연결된 다른 계단으로 나갈 때까지는 문을 열지 말라 했다고 말했습니다. 나는 정신이 매우 혼란해져서 방에 들어갈 힘도 없었습니다. 나는 이런 저런 일이 있다는 핑계로 계단을 내려가며, 하녀에게 내가 나갔다 곧 다시 올 것이니, 나에게 B에 관해 이야기한 것을 내 애인에게는 말하지 말라고 명령했습니다.

내가 망연자실할 정도로 그 놀라움이 아주 커서 계단을 내려가는데, 아직은 어떤 감정인지 알지 못한 채 눈물이 쏟아졌습니다. 나는 처음 보이는 카페에 들어갔습니다. 테이블에 앉아, 내 마음 속에서 무슨 일이 일어났는지 펼쳐보려고 턱을 괴고 앉았습니다. 내가 방금 들은 이야기를 감히 되새겨볼 수가 없었습니다. 나는 그것을 환각으로 여기고 싶었고, 마치 아무일 없다는 듯이, 정말로 두세 번 집으로 돌아가려고 했었습니다. 마농이 나를 배신하는 것은 도저히 불가능해 보여서 내가 그녀를 의심하여 그녀를 욕되게 할까 봐 두려웠습니다. 나는 그녀를 열렬히 사랑했고 그것은 확실했습니다. 내가 그녀로부터 받은 것 이상의 사랑의 증거를 그녀에게 주지 않았었나요? 그런데 왜 그녀가 나보다 더 신중하지 않고 더 한결같지 않다고 그녀를 비난해야 했을까요? 그녀가 나를 배신할 어떤 이유가 있었을까요? 불과 세 시간 전에도 그녀는 나를 너무나 부드럽게 애무했고 나 또한 격정적으로 그녀를 끌어안았었는데 말이죠. 나는 그녀의 마음도 내 마음도 알 수 없었습니다. 나는 되뇌었습니다. '아니야, 아니야, 마농이 나를 배신할 리 없어. 내가 그녀를 위해서만 살아가고 있다는 사실을 그녀도 모르지 않아. 그때문에 나를 싫어하는 것은 아니야.'

그렇지만 B가 왔고 도망치듯 나갔다는 사실은 나를 혼란스럽게 했습니다. 나는 마농이 우리의 현재 재정 상태로는 감당할 수 없을 것 같은 물건들을 이것저것 사들인 사실 또한 떠올렸습니다. 그것들은 새로운 애인의 관대함처럼 느껴졌습니다. 그리고 내가 모르는 수입에 대해 내게 보여준 그녀의 자신감이란! 수많은 수수께끼에 내 마음이 바라는 만큼 우호적인 의미를 부여하는 데 어려움을 느꼈습니다. 다른 측면에서 우리가 파리에 정착한 이후로 나는 그녀와 거의 떨어진 적이 없었습니다. 활동할 때도 산책할 때도 놀 때도 우리는 언제나 함께였습니다. 아아! 한순간이라도 떨어져 있었다면 우리는 너무나 괴로웠을 겁니다. 우리는 끊임없이 사랑한다고 서로에게 말해야 했습니다. 그렇지 않으면 우리는 슬퍼서 죽었을 겁니다. 그러므로 나는 마농이 나 외의 다른 사람에게 마음을 뺏기리라는 것은 상상조차 할 수 없었습니다. 결국 나는 이 미스터리를 이렇게 결론 내렸습니다. 나는 혼잣말을 했습니다. 'B는 큰 사업을 하고 아주 폭넓은 인맥을 가진 사람이야. 마농의 친척들이 그녀에게 돈을 보내기 위해 이 사람을 이용했을 거야. 마농은 이미 이 루트로 돈을 받아오고 있는 거야. 아마 오늘 그는 돈을 갖다 주러 온 것이겠지. 마농은 틀림없이 나를 놀라게 해 주려고 나에게 그를 숨기는 장난을 쳤을 거야. 내가 이곳에 와서 상심하는 대신에 평소대로 귀가했더라면, 아마도 그녀는 그것에 관해

내게 말했을지도 몰라. 적어도 내가 그에 관해 마농에게 이야기하면 내게 그 사실을 숨기지는 않을 거야.'

이런 생각이 머릿속에 아주 강하게 자리 잡아 내 슬픔이 많이 진정되었습니다. 나는 곧바로 집으로 돌아갔습니다. 나는 평상시처럼 부드럽게 마농에게 입맞춤을 했습니다. 그녀는 나를 아주 잘 맞아주었습니다. 처음에 나는 그 어느 때보다 확실하다고 여기는 내 추론을 그녀에게 밝히고 싶었습니다. 그러다가 그녀가 내게 먼저 전후 사정을 모두 말해주는 날이 올 것이라는 희망으로 그 유혹을 참아냈습니다. 저녁준비가 되었습니다. 나는 아주 밝은 표정으로 식탁에 앉았습니다. 하지만 그녀와 나 사이에 있는 양초의 불빛에 내 사랑하는 연인의 얼굴과 눈에 슬픔의 표시가 보이는 것 같았습니다. 이런 생각을 하니 나 역시 그런 슬픈 감정이 들었습니다. 나는 그녀가 평소와 다르게 나를 바라보고 있다는 사실을 알아차렸습니다. 비록 내가 보기에는 달콤하면서도 사랑에 번민하는 것 같았지만 그것이 사랑이었는지 동정이었는지는 구분할 수 없었습니다. 나도 똑같이 그녀를 바라봤습니다. 그리고 아마도 마농 역시 내 시선으로 내 마음을 판단하기는 어려웠을 것입니다. 우리는 이야기할 생각도 먹을 생각도 못했습니다. 마침내 나는 아름다운 그녀의 눈에서 눈물이 떨어지는 것을 보았습니다. 나는 소리쳤습니다. "배신의 눈물! 맙소사, 사랑하는 마농! 그대는 울고 있어. 눈물을 흘릴 만큼 괴로운데도 그대의 고통에 대해 내게는 한마디 말도 하지 않는군." 그녀는 몇 마디 탄식만 할 뿐이어서, 나는 더 불안해졌습니다. 나는 몸을 떨면서 일어났습니다. 나는 사랑으로 조급한 마음에 왜 우는지 말해달라고 재촉했습니다. 그녀의 눈물을 닦아주면서 나 역시 울었습니다. 나는 살아있는 것이 아니라 죽은 것 같았습니다. 야만인마저도 내 고통과 두려움을 보았다면 감동했을 겁니다. 이렇게 내가 그녀에게 완전히 몰입해 있을 때, 몇 사람이 계단을 올라오는 소리를 들었습니다. 조용히 문 두드리는 소리가 들렸습니다. 마농은 내게 키스했고 내 품에서 빠져 나가 재빨리 작은 방으로 들어가 곧 문을 닫아버렸습니다. 그녀는 옷매무새가 약간 흐트러져 있어 문을 두드린 낯선 사람들의 눈을 피해 숨었다고 나는 생각했습니다. 내가 직접 문을 열러 나갔습니다. 내가 막 문을 열자마자 나는 세 명의 남자에게 붙들렸는데 아버지의 하인들로 내가 알고 있는 사람들이었습니다. 그들은 나를 전혀 거칠게 대하지는 않았습니다. 하지만 그들 중 두 명은 내 팔을 붙들고 나머지 한 사람은 내 주머니를 뒤져 내가 지니고 있던 유일한 무기인 작은 칼을 꺼냈습니다. 그들은 나에게 어쩔 수 없는 무례함에 용서를 구했습니다. 그들은 내게 모든 것이 아버지 명령에 의한 것이며, 형님이 집 바깥 마차에서 나를 기다리고 있다고 말했습니다. 나는 너무 당황해서 저항도 대답도 하지 못한 채 이끌려갔습니다. 실제로 형님이 나를 기다리고 있었습니다. 나를 형님 곁에 앉히고 형님의 명령을 받은 마부는 빠른 속도로 생 드니까지 데려갔습니다. 형님은 나를 부드럽게 안아주었지만 내게 전혀 말을 걸지 않아서 나는 내 불행을 생각해보기에 충분한 여유가 있었습니다.

처음에는 최소한의 추측도 불가능할 만큼 깜깜했습니다. 누군가가 나를 잔인하게 배신했습니다. 그런데 누가? 가장 먼저 티베르주가 떠올랐습니다. 나는 말했습니다. "배신자! 만일 내 의심이 정당하다면 넌 이제 끝이야." 그렇지만 생각해보니 그는 내 거처를 몰랐으니, 그로부터 정보를 얻을 수는 없었습니다. 마농을 비난하는 것은 죄책감 때문에 감히 할 수 없었습니다. 내가 봤던 슬픔에 짓눌린 그녀의 표정, 눈물, 떠나면서 내게 해 준 입맞춤 등이 내게는 수수께끼 같아 보였습니다. 하지만 그것들은 우리 두 사람에게 닥칠 불행의 불길한 전조라고 생각했습니다. 나와 그녀를 헤어지게 만든 사건에 절망하고 있는 동안에도 나는 너무나 쉽게 그녀가 나보다 훨씬 더 불쌍하다고 생각했습니다. 심사숙고한 결과 내가 파리 거리에서 몇몇 지인들의 눈에 띄었고 그들이 아버지에게 그 사실을 알린 것이라고 믿게되었습니다. 이 생각에 나는 위안을 얻었습니다. 아버지의 권위라는 이름으로 내가 당연히 견뎌야 하는 질책이나 몇 차례의 꾸지람 정도만 겪고 별 일없이 끝날 것이라고 생각했습니다. 나는 조금이라도 빨리 파리로 돌아가 내 애인 마농에게 생명과 기쁨을 돌려줄 기회를 좀 더 쉽게 얻기 위해 나에게 요구하는 모든 것을 인내하고 잘 지키기로 결심했습니다.

우리는 곧 생 드니에 도착했습니다. 형님은 내 침묵에 놀랐고 그것은 두려움 때문이라 생각했습니다. 형님은 내가 순순히 아들로서 본연의 의무를 다하고 나를 향한 아버지의 애정에 걸맞게 행동하기만 한다면, 아버지의 꾸지람은 전혀 걱정할 것 없다면서 나를 위로하기 시작 했습니다. 우리는 생드니에서 밤을 보냈는데, 형님은 만일을 대비해 내 방에 세 명의 하인을 재웠습니다. 그렇지만 무엇보다 진짜 고통스러웠던 것은 아미엥에서 파리로 오는 길에 마농과 함께 머물렀던 바로 그 여관에서 묵게 된 것이었습니다. 주인과 하인들은 나를 알아봤고 거의 동시에 사건의 진상을 간파했습니다. 누군가 주인에게 이렇게 말하는 것을 들었습니다. "아! 저 잘생긴 젊은 청년이 6주 전에 그토록 열렬히 사랑하는 어린 아가씨와 함께 여기 묵었던 사람이로군! 그녀가 얼마나 매력적이던지! 가엾은 두 사람이 얼마나 서로 끌어안고 입을 맞추던지! 애석하지만 틀림없이 누군가가 그들을 떼어 놓았을 거야." 나는 아무것도 못 들은 체 했고 가능한 다른 사람들 눈에 띄지 않으려 했습니다. 형님은 생 드니에서 2인용 마차를 대기 시켰고 우리는 새벽에 그것을 타고 출발해서 다음 날 저녁에 집에 도착했습니다. 형님은 나보다 먼저 아버지께 가서 오는 내내 내가 얼마나 순종적이었는지를 말씀 드리며 내 편에 서 주었습니다. 그래서인지 나는 예상했던 것보다는 덜 혼났습니다. 아버지는 내가 허락도 없이 행적을 감추고 저지른 잘못에 대해 몇 가지 일반적인 질책을 하는 것으로 그치셨습니다. 내 연인에 대해서는 잘 알지도 못하는 여자에게 빠졌기 때문에 지금 내게 일어나고 있는 일들을 당해 마땅하다고 말씀하셨습니다. 아울러 아버지는 나의 양식을 매우 좋게 생각하여 이 작은 연애사건이 나를 더 현명하게 만들어주기를 바란다고도 말씀하셨습니다. 나는 이 말을 단지 내 생각대로 받아들일 따름이었습니다. 나는 아버지께 나를 용서해 주신 선의에 대해 감사드렸고 앞으로는 훨씬 순종적이고 절제된 처신을 하겠노라 약속드렸습니다. 나는 마음속으로 의기양양했습니다. 왜냐하면 일이 이렇게 정리되어 가면 심지어 오늘이 가기 전에 집에서 빠져나갈 수 있으리라 확신했기 때문이었습니다.

저녁 식사를 위해 식탁에 앉았습니다. 모두들 아미엥에서 여자를 사귀었고 충실한 연인과 도망갔었다고 나를 놀렸습니다. 나는 그 공격들을 기꺼이 받았습니다. 나는 끊임없이 내 마음을 차지한 것에 대해 대화할 수 있다는 사실에 심지어 매료되기도 했습니다. 하지만 아버지가 말하신 몇 마디 말에 완전히 정신을 빼앗겨, 집중하여 들었습니다. 아버지는 B가 보여준 배신과 이기적인 서비스에 대해 말하셨습니다. 나는 아버지가 그 이름을 말하는 것을 듣고서 당황하여 더 설명해달라고 매달렸습니다. 아버지는 형님을 바라보며 내게 다 이야기해주지 않았는지 물어보셨습니다. 형님은 오는 도중에 내가 아주 침착한 것 같아보여서 나를 진정시키기 위해서 그 약이 필요할 것 같지 않았다고 대답하였습니다. 아버지가 아는 것을 모두 다 말할까 말까 망설이고 있음을 나는 알아차렸습니다. 내가 매우 간곡하게 청하여서 아버지는 내 청을 들어 주셨습니다. 아니 오히려 아버지는 이 세상에서 가장 끔찍한 이야기로 나를 잔인하게 벌 하셨습니다.

여전히 내가 순진하게 내 애인이 나를 사랑한다고 생각하는지 아버지는 우선 물어보셨습니다. 그에 대해 조금도 의심할 수 없을 만큼 아주 확신한다고 나는 대담하게 말했습니다. "하하하!" 아버지는 큰 소리로 힘껏 웃으셨습니다. "아주 훌륭하구나! 확실히 너는 귀여운 바보로구나, 그런데 나는 네가 이렇게 생각하는 것이 좋다. 불쌍한 내 아들아, 네가 이렇게나 인내심 많고 순한 남편이 될 자질이 충분한데 너를 몰타 기사단[8]에 들어가게 하는 것이 대단히 유감스럽구나." 아버지는 나의 어리석음과 쉽게 믿는 성향에 대해 이런 식의 조롱을 수없이 덧붙이셨습니다. 이윽고 내가 아무 말을 하지 않으니 그는 내가 아미엥에서 떠날 때부터 시간적 순서를 계산하여 마농이 나를 사랑한 건 약 12일 동안이었다고 말씀하셨습니다. 아버지는 덧붙이셨습니다. "왜냐하면 너는 지난 달 28일 아미엥에서 떠났고 오늘이 29일이야. 그런데 B가 내게 편지를 쓴 것이 11일 전이야. 내 생각에 그가 네 애인과 완전히 가까워지는 데 8일이 걸렸던 것 같아. 그러니 지난 달 28일부터 이 달 29일까지의 31일 가운데 11일과 8일을 빼고 나면 12일 안팎이 남는 거야." 그 부분에서 아버지는 다시 웃음을 터뜨리셨습니다. 나는 이 모든 것을 들으면서 마음을 졸이며 이 슬픈 코메디를 끝까지 견뎌낼 수 없을 것 같다고 생각했습니다. 아버지는 말씀을 계속하셨습니다. "네가 모르는 것 같으니 알려주마. B가 네 연인의 마음을 차지한 거야. 왜냐하면 네게서 그녀를 빼앗으려 한 것은 나를 위한 사심 없는 열정에서였다고 그가 나를 바보 취급하며 설득하려 했거든. 게다가 우리는 그를 알지도 못하는데 그와 같은 사람에게 그토록 고귀한 감정을 기대해야 하다니! 마농으로부터 네가 내 아들이라는 사실을 알았고 성가신 너를 떼어내기 위해 네 집주소와 너의 방탕한 생활을 내게 알려주면서, 너를 잡아두기 위해 협력해야 한다고

---

8 몰타 기사단은 1080년 성지 순례하는 순례자들을 위해 예루살렘에 세워진 아말피 병원에서 시작된 종교 기사단의 이름이다.

말했다. 그는 나로 하여금 너를 쉽게 붙잡을 수 있는 방법을 알려줬고 네 형이 너를 불시에 찾아갈 순간을 포착한 것은 바로 그와 네 애인의 지시에 의해서였다. 이제 네가 사랑을 쟁취한 기간에 대해 만족해라. 너는 꽤 빨리 여자의 마음을 얻을 줄 안거야. 하지만 네 사랑을 오래 지킬 줄은 몰랐다."

한마디 한마디가 내 심장을 꿰뚫어 더 이상 버텨낼 힘이 없었습니다. 나는 식탁에서 일어났고 몇 발자국 가지 못해 의식을 잃고 바닥에 쓰러져 버렸습니다. 재빨리 손을 쓴 덕분에 의식은 곧 돌아왔습니다. 눈을 뜨니 눈물이 폭포처럼 흘러내렸고 입을 열면 가장 슬프고 가장 애절한 탄식이 나왔습니다. 언제나 나를 많이 사랑한 아버지는 온 애정을 다 쏟아 나를 위로하려고 하셨습니다. 나는 아버지의 말을 듣고 있었지만 들리지 않았습니다. 나는 아버지 앞에 무릎을 꿇고 제발 B를 죽이러 파리로 돌아가게 해달라고 애원했습니다. 나는 말했습니다. "아니에요, 아니에요, 그는 마농의 마음을 얻은 것이 아니에요. 그녀에게 폭력을 행사한 거예요. 그는 마법이나 독으로 그녀를 유혹했어요. 아마도 강제로 그녀를 겁탈했을 거예요. 마농은 저를 사랑해요. 내가 그걸 모를까요? 그는 손에 검을 든 채 나를 포기하라고 마농을 협박했을 거예요. 그토록 매력적인 애인을 내게서 빼앗으려면 무슨 짓인들 못하겠어요! 오 이런! 이런! 마농이 나를 배신하고 더 이상 나를 사랑하지 않는다니요!"

내가 당장 파리로 되돌아가겠다며, 실제로 떠나기 위해 몇 번이고 일어나기조차 하니 아버지는 이렇게 흥분한 상태에서는 아무것도 나를 멈추게 할 수 없을 것이라고 생각하셨습니다. 아버지는 나를 다락방으로 데려갔고 나를 감시하도록 두 명의 하인을 나와 함께 두셨습니다. 나는 감정을 전혀 억제하지 못했습니다. 단 몇 분만이라도 파리에 갈 수 있다면 몇 번이고 목숨을 내놓았을 겁니다. 나는 이렇게 공개적인 의사표명으로 인해 내 방에서 쉽게 나가게 해주지 않을 것이라는 사실을 깨달았습니다. 나는 눈으로 창문의 높이를 측정했습니다. 이 방법으로는 빠져나갈 가능성이 전혀 없는 것을 알고 나는 두 명의 하인에게 부드럽게 호소했습니다. 그들이 탈출을 도와준다면 언젠가 부자가 되게 해 주겠다고 몇 번이나 맹세하며 약속했습니다. 나는 그들을 채근하고 달래고 협박했습니다. 하지만 이러한 시도 역시 소용없었습니다.

이 지점에 이르자 나는 모든 희망을 잃었습니다. 나는 죽을 결심을 하고 죽을 때까지 떠나지 않을 작정으로 침대에 몸을 던졌습니다. 나는 이 상태로 다음 날까지 낮과 밤을 보냈습니다. 다음 날에는 가져다주는 음식을 거부했습니다. 그날 오후 아버지가 나를 보러 오셨습니다. 아버지는 가장 부드러운 위로의 말로 내 고통을 달래주려 하셨습니다. 아버지는 내게 무조건 뭐라도 먹으라고 명령하셨고 나는 아버지의 명령을 존중하여 그렇게 했습니다. 며칠이 지나는 동안 나는 아버지가 오셔서 명령하는 경우 외에는 아무것도 먹지 않았습니다. 아버지는 지속적으로 내 이성을 회복시키고 나로 하여금 불성실한 마농에 대해 경멸을 갖게 할 수 있는 이치들을 내게 말해주셨습니다. 내가 더 이상 마농을 높이 평가하지 않는 것은 확실합니다. 어떻게 그렇게 변덕스럽고 사악한 여자를 높이 평가할 수 있겠습니까? 하지만 내 마음 깊은 곳에 지니고 있는 그녀의 이미지, 그녀의 매력적인 장점들은 여전히 남아있었습니다. 나는 그것을 느끼고 있었습니다. 나는 말했습니다. "나는 죽을 수 있어요. 그토록 엄청난 수모와 고통을 겪었으니 오히려 죽어야겠지요. 하지만 몇 번을 죽어도 나는 배은망덕한 마농을 잊을 수는 없을 겁니다."

여전히 이렇게 감정의 동요를 느끼는 나를 보고 아버지는 놀라셨습니다. 아버지는 나의 명예의 원칙을 알고 계셨고 그녀의 배신으로 인해 내가 틀림없이 그녀를 경멸하게 될 것이므로 내 변함없는 마음이 특별히 그녀에 대한 열정이라기보다는 여성들에 대한 일반적인 성향 탓이라고 생각하셨습니다. 아버지는 이러한 생각에 너무나 집착하시고 애정밖에는 기댈 곳이 없어서, 어느 날 내게 그 생각을 알려주러 오셨습니다. 아버지는 내게 말했습니다. "슈발리에, 지금까지 나는 너를 몰타 기사단에 들어가게 하려는 계획을 갖고 있었다. 하지만 네 성향이 그쪽 방면이 아님을 이제 알겠구나. 네가 예쁜 여자를 좋아하는 것 같으니 네 마음에 드는 여자를 찾아줘야겠구나. 그에 관해 네 생각은 어떤지 내게 허심탄회하게 말해다오." 나는 아버지께 더 이상 여자들에 대해 차별을 두지 않으며, 최근에 이런 불행을 겪고 나니 모든 여자들이 다 싫어졌다고 대답했습니다. 아버지는 다시 말씀하셨습니다. "내가 마농과 닮았지만 더 정숙한 여자를 찾아주마." 나는 말했습니다. "아! 만일 제게 선을 베풀어주실 수 있다면 다른 여자 말고 마농을 제게 돌려주세요. 아버지, 그녀는 저를 배신하지 않았어요, 믿어주세요. 그녀는 그렇게 음흉하고 잔인하며 비겁한 행동을 할 수 없어요. 우리, 아버지와 그녀 그리고 저를 속인 것은 바로 그 사악한 B랍니다. 그녀가 얼마나 다정하고 성실한지 아신다면 아버지가 그녀를 아신다면 아버지도 그녀를 좋아하게 되실 겁니다." 아버지가 다시 말씀하셨습니다. "너는 아직 어려. 내가 그렇게 그녀에 대해 이야기해줬는데도 어떻게 그렇게까지 맹목적일 수 있느냐? 바로 그 여자가 너를 네 형에게 넘겼어. 네가 현명하다면 그녀를 완전히 잊고 내 관대함을 누려라." 아버지 말씀이 옳다는 것을 너무나 잘 알고 있었습니다. 그런데도 내가 불성실한 내 애인 편을 들게 된 것은 내 의지와는 상관없는 움직임이었습니다. 잠시 침묵한 후에 나는 계속 말했습니다. "아아 ! 내가 모든 사악한 여성들 가운데 가장 비겁한 여자의 불행한 장난감인 것은 너무나 명백한 사실입니다." 나는 분해서 눈물을 쏟으면서 계속 말했습니다. "내가 단지 아이에 불과하다는 사실을 아주 잘 알고 있습니다. 고지식한 나를 속이는 것은 그들에게 일도 아니었을 겁니다. 하지만 복수를 위해 제가 어떻게 해야 하는지 잘 알고 있습니다." 아버지는 내 계획이 무엇인지 알고 싶어 하셨습니다. 나는 말했습니다. "저는 파리로 가서 B의 집에 불을 질러 B와 사악한 마농을 산 채로 태워죽일 겁니다." 이 분노는 아버지를 웃게 만들었고 나는 더 철저히 감금되었습니다.

나는 감금상태로 6개월을 보냈는데 처음 얼마간은 내 기분에 거의 변화가 없었습니다. 내 모든 감정은 마농이 내 마음에 떠오르는 생각에 따라 오직 사랑과 증오, 희망과 절망이 끊임없이 교차될 뿐이었습니다. 때로는 그녀에게서 단지 세상에서 가장 사랑스러운 여인만을 생각했고 그녀를 다시 만나기를 갈망했습니다. 때로는 그녀 안에서 단지 부정하고 비겁한 정부의 모습만 보았고 그녀를 만나면 벌줘야 한다고 몇 번이고 맹세했습니다. 내 영혼을 안정시키는데 도움 되는 책들을 내게 갖다 주었습니다. 내가 좋아하는 작가들의 작품을 모두 다시 읽었습니다. 나는 새로운 지식을 얻었고 학문에 대한 무한한 흥미를 다시 가지게 되었습니다. 그것이 나중에 제게 어떤 도움이 되었는지 알게 되실 겁니다. 사랑으로 얻은 깨우침 덕분에 예전에는 흐렸던 호라티우스와 베르길리우스의 수많은 부분들이 밝게 보였습니다. 《아이네이스》[9] 제4권에 사랑하는 자의 주석을 붙였습니다. 나는 어느 날 그것을 발표할 생각이고 독자들이 만족할 거라 기대합니다. 그렇게 하면서 나는 말했습니다. "아아! 정숙한 디도에게 필요했던 것은 나와 같은 마음의 소유자였어."

어느 날 티베르주가 나를 보러 내가 갇힌 곳에 왔습니다. 나를 끌어안는 그의 격정에 놀랐습니다. 나는 그때까지 그에게서 단순한 학창시절의 우정과 달리 같은 또래의 젊은이들 사이에서 종종 형성되는 것으로 여겨질 수 있는 그러한 애정의 표시는 받아본 적이 없었습니다. 못 보고 지낸 5, 6개월 만에 그가 아주 많이 변하고 어른스러워

---

9 로마 시인 베르길리우스가 기원전 30년에서 죽을 때까지 11년에 걸쳐, 로마 건국의 기초를 다진 영웅 아이네아스의 이야기를 전 2권, 약 1만여 행의 기나긴 시로 노래했다. 미완성된 작품으로 작자는 죽을 때 원고를 없애 버리도록 부탁했으나, 황제 아우구스투스의 명령으로 발표되었다. '아이네이스'란 '아이네아스의 노래'란 뜻이다.(출처 《세계문학 작은 사전》 2002.4.1, 가람기획)

져서 그의 표정과 어조가 내게 존경심을 불러일으킬 정도였습니다. 그는 학교 친구라기보다는 현명한 조언자로서 이야기를 했습니다. 그는 내가 빠졌던 일탈의 상태를 불쌍히 여겼습니다. 그는 자신이 판단하기에 진전이 있다고 생각한 나의 회복을 축하했습니다. 끝으로 그는 내게 이 젊은 시절의 잘못을 쾌락의 허망함에 관해 눈뜰 수 있는 계기로 삼으라고 했습니다. 나는 그를 놀랍게 바라봤습니다. 그는 그것을 알아차렸습니다. 그가 내게 말했습니다. "친애하는 슈발리에, 나는 확실한 사실 그리고 신중한 검토를 통해 나 스스로 납득한 것만을 자네에게 말한다네. 나 또한 자네만큼 관능을 좋아하는 성향을 지녔다네. 하지만 하늘은 내게 동시에 미덕을 좋아하는 성향을 허락하셨어. 이성을 동원해 두 가지의 결실을 비교해봤고 곧 그 차이를 깨닫게 되었다네. 하늘이 이 성찰에 도움을 주셨지. 나는 세상에 대해 비교할 수 없는 경멸을 품었어." 그가 덧붙여 말했습니다. "그런 나를 세상에 살게 하고 고독으로 달려가지 않도록 해주는 것이 무엇인지 짐작하겠나? 그건 오로지 자네를 향한 내 애정 어린 우정이라네. 나는 자네가 훌륭한 마음과 영혼의 소유자임을 알고 있네. 자네가 스스로 선택하고자 하면, 그 선함에 비길 것은 아무것도 없어. 그러나 쾌락의 독이 자네를 그 길에서 떼어놓았어. 덕을 위해 얼마나 큰 손실인지! 아미엥에서 떠난 자네의 도피 행각이 나를 얼마나 고통스럽게 했는지 그 이후 나는 단 한순간도 만족한 적이 없다네. 자네의 도피행각 이후 내가 한 행동들로 그 고통을 판단해보게." 그는 내가 그를 속이고 애인과 떠나버린 것을 알고 나서 말을 타고 나를 뒤쫓았다고 말했습니다.

하지만 내가 그보다 네다섯 시간이나 먼저 출발했으니 나를 따라잡는 것이 불가능했답니다. 그는 내가 떠난 30분 후에 생드니에 도착했고 내가 파리에 있을 것 같아서 나를 찾느라 파리에서 6주를 허송세월했다고 했습니다. 그는 나를 찾을 수 있을 것 같은 곳은 모두 다녔고 마침내 어느 날 코메디 프랑세즈[10]에서 내 애인을 봤답니다. 그녀의 아주 화려한 옷차림을 보고 그는 그녀가 새로운 애인에게서 돈을 받았을 거라 생각했답니다. 그는 그녀의 마차 뒤를 따라 집까지 뒤쫓아 갔고 하인으로부터 그녀가 B의 재정지원을 받고 있다는 사실을 알게 되었다고 했습니다. 그는 말을 계속 이어갔습니다. "나는 거기서 멈춘 것이 아니었네. 그녀에게서 자네 소식을 듣고자 다음날 그 집으로 다시 갔지. 그런데 내가 자네 이름을 이야기하자 그녀가 갑자기 자리를 떠버렸어. 그래서 다른 어떤 것도 알아내지 못한 채 여기로 돌아올 수밖에 없었다네. 나는 여기 와서 자네의 연애사건과 그녀가 자네에게 저지른 놀라운 일을 알게 되었지. 하지만 나는 자네가 좀 더 평온을 되찾을 때까지 자네를 보러 오고 싶지 않았다네."

나는 탄식하면서 그에게 대답했다. "그래서 자네는 마농을 보았단 말이군. 아아! 그녀를 결코 다시 못 만나게 벌 받고 있는 나보다 자네가 더 행복하네!" 그는 나의 탄식을 비난하면서 그것은 여전히 내 편에서 그녀에게 나약함을 보여주는 증거라고 했습니다. 그가 내 성격과 성향의 선함에 대해 매우 솜씨 좋게 부추긴 덕분에 나는 이 첫 번

---

10 우리나라의 국립극장에 해당하는 곳.

째 방문부터 세상의 모든 쾌락을 포기하고 성직에 들어가고픈 강한 열망을 갖게 되었습니다.

혼자 이 생각에 아주 깊이 빠져있을 때면 더 이상 다른 일에 신경 쓰지 않았습니다. 나는 내게 같은 충고를 주셨던 아미엥 주교님의 말씀과 내가 성직을 택했을 때를 가정해서 그분께서 하셨던 나에 대한 행복한 예상을 되새겼습니다. 나의 성찰에는 신앙심도 한 몫을 했습니다. 나는 생각했습니다. '나는 선하고 기독교적인 삶을 살 거야. 나는 학문과 종교에 몰두할 거야. 그러면 위험한 사랑의 쾌락을 생각하지 않을 수 있겠지. 나는 평범한 사람들이 찬양하는 것을 경멸할 거야. 그리고 내 마음은 존중할만한 것만을 갈망할 것이라는 사실을 잘 알고 있으니 욕망이나 불안함을 거의 갖게 되지 않을 거야.' 나는 여기서 평화롭고 고독한 생활 체계를 미리 세워봤습니다. 나는 거기에 작은 나무와 정원 끝에 연못이 있는 외딴 집, 선별한 책들이 있는 서가, 덕망 있고 양식 있는 소수의 친구들, 깨끗하지만 간결하고 검소한 식탁을 그려 보았습니다. 한 친구와의 서신 교류도 덧붙였습니다. 그 친구는 파리에 살며 호기심 충족을 위해서라기보다는 사람들의 어리석음과 무모한 소란의 다양한 볼거리를 제공하여 내게 바깥소식을 전해줄 것입니다. 나는 덧붙였습니다. '내가 어떻게 행복하지 않을 수 있을까? 내 모든 바람은 채워지지 않을까?' 이 계획이 내 성향에 극히 잘 맞는 것은 확실합니다. 하지만 이렇게 현명한 정리 끝에, 내 마음은 아직도 무엇인가를 기다리고 있다는 것을, 그리고 가장 매력적인 고독 가운데서 아무것도 바라지 않게 되려면 마농과 함께 있어야 한다는 사실을 느꼈습니다.

그렇지만 티베르주는 나에게 영감을 준 그 계획으로 인해 계속 나를 자주 찾아와 주었고 나는 아버지께 그 계획을 알려드릴 기회를 얻게 되었습니다. 아버지는 내 직업 선택은 내 자유에 맡길 것이고 내가 어떤 길을 어떻게 택하든 그는 내게 조언밖에는 도와줄 것이 없다고 했습니다. 아버지는 내게 아주 현명한 조언을 해주었는데 그 조언은 내 계획에 싫증을 느끼게 하는 것이 아니라 현명하게 그 계획을 실행하게 해 주었습니다. 학년말이 다가왔습니다. 나는 티베르주와 함께 생 쉴피스 신학교에 들어가기로 했습니다. 그는 신학 공부를 끝내고 나는 공부를 시작하기 위해서 말이죠. 교구 주교가 티베르주를 높이 평가한 덕분에 우리는 출발 전부터 이 고위성직자로부터 엄청난 혜택을 얻을 수 있었습니다.

내가 사랑의 열병에서 완전히 회복되었다고 생각한 아버지는 흔쾌히 내가 떠날 수 있게 해 주었습니다. 우리는 파리에 도착했습니다. 나는 몰타 기사단 대신에 사제복을, 그리외 기사 자리 대신에 그리외 신부라는 이름이 대신했습니다. 나는 공부에 매진하여 얼마 지나지 않아 괄목할만한 성과를 이루었습니다. 밤에는 잠을 쪼개가며 공부했고 낮에는 한순간도 허비하지 않고 공부를 했습니다. 내 평판은 곧 빛났고 사람들은 내가 얻게 될 고위직에 대해 미리 축하해주었으며 원하지 않았는데도 내 이름은 성직록 서류에 올라 있었습니다. 신앙 생활도 소홀히 하지 않았습니다. 나는 모든 수련에 열의를 갖고 임했습니다. 티베르주는 자신이 기여한 내 변화에 자기 일처럼 기뻐했고 나의 개심에 만족해하며 눈물 흘리는 것을 여러 차례 보았습니다. 인간의 결심이 얼마나 변하기 쉬운지 내게는 그리 놀라운 일이 아니었습니다. 어떤 정열은 인간에게 결심을 하게하고 다른 정열은 그 결심을 파괴할 수 있습니다. 하지만 나를 생 쉴피스로 이끌었던 결심의 성스러움을 생각할 때, 결심을 실행에 옮기면서 하늘이 내게 맛보게 해 주셨던 내면의 기쁨을 생각할 때, 내가 그 결심을 그토록 쉽게 포기할 수 있었다는 사실에 전율했습니다. 천상의 도움이 매순간 정념의 힘처럼 강하다면 어떤 나쁜 영향력 때문에 최소한의 저항도 없이 조금의 회한도 느끼지 않으면서, 어떻게 갑자기 자신의 의무에서 멀리 휩쓸려 가버리는지 내게 설명 좀 해 주면 좋겠습니다. 나는 사랑의 연약함에서 완전히 치료되었다고 믿었습니다. 나는 마농이 내게 줄 수 있는 것을 포함하여 모든 감각의 쾌락보다 성 아우구스투스의 책 한 쪽이나 15분의 기독교적 명상을 택했을 것입니다. 그것에도 불구하고 한순간의 불행이 나를 다시 벼랑으로 내몰았습니다. 내가 빠져나온 곳과 같은 깊이로 추락해버려서 새로운 방종이 나를 심연의 끝으로 더 멀리 데려가 버렸기 때문에 더 회복하기 힘들었습니다.

나는 마농에 대해 알아보지 않은 채 파리에서 일 년 가까이 보냈습니다. 처음에는 이렇게 자제하는 데 많은 어려움이 있었습니다. 하지만 티베르주의 한결같은 충고와 스스로의 성찰 덕분에 나는 자제할 수 있었습니다. 마지막 몇 달은 아주 조용히 흘러가서 그 매력적이고 불성실한 여자를 영원히 잊을 수 있는 시점에 있다고 생각했습니다. 내가 신학교에서 공개 논문발표를 해야 하는 때가 왔습니다. 나는 자리를 빛내 달라며 명망 있는 분들을 초대했습니다. 이렇게 해서 내 이름은 파리 전역에 퍼져 나갔습니다. 이를테면 나를 배신한 그녀의 귀에까지 말이죠. 그녀는 신부님이라는 직함 때문에 내 이름에 확신을 가질 수 없었습니다. 하지만 약간의 호기심 혹은 아마도 나를 배신했다는 약간의 후회(나는 이 두 가지 감정 중 어떤 것이었는지 결코 알 수 없었습니다)로 인해 내 이름과 그토록 비슷한 이름에 호기심을 갖게 되었습니다. 그녀는 다른 몇몇 부인들과 함께 소르본에 왔습니다. 그녀는 내 논문발표회에 참석했고 틀림없이 쉽게 나를 알아봤을 것입니다.

나는 이 방문에 대해 전혀 몰랐습니다. 그곳에는 여성들을 위한 특별한 공간이 있어서 그녀들이 덧창 뒤에 숨어 있다는 사실은 알려져 있습니다. 나는 영광과 찬사를 가득 안은 채 생 쉴피스로 돌아갔습니다. 저녁 6시였습니다. 내가 돌아온 직후 한 여인이 나를 보고 싶어 한다는 전갈을 받았습니다. 나는 곧바로 면회실로 갔습니다. 맙소사! 이 얼마나 놀라운 일인지요! 그곳에 마농이 있었습니다. 그녀였습니다. 하지만 예전보다 더 사랑스럽고 빛나는 모습의 그녀였습니다. 그녀는 열여덟 살이었습니다. 그녀의 매력은 형언할 수 없을 정도였습니다. 아주 세련되고 부드럽고 매력 있는 외모, 사랑의 분위기 그 자체였습니다. 그녀의 모습 전체는 내게 마법과 같았습니다.

그녀를 보고 나는 어안이 벙벙해졌습니다. 이 방문의 의도가 무엇인지 추측도 못하고 고개를 숙인 채 떨면서 그녀가 말하기를 기다리고 있었습니다. 잠시 농안 그녀 역시 나처럼 당황했습니다. 하지만 내 침묵이 계속되는 것을 보고 눈물을 감추기 위해 손을 얼굴에 갖다 댔습니다. 그녀는 소심한 어조로 그녀의 부정함은 내 증오를 받을 만했다고 고백했습니다. 하지만 내가 그녀를 좋아했던 것이 사실이라면 2년 동안이나 그녀를 찾지 않고 지낸 것은 냉정하고 자신이 내 앞에 있는데도 말 한마디 건네지 않는 것은 더 냉정하다고 말했습니다. 그녀의 말을 들으면서 내 마음이 얼마나 혼란스러웠는지는 말로 표현할 수 없었습니다.

그녀는 앉았습니다. 나는 몸을 반쯤 구부린 채 그녀를 똑바로 응시할 엄두도 못 내고 서 있었습니다. 나는 몇 번이고 답을 하려고 시작했지만 그것을 끝낼 힘이 없었습니다. 마침내 나는 애를 쓰며 고통스럽게 외쳤습니다. "부정한 마농! 아! 부정한 여인이여! 부정한 여인이여!" 그녀는 뜨거운 눈물을 흘리면서 자신의 부정에 대해 변명하지 않을 작정이라고 거듭 말했습니다. 나는 다시 소리쳤습니다. "그럼 대체 어떻게 할 작정이오?" 그녀는 대답했습니다. "당신이 내게 다시 마음을 주지 않는다면 죽을 작정이에요. 당신 마음이 없으면 나는 살 수 없어요." "그럼 내 생명을 요구하시오." 나는 참으려고 했지만 소용없는 눈물을 쏟으면서 다시 말했습니다. "내 생명을 요구하시오. 그것이 그대에게 바칠 수 있는 내게 남아 있는 유일한 것이오. 왜냐하면 내 마음은 당신 것이 아닌 적이 없었기 때문이오." 내가 이 마지막 말을 마치자마자 그녀는 벌떡 일어나서 나에게 입을 맞추었습니다. 그녀는 열정적인 애무로 나를 꼼짝 못하게 했습니다. 그녀는 가장 격렬한 애정 표현을 위해 사랑이 만들어낸 모든 이름으로 나를 불렀습니다. 나는 여전히 무기력하게 응할 뿐이었습니다. 그때까지의 평화로운 상황에서 또 다시 혼란함으로 이렇게 옮겨가다니요! 나는 공포에 사로잡혔습니다. 마치 밤에 외딴 벌판에 있는 것처럼 몸을 떨었습니다. 이를테면 새로운 사물의 질서에 휩쓸려가는 것처럼요. 이럴 때는 은밀한 공포에 사로잡혀 있어서, 주변의 모든 환경을 오랫동안 검토한 후에야 회복될 수 있습니다.

우리는 나란히 앉았습니다. 나는 그녀의 손을 잡았습니다. 나는 슬픈 눈으로 그녀를 보면서 말했습니다. "아! 마농! 그대가 내 사랑에 대해 절망적인 배신으로 응답할 줄은 생각지도 못했소. 당신에겐 한 남자의 마음을 속이는 게 너무나 쉽소. 그 마음은 오로지 당신만을 위한 것이었고, 당신을 기쁘게 하고 당신에게 복종하는 것에서 모든 행복을 삼았는데 말이오. 나만큼 애정 가득하고 순종적인 마음을 지닌 사람을 찾아냈는지 말해주시오. 아니, 아니, 자연은 내 마음과 같은 성격의 마음을 만들지 못하오. 최소한 그대가 때때로 내 마음을 그리워했는지나 말해주시오. 오늘 내 마음을 위로하러 당신을 오게 만든 선의의 귀환에 대해 나는 어찌 생각해야 하오? 나는 당신이 그 어느 때보다 더 매력적이라는 것밖에는 모르겠소. 하지만 아름다운 마농, 내가 당신 때문에 겪었던 모든 고통을 고려하여 당신이 더 성실해질 수 있을지 말해주시오."

그녀는 아주 감동적인 말로 후회하고 있다고 했고 수많은 선언과 서약으로 성실할 것을 다짐해서 나는 뭐라 말할 수 없을 만큼 감격했습니다. 나는 사랑의 표현과 신학적 표현을 세속적으로 혼합하여 그녀에게 말했습니다. "사랑하는 마농! 그대는 피조물이라기에는 너무 사랑스럽소. 나는 내 마음이 승리의 희열에 휩쓸려 가는 것을 느낀다오. 생 쉴피스에서 말하는 자유의지라는 것은 한낱 허상에 지나지 않소. 나는 그대를 위해서라면 재산과 평판을 잃을 것이고 나는 그것을 예견하고 있소. 나는 그대의 아름다운 눈 속에서 내 운명을 읽고 있소. 하지만 그대의 사랑으로 위로받지 못할 상실이 무엇이 있을까! 재산의 특혜는 나를 전혀 감동시키지 못하고 영광은 연기에 지나지 않는 것 같소. 성직 생활에 대한 내 모든 계획은 미친 상상이었소. 내가 그대와 함께 공유하는 기쁨 이외의 모든 기쁨은 무시할 수 있는 것이오. 왜냐하면 그러한 기쁨들은 내 마음 속에서 그대의 시선을 한순간도 견디지 못하기 때문이오."

나는 그녀의 모든 과오를 완전히 잊겠다고 약속하면서도, 그녀가 어떻게 B에게 유혹되었는지는 알고 싶었습니다. 그녀의 말에 따르면 창문으로 그녀를 본 그가 그녀에게 푹 빠져버렸다고 했습니다. 그는 징세청부인답게 호의에 비례하는 대가를 지불하겠다고 명시하면서 사랑 고백을 편지로 했다는 것입니다. 처음에 그녀는 오로지 우리 생활을 안락하게 하는 데 유용한 얼마간의 돈을 받아내려는 의도로 그의 고백을 받아들였다고 했습니다. 그는 아주 화려한 약속들로 그녀를 현혹하였고 그녀는 점차 흔들렸답니다. 우리가 헤어지기 전날 그녀가 내게 증거로 보여 준 고통을 통해 그녀의 후회를 판단해보라고 했습니다. B덕분에 호사스런 생활을 누리면서도 그녀는 그와 결코 행복을 맛본 적이 없다고 말했습니다. 왜냐하면 그에게서는 내게 느낀 섬세한 감정과 매력적인 태도를 느끼지 못했을 뿐만 아니라 그가 그녀에게 끊임없이 제공하는 쾌락 한가운데서조차 마음속에 내 사랑에 대한 추억과 그녀의 부정에 대한 회한이 있었기 때문이라고 했습니다. 그녀는 내게 티베르주의 방문으로 인한 극도의 혼돈에 대해 말했습니다. 그녀는 덧붙였습니다. "가슴을 칼에 찔렸어도 그보다는 피가 덜 끓었을 겁니다. 한순간도 그의 존재를 견딜 수 없어서 그에게 등을 돌렸습니다." 그녀는 계속해서 내게 어떤 방법으로 그녀가 나의 파리 체류, 내 상황 변화 그리고 소르본 공개 논문발표에 대해 알게 되었는지를 이야기했습니다. 그녀는 내게 토론이 진행되는 동안 그녀가 아주 흥분해서 눈물을 참아야 했을 뿐만 아니라 여러 차례 터져 나올 뻔 했던 신음과 비명을 참느라 무척 고통스러웠다고 말했습니다. 마침내 그녀는 자신의 흐트러진 모습을 감추기 위해 그곳에서 맨 마지막으로 나왔고 오로지 자기 마음이 움직이는 대로 그리고 격렬한 욕망에 이끌려 내 용서를 받지 못하면 죽을 결심으로 곧바로 신학교로 왔다고 말했습니다.

그토록 생생하고 애정 어린 후회에 감동받지 못할 야만인이 있을까요? 그 순간 나는 마농을 위해서라면 기독교 세계의 모든 주교직을 희생할 수도 있을 것 같았습니다. 나는 그녀에게 우리가 앞으로 어떻게 하면 좋을지 물었습니다. 그녀는 곧바로 신학교를 나와 보다 안전한 장소에서 다시 자리 잡아야 한다고 말했습니다. 나는 그녀의 모든 의지에 이의 없이 동의했습니다. 그녀는 길 끝에서 마차를 타고 나를 기다렸습니다. 나는 뒤이어 문지기에게 들키지 않고 빠져나갔습니다.

나는 그녀와 함께 마차에 올라탔습니다. 우리는 중고품 가게를 들렀습니다. 나는 계급장과 검을 다시 찼습니다. 나는 한 푼도 없었기 때문에 마농이 비용을 지불했습니다. 생 쉴피스에서 나오다가 내가 어떤 장애물이라도 만날까 봐 두려워서 그녀는 내가 돈을 가지러 잠시 방에 되돌아가는 것을 원치 않았습니다. 게다가 내가 가진 돈은 얼마 되지 않았고 그녀는 B의 관대함 덕분에 내가 가진 돈 정도는 무시할 수 있을 만큼 꽤 넉넉했습니다. 우리는 바로 그 중고품 가게에서 앞으로의 일에 대해 협의했습니다. B로 인해 내게 치르게 한 희생을 더 돋보이게 하려고 그녀는 B에 대해 최소한의 배려도 하지 않으려 했습니다. 그녀는 내게 말했습니다. "그가 마련해준 가구는 그에게 남겨둘 거예요. 그의 것이니까요. 하지만 2년 동안 그에게서 받은 보석과 6만 프랑은 정당한 것이니 가져가겠어요." 그녀는 덧붙였습니다. "나는 그에게 나에 대한 어떠한 권리도 주지 않았어요. 그래서 우리는 행복하게 지낼 수 있는 편안한 집을 얻어 파리에서 걱정 없이 살 수 있어요." 나는 그녀에게는 위험이 전혀 없을지라도 나에게는 많은 위험이 있을 거라고 설명했습니다. 언젠가는 발각되고 내가 이미 겪은 불행을 앞으로도 겪게 될 위험들 말이죠. 그녀는 파리를 떠나는 것이 서운할 거라고 했습니다. 나는 그녀를 슬프게 하는 것이 아주 두려워서 그녀를 기쁘게 해주기 위해서라면 그 어떤 위험도 무시할 수 있었습니다. 그렇지만 우리는 이성적인 타협점을 찾았습니다. 그것은 즐길 거리나 필요한 일이 생길 때 시내로 들어가기 쉬운 파리 근교에 집을 얻는 것이었습니다. 우리는 파리에서 멀지 않은 샤이오를 선택했습니다. 마농은 곧바로 자기 집으로 되돌아갔습니다. 나는 튈르리 공원의 작은 문에서 그녀를 기다렸습니다. 그녀는 빌린 마차를 타고 그녀의 시중을 드는 하녀 한 명과 함께 옷가지와 모든 귀중품이 든 여행용 큰 가방 몇 개를 들고 한 시간 후에 돌아왔습니다.

우리는 지체 없이 샤이오로 갔습니다. 우리는 집이나 적어도 적당한 아파트를 찾을 시간을 갖기 위해 첫째 날 밤은 여관에 묵었습니다. 우리는 바로 다음 날 우리 취향에 맞는 아파트를 찾았습니다.

처음 나의 행복은 견고하게 확립된 것 같았습니다. 마농은 부드러움과 배려 그 자체였습니다. 그녀가 나에게 아주 섬세한 주의를 기울인 덕분에 나는 내 모든 고통을 너무 완벽하게 보상받았다고 느꼈습니다. 이전의 경험을 토대로 우리 자산의 지속가능성에 대해 따져보았습니다. 우리 자산 총액인 6만 프랑으로는 일생동안 버틸 수 있는 금액이 아니었습니다. 게다가 우리는 지나치게 허리띠를 졸라맬 각오가 되어 있지 않았습니다. 나도 그렇지만 마농의 첫 번째 미덕은 절약은 아니었습니다. 나는 그녀에게 말했습니다. "내가 정한 계획은 이것이오. 6만 프랑이면 10년은 견딜 수 있을 거요. 우리가 계속 샤이오에 산다면 연간 2천 에퀴면 충분할 거요. 우리는 이곳에서 적절하지만 검소한 생활을 합시다. 마차 유지와 공연관람을 위해서만 돈을 씁시다. 다른 것은 조정해갑시다. 그대가 오페라를 좋아하니 일주일에 두 번 오페라를 보러 갑시다. 게임의 경우는 2피스톨 이상 잃지 않도록 제한을 둡시다. 10년의 시간이면 내 가족 내에서 변화가 일어나지 않을 수 없을 거요. 아버지가 연로하시니 돌아가실 수도 있소. 그러면 내가 재산을 상속 받을 테니 그때에 이르면 모든 두려움에서 벗어날 수 있을 거요."

만일 우리가 현명하여 이 조정을 제대로 지키기만 했더라면, 그것이 내 인생에서 가장 미친 행동은 아니었을 겁니다. 하지만 우리의 결심은 한 달을 넘기지 못했습니다. 마농은 쾌락에 탐닉했습니다. 나는 그녀에 탐닉했습니다. 매순간 새롭게 돈 쓸 일이 생겼습니다. 그녀가 과하게 사용하는 돈을 아쉬워하기는커녕 그녀의 마음에 들 것이라 생각되는 모든 것을 내가 먼저 마련해주었습니다. 그녀는 샤이오의 우리 거처를 견디기 힘들어하기 시작했습니다. 겨울이 다가오자 모든 사람들이 도시로 되돌아갔고 시골은 황량해졌습니다. 그녀는 다시 파리에 집을 얻자고 제안했습니다. 나는 동의하지 않았습니다. 하지만 어느 정도 그녀를 만족시키기 위해 파리에 가구 딸린 아파트를 세 얻어서, 일주일에 몇 차례씩 모임이 너무 늦게 끝나면 그 아파트에서 잘 수 있을 거라고 말했습니다. 왜냐하면 그녀는 너무 늦게 귀가하는 것이 불편하다는 핑계를 내세워 샤이오를 떠나자고 했기 때문이었습니다. 이렇게 해서 우리는 하나는 도시에 하나는 시골에 두 곳의 거처를 갖게 되었습니다. 이 변화는 곧 우리의 파멸의 원인이 된 두 가지 사건을 만들면서 우리를 최후의 방탕으로 몰아넣었습니다.

마농에게는 근위병인 오빠 한 명이 있었습니다. 불행하게도 그는 파리의 우리와 같은 동네에 살고 있었습니다. 그는 아침에 창가에 있는 여동생을 알아봤습니다. 그는 바로 우리 집으로 달려 왔습니다. 그는 거칠고 예의의 원칙도 모르는 사람이었습니다. 그는 무섭게 욕을 하면서 우리 방으로 들어왔고 자기 여동생의 연애사건 일부를 알고 있어 그녀에게 욕설과 비난을 퍼부었습니다. 나는 바로 그 직전에 외출을 했는데 그것은 틀림없이 그에게도, 또 전혀 모욕당할 준비가 안 된 내게도 다행이었습니다. 나는 그가 떠난 후에야 집에 되돌아왔습니다. 마농의 슬픈 표정을 통해 어떤 특별한 일이 일어났다고 판단할 수 있었습니다. 그녀는 조금 전에 겪은 곤란한 일과 오빠의 거친 협박을 이야기해 주었습니다. 나는 너무 화가 나서 그녀가 눈물로 나를 제지하지 않았다면 복수를 하기 위해 곧바로 달려갔을 겁니다. 내가 그녀와 함께 이 사건에 대해 이야기하고 있는 동안 근위병은 기별도 없이 우리 방으로 들어왔습니다. 내가 그를 알고 있었더라면 그렇게 예의바르게 그를 맞이하지 않았을 겁니다. 하지만 웃는 표정으로 인사를 하고서 그는 자신이 화낸 것에 대해 사과를 하러 왔노라고 마농에게 말했습니다. 그리고 그는 마농이 방탕함에 빠져 있다고 생각했고 그래서 화가 났다고 했습니다. 하지만 우리 하인들 중 한 명으로부터 내가 누구인지를 알고 나서 그는 나와 가까워지고 싶어 했고 우리와 함께 살기 원하는 데까지 이르렀습니다. 내 하인들 가운데 한 명이 알려줬다는 그 정보가 이상하고 충격적인 면이 있긴 했지만, 나는 그의 칭찬을 정직하게 받아들였습니다. 나는 마농이 기뻐할 거라 생각했습니다. 그녀는 오빠가 화해하려는 것을 보고 기뻐하는 것 같았습니다. 우리는 저녁을 같이 하자고 그를 붙잡았습니다. 그는 짧은 시간에 아주 친숙해져서 우리가 샤이오로 돌아간다는 이야기를 듣고 우리와 함께 가고 싶다고 했습니다. 우리 마차에 그의 자리를 마련해야 했습니다. 그것은 일종의 점유였습니다. 왜냐하면 그는 금방 우리와 익숙해져서 우리 집을 자기 집처럼 여겼고 어떤 면에서 우리에게 속하는 모든 것의 주인이 되었습니다. 그는 나를 형제라고 불렀고 형제간의 자유를 구실로 온갖 친구들을 샤이오의 우리 집으로 데려오고 그들을 우리 돈으로 대접하는 기쁨을 만끽했습니다. 우리 돈으로 좋은 옷을 입었습니다. 심지어 그의 빚을 우리에게 대신 갚게 했습니다. 나는 마농의 기분을 상하지 않게 하려고 이러한 전횡에 눈을 감았고 때때로 그가 마농에게서 꽤 많은 돈을 빼내가는 것을 모르는 체하기까지 했습니다. 그는 도박을 잘하는 편이어서 운이 좋을 때면 그 돈의 일부를 성실하게 되돌려주기도 했던 것은 사실입니다. 하지만 그의 무절제한 소비를 오랫동안 버텨내기에는 우리 자산은 너무 빈약했습니다. 나는 성가신 일에서 벗어나기 위해 그와 터놓고 의논하려던 참이었습니다. 바로 그때 그 불행한 사건이 일어나 그와 대화하는 수고를 겪지 않게 되었고, 그 사건은 우리를 무일푼으로 파산시킨, 또다른 사건의 원인이 되었습니다.

자주 하던 대로 어느 날 우리는 파리에 머물고 있었습니다. 이런 때면 하녀 혼자 샤이오에 남아 있곤 했습니다. 그런데 그 하녀가 아침에 달려와서 밤사이 집에 불이 났었고 불을 끄는데 어려움이 많았다고 알려줬습니다. 나는 하녀에게 우리 살림살이에 피해가 많았냐고 물어봤습니다. 수많은 사람들이 도와주러 와서 아주 큰 혼란이 있어 그 어떤 것도 확신할 수 없다고 대답했습니다. 나는 작은 상자 안에 넣어 둔 우리 돈 때문에 몹시 떨렸습니다. 나는 재빨리 샤이오로 갔습니다. 그러나 이미 소용없었습니다. 상자는 이미 사라지고 없었습니다. 그때 나는 사람은 구두쇠가 아니어도 돈을 사랑할 수 있다고 느꼈습니다. 돈을 분실한 후 아주 극심한 고통을 겪어서 나는 이성을 잃었다고 생각했습니다. 나는 갑자기 내가 어떤 새로운 불행을 겪게 될지를 이해했습니다. 가난은 별 문제가 아니었습니다. 나는 마농을 알고 있었습니다. 돈이 많을 때 그녀가 아무리 내게 성실하고 나를 사랑했더라도 돈이 없을 때는 그녀를 믿지 않아야 한다는 사실을 이미 너무 잘 경험했으니까요. 그녀는 풍요와 쾌락을 너무 좋아해서 나를 위해 그것들을 희생할 수는 없었습니다. 나는 소리쳤습니다. "나는 그녀를 잃게 될 거야! 불쌍한 슈발리에, 너는 또 한 번 네가 사랑한 모든 것을 잃게 될 거야!" 이렇게 생각하니 나는 아주 끔찍한 고통에 빠지게 되어 내 모든 아픔을 죽음으로 끝내는 편이 더 낫지 않을까 잠시 망설이기까지 했습니다. 그렇지만 전혀 방법이 없을지 미리 검토할 정도의 기지는 지니고 있었습니다. 하느님은 내 절망을 멈출 수 있는 묘안을 주셨습니다. 마농에게 돈을 잃어버렸다는 사실을 숨길 수 있을 것이고 술책이나 운의 도움을 받는다면 그녀가 부족함을 느끼지 않도록 생활비를 적당히 댈 수 있을 거라고 생각했습니다. 스스로를 위로하고자 말했습니다. '나는 2만 에퀴면 10년 동안 충분할 것이라고 계산했었어. 10년이 지났는데 내가 기대했던 가족 내의 어떠한 변화도 일어나지 않는다고 가정해보자. 내가 어떤 결정을 내릴까? 잘 모르겠어. 하지만 그때 할 일을 오늘 한다고 해서 누가 막을 수 있을까? 파리에는 나 정도의 재치나 타고난 장점도 없지만, 각자의 재능으로 먹고 살아야 하는 사람들이 얼마나 많은가!' 나는 덧붙였습니다. '신은 다양한 삶을 생각하고 일을 아주 현명하게 정리하지 않았을까? 대부분의 부자나 귀족들은 어리석다. 사교계를 조금이라도 아는 사람에게 이는 명백한 사실이다. 그런데 바로 거기에 놀라운 정의가 있다. 그들이 부에 재치까지 갖춘다면 그들은 너무 행복하고 나머지 사람들은 너무 불행할 것이다. 훌륭한 육체와 정신은 불행과 가난에서 벗어나기 위한 수단으로서 바로 그 나머지 사람들에게 부여된다. 어떤 이들은 귀족들의 쾌락에 도움을 주면서 귀족들의 부를 나누어가진다. 다른 이들은 그들을 교육하는 데 도움을 준다. 그들은 귀족들을 신사로 만들려고 한다. 사실 성공하는 경우는 드물지만 신성한 지혜의 여신의 목표는 성공이 아니다. 그들은 언제나 자신들의 일에서 결실을 얻고 그 결실이란 자신들이 가르치는 사람들을 희생시켜 생활하는 것이다. 그리고 어떤 방법을 취하든 부자와 귀족들의 어리석음은 가난한 사람들에게는 훌륭한 소득의 기반이 된다.'

이렇게 생각하니 마음과 머리가 어느 정도 진정되었습니다. 나는 우선 마농의 오빠인 레스코와 의논하러 가기로 결정했습니다. 그는 파리를 완벽하게 알고 있었습니다. 나는 그의 가장 확실한 수입의 출처가 자기 재산도 왕으로부터 받는 급여도 아니라는 사실을 여러 기회를 통해 알고 있었습니다. 다행히도 내 주머니에는 20 피스톨이 남아 있었습니다. 나는 내 불행과 두려움을 설명하면서 내 지갑을 그에게 보여주었습니다. 그리고는 내가 굶어 죽거나 절망으로 머리가 깨지는 것 사이에서 선택할 해결책이 있는지 물어봤습니다. 그는 내게 골

치를 썩는 것은 어리석은 이들의 방법이라고 대답했습니다. 굶어죽는 것은 많은 똑똑한 사람들이 자신의 재주를 사용하지 않으려 할 때 그렇게 되고 마는 것이라고 했습니다. 내가 무엇을 할 수 있는지 검토하는 것은 내 몫이며 내가 어떤 일을 도모하든 도와주고 충고해주겠다고 대답했습니다.

나는 그에게 말했습니다. "레스코, 그건 아주 막연해요. 나는 보다 현실적인 해결책이 필요해요. 마농에게 어떻게 이야기하라고 이러십니까?" 그는 다시 말했습니다. "마농에 대해 말인데 그대가 곤란해할 일이 무엇이오? 그녀에 대해서는 그대가 원할 때 불편함을 끝낼 수 있는 방법이 늘 있지 않소? 그녀와 같은 여자는 그대와 나 그리고 그녀 자신까지 다 먹여 살릴 수 있을 거요." 이렇듯 무례한 말에 대한 내 대답을 가로막고 그는 다음과 같이 계속 말했습니다. 내가 그의 충고를 따르면 그날 밤 안에 우리끼리 천 에퀴를 나눠가질 수 있게 해주겠다고 했습니다. 쾌락의 측면에서 아주 한량이어서 마농 같은 여자의 호의를 얻기 위해 천 에퀴 정도는 아무렇지 않게 쓸 수 있는 귀족 한 명을 알고 있다고 했습니다. 나는 그의 말을 가로 막았습니다. 나는 그에게 대답했습니다. "내가 당신을 과대평가했네요. 나는 당신이 내게 부여한 우정의 동기가 지금 당신이 가진 것과 전혀 다른 감정이라고 생각했어요." 그는 내게 파렴치하게도 지금까지 항상 같은 생각을 해왔으며 자기 여동생은 아무리 가장 좋아하는 사람을 위해서일지라도 한 번 여성의 규범을 어겼으니 그는 단지 여동생의 나쁜 행실을 이용할 희망이 있었기 때문에 화해했다고 고백했습니다. 그때까지 우리가 그에게 속았다는 것은 쉽게 알 수 있었습니다. 이러한 그의 말로 내가 어떤 감정을 가졌건 그가 필요했으므로 나는 웃으면서 그 조언은 극단적인 경우에 써야 하는 최후의 수단이라고 대답해야 했습니다. 나는 그에게 다른 방법을 알려달라고 부탁했습니다. 그는 내게 젊음과 신이 주신 뛰어난 외모를 이용해 나이 많고 자유로운 부인과 관계를 맺어 보라고 제안했습니다. 나는 마농에게 불성실하게 될 이 방법 또한 마음에 들지 않았습니다. 나는 보다 쉽고 내 처지에 가장 적합한 방법으로 도박에 대해 이야기했습니다. 그는 내게 도박은 사실 하나의 방법이긴 하지만 기술을 전수받아야 한다고 말했습니다. 그의 말에 따르면 평범한 희망을 가지고 단순히 도박을 시도하다가는 완전히 알거지가 될 것이고 혼자서 도움 없이 능숙한 사람의 속임수나 기술을 실행하려는 것은 너무 위험한 일이라고 했습니다. 또한 그에 따르면 세 번째 길이 있는데 이는 동맹을 맺는 것이지만 내가 젊어서 동맹자들이 끼워주지 않을까 걱정된다는 것이었습니다. 하지만 그는 그 사람들을 알선해주겠다고 약속했습니다. 그리고는 그에게서 기대하지 않았던 말이긴 한데 내가 다급한 처지에 놓이면 약간의 돈을 주겠다고 했습니다. 그 상황에서 내가 그에게 요구한 유일한 친절은 나의 재정적 손실과 우리 대화 주제에 관해 마농에게 아무것도 말하지 않는 것이었습니다.

나는 들어갈 때보다 더 만족하지 못한 상태로 그의 집에서 나왔습니다. 심지어 나는 그에게 내 비밀을 털어놓은 것을 후회했습니다. 이렇게 만나지 않아도 내가 알 수 있는 것 외에는 나를 위해 그는 아무엇도 해주지 않았습니다. 그래서 나는 그가 마농에게 아무 말도 하지 않겠다고 한 약속을 어길까 봐 몹시 두려웠습니다. 그의 말을 통해 그가 그녀를 내 품에서 빼앗거나 적어도 더 부유한 어떤 애인을 위해 나를 떠나라고 그녀에게 충고하여, 그의 표현에 따르면, 그녀를 이용할 계획을 가지고 있다고 이해되었습니다. 나는 그 문제에 관해 생각에 생각을 거듭했지만 괴롭기만 하고 아침의 절망적인 상황을 다시 새롭게 할 뿐이었습니다. 경제적인 도움을 받기 위해 아버지에게 편지를 써서 내가 또 다시 마음을 새롭게 먹은 것처럼 위장할까 하는 생각이 몇 번이나 들었습니다. 하지만 곧 모든 선의에도 불구하고 아버지는 내 첫 번째 과오에 대해 6개월 동안이나 좁은 감옥과 같은 곳에 나를 가두어두셨다는 것이 기억났습니다. 생 쉴피스에서의 도주 소동을 일으켰으니 아버지는 나를 훨씬 더 엄하게 다룰 것이라는 확신이 들었습니다. 마침내 이렇게 혼란스러운 생각들을 하는 중에 갑자기 내 마음을 진정시켜주고 좀 더 일찍 이 생각을 하지 못한 것이 놀라운 한 가지 생각이 떠올랐습니다. 그것은 친구 티베르주에게 도움을 청하는 것이었습니다. 그 친구라면 변함없는 열정과 우정을 보여줄 것이 아주 확실했습니다. 완벽하게 성실한 사람들에게 보내는 신뢰보다 더 놀라운 미덕을 행하는 일은 없습니다. 위험을 감수할 필요가 전혀 없다고 느낍니다. 그런 사람들이 비록 언제나 도움을 줄 수는 없다 할지라도 최소한 선의와 동정심을 얻을 수 있음은 확실합니다. 태양의 부드러운 힘을 기대한 한 송이 꽃이 햇빛을 받아 피어나듯이 다른 사람들에게 굳게 닫힌 마음이 이 사람들 앞에서는 자연스럽게 열립니다.

　나는 그토록 때맞춰 티베르쥬를 생각해낸 것을 신의 가호로 여겨졌고 그날 안에 그를 만날 방법을 찾기로 결심했습니다. 나는 그에게 짧은 편지를 써서 만나기에 적당한 장소를 알려주기 위해 곧바로 집으로 돌아갔습니다. 내 처지를 고려하여 그가 내게 해 줄 수 있는 가장 중요한 서비스인 침묵과 조심을 당부했습니다. 그를 만날 희망으로 인한 기쁨이 내 얼굴에서 슬픔의 흔적을 지워주었습니다. 마농이 그 슬픔을 알아차리지 못했을 리 없습니다. 나는 마농에게 샤이오의 불행에 대해 알릴 필요 없는 소동처럼 이야기했습니다. 그리고 파리는 그녀가 최고로 즐거워하는 사교모임이 있는 장소여서, 샤이오에서 일어난 가벼운 화재의 흔적들을 복구할 때까지 우리가 파리에 머무르는 것이 좋겠다는 내 말에 화내지 않았습니다. 한 시간 후에 나는 티베르쥬의 답장을 받았습니다. 그는 지정된 장소로 오겠노라 약속했습니다. 나는 황급히 그곳으로 달려갔습니다. 그러나 나는 그 존재만으로도 내 방탕함을 비난하는 것 같은 친구 앞에 나타나는 것이 약간 수치스러웠습니다. 하지만 그의 선한 마음에 대한 생각과 마농의 이해관계 덕분에 나는 대담할 수 있었습니다.

　나는 그에게 팔레 루아얄 정원에 있어달라고 했습니다. 그는 나보다 먼저 그곳에 와 있었습니다. 그는 나를 보자마자 달려와서 끌어안았습니다. 그는 오랫동안 나를 품에 안고 있었고 내 얼굴이 그의 눈물로 젖어 있음을 느꼈습니다. 그에게 내가 단지 혼란스러운 마음에서 그의 앞에 나왔고 마음속에서는 내 배은망덕함을 생생하게 느끼고 있다고 말했습니다. 그리고 우선 내가 그토록 확실히 그의 존중과 애정을 잃기에 마땅한 행동을 했는데도, 그를 여전히 친구로 생각할 수 있을지 알려달라고 청했습니다. 그는 가장 부드러운 어조로 자신이 내 친구 자격을 포기하게 할 수 있는 것은 아무것도 없다고 대답했습니다. 나의 불행 그리고 그렇게 말해도 괜찮다면 내 과오와 방탕에도 나를 향한 애정은 배가되었다고 했습니다. 하지만 소중한 사람이 파멸에 이르는데 도와주지 못하고 지켜보는 것은 애정에 가장 큰 고통이 섞이는 경우라고 했습니다.

우리는 벤치에 앉았습니다. 나는 가슴 깊은 곳에서 나오는 한숨을 몰아쉬며 그에게 말했습니다. "아아! 친애하는 티베르주, 그대의 동정심이 내 고통과 같은 것이라면 그대의 동정심은 대단한 것임에 틀림없네. 자네가 내 고통을 아는 것이 수치스럽네. 왜냐하면 고백하건대 그 원인이 영광스러운 것이 못되니 말일세. 하지만 그 결과는 아주 슬퍼서 그대만큼 나를 사랑하지 않아도 측은해하기에 충분하다네." 그는 자신을 친구로 생각한다면 생 쉴피스에서 떠난 이후의 모든 일을 숨김없이 말해달라고 부탁했습니다. 나는 그의 말대로 했습니다. 그리고 사실 어떤 것을 변질시키거나 좀 더 용서받을 수 있게 하려고 내 과오를 축소하기는커녕 그것이 불러일으킨 모든 힘을 가지고 내 열정에 대해 이야기했습니다. 나는 내 열정을 운명의 특별한 힘 가운데 하나로 표현했습니다. 그 운명의 힘은 한 불쌍한 사람의 파멸에 관계되고 그것을 예측하는 지혜를 갖기가 불가능했던 만큼 그것으로부터 방어할 지혜를 갖는 것도 불가능한 것이라고 했습니다. 나는 티베르주에게 내 마음의 동요와 두려움 그리고 그를 만나기 두 시간 전에 느꼈던 절망 그리고 만일 내가 운명의 신에 버림받듯이 친구들에게 가혹하게 버림받는다면 내가 다시 빠지게 될 절망에 대해 생생하게 묘사했습니다. 마침내 나는 착한 티베르주를 너무나 감동시켜서 내가 고통으로 아파했듯이 그가 동정심으로 마음 아파하는 것을 보았습니다. 그는 지치지도 않고 나를 안아주었고 내게 용기와 위안을 가지라고 했습니다. 하지만 그는 여전히 내가 마농과 헤어져야 한다는 것을 전제로 했으므로 나는 그에게 분명히 이해시켰습니다. 내가 가장 큰 불행으로 여기고 가장 가혹하게 비참할 뿐만 아니라 모든 아픔을 합한 것보다 더 견딜 수 없는 것, 즉 그녀와의 헤어짐이라는 치료약을 받느니 그 전에 가장 잔혹한 죽음마저 견딜 각오를 하겠노라고.

그는 내게 말했습니다. "내가 제안하는 모든 것에 저항하면 자네를 어떻게 도와줄 수 있을지 설명 좀 해 주겠나?" 내가 필요한 것은 바로 그의 돈이라고 말할 엄두가 나지 않았습니다. 그렇지만 결국 그는 그 사실을 이해했고 내 뜻을 알 것 같다고 하며 잠깐 동안 갈등하는 듯한 태도로 머물러 있었습니다. 그는 곧 다시 말했습니다. "열정과 우정이 식어서 오래 숙고한다고 생각하지 말게. 하지만 자네가 받고 싶은 유일한 도움을 거절해야 하거나 자네를 도와주면서 내 의무를 위반해야 하는 양자택일의 상황인데 자네는 내가 어찌 했으면 좋겠는가? 자네가 방탕한 생활을 계속하게 하는 것은 자네의 방탕에 참여하는 것이 아닌가?" 잠시 깊이 생각한 후에 그는 계속 이야기했습니다. "그렇지만 지금 자네가 처한 곤궁한 상태로 인해 자네가 더 나은 결정을 할 수 없음은 이해하겠네. 지혜와 진실을 음미하기 위해서는 평온한 마음이 필요하지." 그는 나를 안아주면서 덧붙였습니다. "친애하는 친구, 단 한 가지 조건이 있네. 자네 사는 곳을 알려주고 자네의 미덕을 회복시키기 위해 내가 노력할 수 있게 해주게. 나는 자네가 미덕을 좋아하고, 미덕에서 자네를 떼어놓는 것은 단지 격렬한 열정임을 나는 알고 있다네." 나는 진심으로 그가 바라는 것을 해주었고 그토록 덕망 있는 친구의 충고를 이렇게 나쁘게 이용하는 내 짓궂은 운명을 불쌍히 여겨달라고 부탁했습니다. 그는 곧바로 알고 지내는 은행가에게 나를 데려가서 자기 이름으로 백 피스톨을 빌려주었습니다. 왜냐하면 그에게는 현금이 거의 없었기 때문이었습니다. 이미 말했듯이 그는 부자가 아니었습니다. 그의 성직록(聖職錄)은 천 에퀴의 가치가 있었지만 그가 성직록을 갖게 된 첫해라 수입이 전혀 없었습니다. 그러니까 그는 자신의 미래 수입을 담보로 내게 돈을 당겨준 것이었습니다.

나는 그의 호의의 모든 가치를 느꼈습니다. 나에게 모든 의무를 위반하게 하는 운명적인 사랑의 맹목성을 개탄할 정도로 그의 호의에 감동받았습니다. 미덕은 내 마음 속에서 잠시 동안 열정에 맞서 올라올 정도의 힘은 충분히 있었고, 그렇게 이성이 밝아지는 순간에는 적어도 내 굴레에 대해 수치와 무능함을 느꼈습니다. 하지만 이 싸움은 가벼웠고 거의 지속되지 않았습니다. 마농의 얼굴을 보면 나는 하늘에서 쏜살같이 떨어지고, 그녀 옆에 다시 있게 되면 그토록 매력적인 대상에 이렇게 정당한 애정을 한순간이나마 부끄럽게 여긴 것에 스스로 놀랐습니다.

마농은 특별한 성격의 소유자였습니다. 그녀는 그 어떤 여자보다 돈에 덜 집착하는 편이었지만 돈이 부족하다는 두려움이 생기면 한순간도 가만히 있을 수 없었습니다. 그녀에게 필요한 것은 쾌락과 오락이었습니다. 돈이 들어가지 않고 즐길 수 있다면 그녀는 단 한 푼도 건드리려 하지 않았을 겁니다. 그녀가 하루를 즐겁게 보낼 수만 있다면 우리가 가진 돈이 얼마인지는 물어보지도 않았습니다. 그래서 과하게 놀이에 빠지지도 않고 돈이 많이 들어가는 파티에 현혹될 수도 없는 그녀에게 매일매일 자신의 취향에 맞는 즐길 거리가 생긴다면, 그녀를 만족시키는 것은 너무나 쉬운 일이었습니다. 하지만 이렇게 쾌락에 몰입하는 것이 그녀에게는 꼭 필요한 것이어서 그것이 없으면 그녀의 기분과 성향을 조금도 신뢰할 수 없을 정도였습니다. 비록 그녀가 나를 사랑하고 그녀에게 사랑의 달콤함을 완벽하게 맛보게 할 수 있는 유일한 사람이 나라고 인정했어도 그녀의 애정이 몇 가지 두려움을 전혀 견뎌내지 못할 것임을 나는 거의 확신했습니다. 내가 조금의 돈만 가지고 있다면 세상 누구보다 나를 더 좋아했을 것입니다. 하지만 내가 변치 않는 마음과 충실함밖에 줄 것이 없다면 나를 버리고 어떤 새로운 B를 향해 갈 것이라는 것은 의심의 여지가 없었습니다. 그러므로 나는 내게 꼭 필요한 지출을 줄여서 그녀의 소비를 여전히 감당할 수 있도록 그래서 필요 없는 것이라도 그녀의 소비를 제한하기보다는 오히려 내게 꼭 필요한 많은 것들이 없이 살기로 결정했습니다. 마차는 다른 모든 것보다 끔찍했습니다. 왜냐하면 말과 마부 한 명을 유지하는 것이 버거웠기 때문이었습니다. 나는 레스코에게 어려움을 털어놨습니다. 나는 친구로부터 백 피스톨을 받았다는 사실을 숨기지 않았습니다. 그는 내게 도박을 해보려 한다면 그의 추천과 백 프랑 남짓을 써서 그의 동업자들을 구슬리면 내가 도박꾼 무리에 받아들여질 가능성이 없지 않다고 다시 한 번 말했습니다. 내가 느낀 거북한 감정이 어떠했든 나는 잔인한 필요에 따라 이끌려 갈 수 밖에 없었습니다.

레스코는 바로 그날 저녁 나를 친척이라고 소개해줬습니다. 그는 내가 운명의 가장 큰 특혜를 원하고 있으므로 성공할 가능성이 더욱 크다고 덧붙였습니다. 그렇지만 내가 가난하긴 해도 무일푼은 아니라는 점을 알리기 위해 그는 동료들에게 내가 저녁 식사 초대를 할 의향이 있다고 말했습니다. 제안은 받아들여졌습니다. 나는 그들을 훌륭하게 대접했습니다. 내 선한 인상과 좋은 성격에 대해 오랫동안 대화했습니다. 신사의 느낌이 나는 인상이어서 아무도 내 술책을 경계하지 않을 것이므로 나에 대해 기대하는 바가 크다고 했습니다. 마침내 그들은 나처럼 괜찮은 신입을 자기 팀에 소개해 준 것에 대해 레스코에게 감사의 말을 전했습니다. 그리고 팀원 가운데 한 명에게 며칠간 내게 필요한 것들을 가르치라는 임무를 맡겼습니다. 내 작업의 주된 무대는 트란실바니 호텔로 정해졌습니다. 그곳의 큰 방에는 파라오 카드놀이 테이블이 있고, 회랑에는 다양한 다른 카드 게임과 주사위들이 있었습니다. 이 도박장은 당시 클라니에 머물고 있던 R 대공을 위해 조직되었습니다. 그리고 그의 관료들 대부분이 우리 모임에 속했습니다. 내 치부를 말할까요? 나는 짧은 시간 안에 스승의 가르침을 활용했습니다. 나는 특히 반회전을 하고 천천히 패를 내는 데 재주가 있었습니다. 그리고 긴 소맷부리를 활용하여 아무리 능숙한 사람들이라도 그들의 눈을 속이고 많은 정직한 게이머들을 자연스럽게 파산시킬 수 있을 만큼 가볍게 카드를 감추었습니다. 이렇듯 놀라운 재주로 인해 내 재산은 금방 늘어났고 몇 주 안가서 동업자들과 나눈 돈을 빼고서도 꽤 많은 돈을 갖게 되었습니다. 나는 마농에게 샤이오에서의 우리의 손실을 말하는 것이 더 이상 두렵지 않았습니다. 이 난처한 소식을 접한 그녀를 위로하기 위해, 나는 가구 딸린 집 한 채를 세 얻었습니다. 우리는 호사스럽고 안전하게 그 집에 정착했습니다.

그러는 동안에도 티베르주는 잊지 않고 나를 자주 찾아와주었습니다. 그의 훈계는 전혀 끝나지 않았습니다. 내가 양심, 명예 그리고 운명에 저지른 잘못을 그는 끊임없이 되풀이해서 말했습니다. 나는 그의 충고를 우정으로 받아들였습니다. 비록 그의 의견을 따를 의향은 전혀 없었지만 그 근원이 무엇인지 알기 때문에 그의 열정에 감사했습니다. 때때로 나는 마농 앞에서 가볍게 그를 놀리곤 했습니다. 그리고 성직자의 봉급으로 정부(情婦)를 두고 있는 적지 않은 주교와 다른 사제들처럼 양심의 가책을 느끼지 말라고 그를 설득했습니다. 나는 그에게 마농의 눈을 보여주면서 말했습니다. "이보게, 이렇게 아름다운 원인에 의해 정당화되지 않을 잘못이 있는지 말해주게." 그는 참았습니다. 그는 꽤 많이 참아냈습니다. 하지만 내 부가 증가하고 그에게 백 피스톨을 갚았을 뿐 아니라 새 집을 얻고 소비를 늘린 내가 그어느 때보다 쾌락에 다시 빠져들려 하자 그는 어조와 태도를 완전히 바꾸었습니다. 그는 무감각해지는 나를 불쌍히 여겼습니다. 그는 하늘의 벌이 있을 거라 위협했고 내게 곧 닥칠 불행의 일부분을 예견했습니다. 그는 내게 말했습니다. "자네의 방탕함을 유지하는 데 사용되는 돈은 정당한 방법으로 얻을 수 없네. 자네는 그 돈을 부당하게 벌었을 거야. 그러니 같은 방법으로 그 돈을 빼앗길 거네. 하느님의 가장 가혹한 형벌은 자네가 조용히 방탕함을 즐기도록 내버려두는 것일 거야." 그는 덧붙였습니다. "내 모든 충고는 소용없었어. 자네는 내 충고를 곧 귀찮아 할 걸세. 잘 있게. 배은망덕하고 연약한 친구여. 자네의 사악한 쾌락이 그림자처럼 사라질 수 있기를! 자네의 행운과 돈이 모두 사라지고 자네를 미친 듯이 취하게 만든 것들의 공허함을 느끼도록 아무것도 없이 자네 혼자 남겨지기를! 그때가 되면 자네를 사랑하고 도와줄 준비가 된 나를 만나게 될 걸세. 하지만 오늘 나는 자네와의 모든 교류를 단절하네. 그리고 나는 자네의 삶의 방식이 너무 싫다네." 내 방에서 그는 마농을 앞에 두고 내게 신학적인 엄숙한 연설을 했습니다. 그는 떠나려고 일어섰습니다. 나는 그를 붙잡으려 했지만 마농이 가로막았습니다. 그는 미친 사람이니 떠나도록 내버려두라고 했습니다.

티베르주의 말이 그럼에도 내게 어떤 강한 인상을 남겼습니다. 내 인생 중 가장 불행한 상황을 참고 견디게 한 힘이라도 가졌던 것은 바로 이 추억 덕분이어서, 내 마음이 덕을 향해 귀환하고자 할 때 이런 식으로 다양한 상황들을 주목합니다. 마농의 애무는 이 장면으로 인한 나의 슬픔을 한순간에 쫓아버렸습니다. 우리는 전적으로 쾌락과 사랑에 헌신하는 삶을 계속 이어나갔습니다. 돈이 많아지면서 우리의 애정은 배가 되었습니다. 사랑의 여신과 운명의 여신에게 우리보다 더 행복하고 애정 어린 노예는 전혀 없었습니다. 저런! 이토록 매력적인 즐거움을 맛볼 수 있는데 왜 세상을 비참한 곳이라고 할까요? 하지만 아아! 이러한 즐거움의 약점은 너무 빨리 지나가는 것입니다. 그것이 오래도록 지속된다면 어떤 다른 행복을 목표로 삼으려 할까요? 우리의 즐거움도 같은 운명을 지녔습니다. 즉 잠깐 동안 지속되었고 쓰디쓴 후회가 뒤따른 것이었습니다. 나는 도박을 통해 아주 많은 수입을 올렸고 돈의 일부를 저금할 생각이었습니다. 하인들, 특히 내 하인과 마농의 하녀는 내 성공을 모르지 않았고 그들 앞에서 우리는 종종 경계심 없이 대화를 나누었습니다. 마농의 하녀는 예뻤고 내 하인은 그녀를 사랑하게 되었습니다. 그들에게 상대는 쉽게 속일 수 있다고 생각되는 젊고 쉬운 주인들이었습니다. 그들은 계획을 세웠고 우리에게 아주 불행한 방법으로 그 계획을 실행에 옮겨서 우리를 결코 재기할 수 없는 상태에 빠트리고 말았습니다.

어느 날 레스코가 저녁 초대를 해서 자정 무렵 집으로 돌아왔었습니다. 나는 내 하인을, 마농은 그녀의 하녀를 불렀습니다. 그런데 둘 다 나타나지 않았습니다. 사람들 말에 따르면 그들은 여덟 시간 전부터 보이지 않았고 내 명령이라면서 상자 몇 개를 옮긴 후에 나갔다고 했습니다. 나는 일정 부분의 진실은 예감했습니다만 내가 방에 들어가면서 감지한 것 이상에 대해서는 의심조차 할 수도 없었습니다. 내 서재의 자물쇠가 뜯겨져 있었고 모든 옷가지와 함께 돈이 사라졌습니다. 내가 이 사건에 대해 혼자 생각하고 있는 동안에 완전히 겁에 질린 마농은 자신의 방에도 똑같은 피해를 입었다고 내게 알려주러 왔습니다. 충격이 아주 잔인할 정도여서 이성적으로 엄청난 노력을 기울여 소리 지르며 울지 않으려 했습니다. 내 절망이 마농에게 알려질까 두려워 억지로 평화로운 표정을 지었습니다. 마농에게 농담을 하면서 트랜실바니 호텔에서 얼마간의 속임수로 복수할 것이라고 말했습니다. 그렇지만 그녀는 우리의 불행에 아주 예민해서 억지로 꾸민 내 기쁨으로는 그녀가 우리 불행에 대해 절망하는 것을 막을 수 없었습니다. 오히려 그녀의 슬픔으로 인해 내가 더 괴로워졌습니다. 그녀는 눈물을 가득 머금은 채 내게 말했습니다. "우리는 망했어요!" 나는 포옹으로 그녀를 위로하려 애썼지만 소용없었습니다. 나 자신도 절망하고 망연자실해서 울고 있었습니다. 사실 우리는 의자 하나도 남아 있지 않았을 만큼 완전 빈털터리가 되었습니다.

나는 즉시 레스코를 부르러 사람을 보내기로 결정했습니다. 그는 바로 즉시 경찰 사령관과 파리의 사령부[11]를 찾아가라고 내게 권했습니다. 나는 그곳으로 갔지만 그것은 제 가장 큰 불행을 위한 길이었습니다. 왜냐하면 이 과정과 내가 법원 관리 두 명에게 한 과정이 아무

---

11 여기서의 사령관은 현재의 경찰청장에 해당할 정도의 실질적인 권력층이고 사령부는 명목상의 간부여서 실제 권한은 미미했다.

소득이 없었을 뿐만 아니라, 내가 없는 동안 레스코는 여동생과 대화하며 그녀에게 끔찍한 결심을 하도록 영향을 미칠 시간을 주었기 때문입니다. 그는 마농에게 쾌락을 위해 비싼 대가를 지불하는 늙은 호색한 G.M.에 관해 이야기했습니다. 그리고 그녀에게 자신을 파는데 따른 수많은 이익을 고려하게 했고 우리의 불운에 너무나 혼란스러웠던 그녀는 그의 설득에 말려들어가 버렸습니다. 이 훌륭한 거래는 내가 돌아오기 전에 성사되었고 실행은 레스코가 G.M.에게 알린 후인 그 다음날로 미뤄졌습니다. 나는 집에서 나를 기다리고 있는 그를 봤습니다. 하지만 마농은 자신의 방에서 잠이 들었고 그녀는 하인에게 쉬고 싶으니 그날 밤에는 자신을 혼자 내버려둬 달라는 말을 내게 전해달라고 지시를 내려두었습니다. 레스코는 내게 금화 몇 개를 쥐어주고 떠났고 나는 그 금화를 받았습니다. 내가 침상에 든 시각은 거의 새벽 네 시경이었습니다. 그리고 재산을 되찾을 방법에 오랫동안 매달리느라 아주 늦게 잠이 들어 오전 11시 30분경에야 깰 수 있었습니다. 나는 마농의 건강 상태를 알아보러 가기 위해 신속히 일어났습니다. 사람들이 말하기를 그녀는 한 시간 전에 마차를 타고 그녀를 데리러 온 오빠와 나갔다고 했습니다. 레스코와의 이 같은 외출이 이상했지만 나는 의심하지 않으려 애썼습니다. 몇 시간이 흘렀고 그 동안 책을 읽었습니다. 이윽고 더 이상은 불안해서 견딜 수 없게 된 나는 방 안을 성큼성큼 걸어 다녔습니다. 나는 마농의 방에서 탁자위에 놓인 봉인된 편지 한 통을 발견했습니다. 그 편지는 내게 쓴 것이었고 그녀의 필체였습니다. 나는 죽을 듯이 전율하며 편지를 열어보았습니다. 편지의 내용은 다음과 같았습니다.

"사랑하는 슈발리에, 당신은 내 마음의 우상이고 내가 당신을 사랑하듯이 사랑할 수 있는 사람은 세상에 당신밖에 없다고 맹세해요. 하지만 가여운 내 사랑, 당신은 지금 우리가 처한 상황에서 정조란 어리석은 미덕이라는 사실을 모르겠어요? 빵이 없어도 우리에게 애정이 넘칠 수 있을 거라 생각해요? 배가 고프면 나는 치명적인 오류를 범하게 될 거예요. 어느 날 사랑의 한숨을 내쉰다고 생각하면서 마지막 숨을 거둘 거예요. 당신을 사랑해요. 그것만은 믿어주세요. 하지만 얼마간 우리의 자산 운용을 내게 맡겨 줘요. 내 덫에 걸리는 사람은 불행할 거예요! 나는 나의 슈발리에를 부유하고 행복하게 만들기 위해 일할 테니까요. 오빠가 당신에게 당신의 마농에 관한 소식들을 알려줄 거예요. 그녀가 어쩔 수 없이 당신을 떠나야 해서 울었다는 사실을 말이에요."

편지를 읽고 나서 나는 뭐라 표현하기 어려운 상태에 있었습니다. 왜냐하면 오늘까지도 여전히 내가 그때 어떤 종류의 감정에 휩싸였었는지를 모르기 때문입니다. 그것은 결코 그와 유사한 것을 체험할 수 없는 독특한 상황중 하나였습니다. 그것을 다른 사람들에게 설명할 수도 없을 것입니다. 왜냐하면 그들은 그에 대한 개념이 없기 때문입니다. 그리고 스스로도 그것을 제대로 밝히기 어렵습니다. 왜냐하면 그것은 단 하나밖에 없는 종류라서 기억 속의 그 어느 것에도 연결되지 않고 알려진 어떠한 감정과도 비교될 수조차 없기 때문입니다. 그렇지만 내 감정이 어떤 성질의 것이든 그 감정 가운데 고통, 분함, 질투 그리고 부끄러움이 들어가는 것은 확실합니다. 거기에 더 이상 사랑이 들어가지 않았다면 다행이었을 텐데 말입니다! 그녀는 나를 사랑합니다. 나는 그 말을 믿고 싶습니다. 하지만 저는 소리쳤습니다. "그녀가 괴물이 아니고선 나를 미워할 수는 없지 않을까? 내가 그녀의 마음에 대해 갖지 못한 어떤 권리를 사람들은 누군가의 마음에 대해 가진 걸까? 지금까지 그녀를 위해 모든 것을 희생했는데 아직도 내가 그녀를 위해 해야 할 일이 남아 있을까? 그런데 그녀는 나를 버렸어! 그리고 배은망덕한 그녀는 여전히 나를 사랑한다고 말하면서 내 비난을 피할 수 있다고 생각한단 말이야! 그녀는 배고픔을 염려한다. 빌어먹을 사랑! 얼마나 미천한 감정인지! 내 섬세한 감정에 어쩌면 이렇게 나쁘게 부응할 수 있는지! 내 재산과 아버지 집의 달콤함을 포기하면서 그녀를 위해 기꺼이 배고픔을 감수한 나는 그런 염려는 하지 않았어. 그녀의 사소한 기분과 변덕을 만족시키기 위해 필요한 것까지 절약해야 했던 나는 말이야. 그녀는 나를 사랑한다고 말하지. 배은망덕한 사람 같으니. 나를 사랑한다면 네가 누구의 충고를 들었어야 했는지 나는 알겠는데 말이야. 최소한 너는 작별인사도 없이 나를 떠나지는 말았어야 했어. 사랑하는 사람과 이별할 때 어떤 가혹한 고통을 느끼는지는 바로 내게 물어봐야 해. 그런 감정을 경험하려면 정신을 잃어봐야 해."

　　예상하지 못한 방문으로 내 탄식은 중단되었습니다. 레스코의 방문이었습니다. 손에 검을 들고 나는 그에게 말했습니다. "망나니 같으니! 마농 어디 있어? 그녀에게 무슨 짓을 한 거야?" 이 행동이 그를 두렵게 했습니다. 그는 대답했습니다. 그는 내게 아주 중요한 도움을 주려고 왔는데 내가 이런 식으로 하면 그는 가버릴 것이고 내집에 다시는 발을 딛지 않을 것이라고 말입니다. 나는 방문 쪽으로 달려가 문을 단단히 잠갔습니다. 나는 그를 향해 서서 말했습니다. "또 다시 나를 바보로 착각하고 지어낸 이야기로 나를 속일 수 있다고 생각하지 마라. 목숨을 보전하고 싶으면 마농을 찾아내란 말이야." 그는 다시 말했습니다. "자! 자네는 정말 격하군! 바로 그 문제 때문에 내가 여기 온 것이라네. 나는 자네가 생각지도 못한 행복을 알려주러 왔네. 그리고 그 행복으로 자네는 내게 아마도 빚을 진 기분이들 거야." 나는 즉시 영문을 알고 싶어 했습니다. 그는 가난에 대한 두려움과 특히 갑자기 우리 마차를 포기해야 한다는 생각을 못견뎌한 마농이 관대한 사람으로 알려진 G.M.을 소개시켜달라고 부탁했다고 말했습니다. 그는 자신이 조언했고 그녀를 그 남자에게로 데려가기에 앞서 길을 마련했다는 사실을 내게 알리지 않으려고 조심했습니다. 그는 계속 말했습니다. "나는 오늘 아침 그녀를 그 남자에게 데려갔고 그 신사는 마농의 매력에 아주 매혹되어 일단 그가 며칠동안 지낸 시골집에서 함께 지내자고 그녀를 초대했다네." 레스코는 덧붙였습니다. "그것이 자네에게 어떤 이익이 될 수 있을지 간파한 나는 그 남자에게 마농이 엄청난 금전적 손실을 입었다는 사실을 은근히 알려주었지. 그리고는 그의 관대함을 엄청나게 자극해서 그가 마농에게 이백 피스톨의 선물을 주기 시작했다네. 나는 그에게 그 정도면 선물로서는 적당하지만 내 여동생이 앞으로 필요한 것이 많을 것이라고 말해주었어. 게다가 그녀에게는 부모님이 돌아가신 후 보살펴야 할 남동생이 한 명 있는데 그가 마농을 좋게 평가한다면 그녀가 자신의 반쪽으로 여기는 불쌍한 남동생으로 인해 고통 받게 내버려 두지는 않을 것이라고도 말했지. 이 이야기는 어김없이 G.M.을 감동시켰어. 그는 자네와 마농을 위해 편안한 집 한 채를 빌려주기로 약속했다네. 왜냐하면 그 불쌍한 고아 남동생이 바로 자네거든. 그는 자네들에게 신속히 가구를 마련해주고 매달 4백 프랑을 주겠다고 약속했어. 그렇게 되면 내 계산이 맞으면 매해 연말이면 4천 8백 프랑이 되는 거지. 그는 그녀를 데리고 떠나기 전에 자신의 경리직원에게 집을 찾아서 그녀가 돌아올 때에 맞춰 모든 준비를 해 놓으라고 명령했다네. 그러니까 자네는 마농을 다시 보게 될 거야. 마농은 자네에게 사랑의 인사를 거듭 전하고 그 어느 때보다 더 자네를 사랑한다는 말도 전해달라고 했어."

나는 내 운명의 이 기묘한 경향을 생각하면서 앉았습니다. 내 감정은 나뉘어졌고 따라서 아주 끝내기 어려운 불확실 가운데서 레스코가 내게 퍼붓는 수많은 질문들에 오랫동안 대답하지 못하고 있었습니다. 그때에는 아직 명예와 미덕이 내게 애통한 회한을 느끼게 했고 나는 탄식하면서 아미엥, 아버지 집, 생 쉴피스 그리고 내가 순진하게 살았던 모든 장소를 향해 눈길을 던졌습니다. 그 행복했던 곳에서 나는 얼마나 멀리 떨어져 있는지요! 나는 여전히 회한과 동경을 불러일으키지만 너무나 약해서 노력해볼 엄두가 나지 않는 그림자처럼 멀리서만 그곳을 바라볼 뿐이었습니다! 나는 혼잣말을 했습니다. '어떤 숙명으로 나는 이토록 죄를 범하게 되었을까? 사랑은 순진무구한 열정이다. 그런데 내게는 어떻게 사랑이 불행과 방탕의 근원으로 바뀌었단 말인가? 어째서 마농과 함께 조용하고 도덕적으로 살 수는 없는 걸까? 그녀의 사랑에서 어떤 것을 얻기 전에 왜 나는 결혼을 하지 않았을까? 나를 그토록 사랑하신 아버지는 내가 합법적인 절차로 결혼을 서둘렀다면 허락하지 않으셨을까? 아! 아버지는 그녀를 아들에게 꼭 맞는 아내로 예뻐해 주셨을 텐데. 그랬다면 나는 마농의 사랑, 아버지의 애정, 신사들의 높은 평가, 재산 그리고 조용한 미덕과 더불어 행복했을 텐데. 끔찍하게도 지금 모든 것은 정반대이다! 이곳에서 나에게 저런 제안을 하는 타락한 사람은 누구인가? 제기랄! 내가 공유하게 될 것인가……? 하지만 이렇게 결정한 것이 마농이고 그러한 묵인 없이는 그녀를 잃게 될 것이라면 망설일 수 있을까?' 나는 그토록 고통스러운 생각들을 떨쳐내버리려는 듯 눈을 감으면서 소리쳤습니다. "레스코, 나를 도와줄 의도가 있는 것이라면 고맙소. 당신은 좀 더 정직한 방법을 택했어야 했소. 하지만 이미 끝난 일이지 않소? 그러니 이제 당신의 배려를 이용하고 계획을 완수하는 것만 생각합시다." 내 분노 그리고 이어진 오랜 침묵에 당황해 하던 레스코는 생각했던 것과 아주 다른 결정을 내린 것을 보고 기뻐했습니다. 그는 전혀 용감하지 않았는데 이어지는 부분에서 그에 대한 가장 명확한 증거들을 보여주었습니다. 그는 서둘러 내게 대답했습니다. "그럼, 그럼, 나는 자네에게 엄청난 도움을 준 거야. 그리고 사네는 예상보다 훨씬 더 많은 이익을 얻게 될 거야." 우리는 G.M이 나에 대해 생각보다 좀 더 크고 약간 더 나이가 많은 것을 보고, 오누이 관계에 대해 의심을 품는다면 어떻게 대처할지 계획을 세웠습니다. 우리는 그 앞에서 순박하고 시골뜨기 같은 태도를 취하고 내가 성직에 입문할 계획이 있고 그것을 위해 매일 학교에 간다는 사실을 믿게 하는 것 외에는 다른 방법을 찾을 수 없었습니다. 내가 처음으로 그에게 인사할 수 있게 되면 아주 서툴게 처신하기로 결정했습니다. 그는 사나흘 후에 도시로 돌아왔습니다. 그는 자신의 하인이 정성스럽게 준비해놓은 집으로 직접 마농을 데리고 왔습니다. 그녀는 돌아오는 즉시 레스코에게 기별했습니다. 그리고 레스코는 내게 그 소식을 알렸고 우리 두 사람은 그녀의 집으로 갔습니다. 늙은 애인은 이미 집을 떠나고 없었습니다.

내가 체념하고 그녀의 뜻에 따르기로 했음에도 불구하고 그녀를 다시 보자 심장의 두근거림을 억누를 수 없었습니다. 그녀에게 나는 슬프고 지쳐 보였습니다. 그녀를 다시 만난다는 기쁨도 그녀의 부정(不貞)에 대한 아픔을 완전히 쫓아내지 못했습니다. 반대로 그녀는 나를 다시 만난 기쁨에 흥분한 것 같았습니다. 그녀는 나의 냉랭함을 비난했습니다. 나는 어쩔 수 없이 '믿을 수 없다' 그리고 '부정하다'는 말을 내뱉을 수밖에 없었고, 한숨을 내쉴 수밖에 없었습니다. 처음에 그녀는 내가 순진하다고 놀렸습니다. 하지만 여전히 그녀를 슬프게 응시하는 내 시선 그리고 내 기분과 바람에 아주 상반되는 변화를 꾹 참아야 하는 나의 고통을 보고서 그녀 혼자 방으로 들어갔습니다.

나는 잠시 후에 그녀를 뒤따라갔습니다. 나는 방에서 흐느끼는 그녀를 봤습니다. 나는 그녀에게 왜 우는지 물어봤습니다. 그녀는 내게 말했습니다. "그건 뻔한 것 아닌가요? 나의 모습이 당신에게 어두운 분위기와 슬픔만 준다면 내가 어떻게 살겠어요? 당신이 여기 온지 이미한 시간이 지났는데 당신은 나를 단 한 번도 안아주지 않고, 내가 당신을 안았을 때 후궁을 대하는 터키 황제 같았어요."

나는 그녀를 껴안아주면서 대답했습니다. "이봐요, 마농 나는 죽도록 괴로운 내 마음을 그대에게 숨길 수가 없어요. 내가 지금 그대의 예기치 않은 도주로 인한 놀라움이나 다른 침대에서 밤을 보낸 후에 위로의 말 한마디 없이 나를 버려둔 그대의 잔인함에 대해 말하는 것이 전혀 아니요. 당신이 내 앞에 있다는 매력은 나에게 그보다 더한 것도 잊게 해 줄 거요." 나는 눈물 몇 방울을 흘리면서 말을 이어갔습니다. "하지만 그대가 원하는 이 집에서의 슬프고 불행한 내 삶을 생각하면 탄식하지 않거나 울지 않을 수 있겠소? 내 출신성분과 명예는 별도로 둡시다. 그렇게 약한 고려 대상과 내 것과 같은 사랑 사이에서 경쟁해야 하는 것이 아니요. 하지만 이 사랑 자체는 이토록 제대로 보상받지 못하고 아니 오히려 배은망덕하고 가혹한 주인에 의해 이토록 잔인하게 취급되어지는 것을 보고 신음한다고 생각지 않소?" 그녀는 내 말을 가로막았습니다. 그녀가 말했습니다. "이봐요, 나의 슈발리에, 내 가슴을 찌르는 비난으로 나를 괴롭혀도 소용없어요. 나는 그것이 당신에게 상처가 된다는 걸 알아요. 나는 우리의 재산을 얼마간 회복시키기 위해 내가 세운 계획에 당신도 동의해주기를 바랐어요. 그리고 내가 당신을 참여시키지 않은 채 실행하기 시작한 것은 바로 당신의 섬세함을 건드리지 않기 위해서였어요. 하지만 당신이 동의하지 않으니 포기할게요." 그녀는 내게 그날 남은 시간동안 약간의 호의만을 요구할 뿐이라고 덧붙였습니다. 그녀는 늙은 애인에게서 2백 피스톨을 이미 받았고 그는 그녀에게 다른 보석들과 더불어 아름다운 진주목걸이, 그 외에도 그가 약속한 연간 생활비의 절반도 그날 저녁 갖다 주기로 약속했다고 했습니다. 그녀는 내게 말했습니다. "단지 그 선물을 받을 시간을 줘요. 그가 결코 나를 마음대로 하지 못하게 하겠다고 맹세할게요. 왜냐하면 지금까지 도시에 있는 동안 그것을 미루었으니까요. 그가 내 손에 수없이 입 맞춘 것은 사실이에요. 그가 이 쾌락의 대가를 지불하는 것은 정당해요. 그의 자산과 나이에 가격을 맞추면 5, 6천 프랑도 지나치지는 않을 거예요."

그녀의 단호함은 5천 파운드의 희망보다 훨씬 더 내게 기쁨을 주었습니다. 불명예를 벗어나 이렇게 만족하는 동안, 내 마음은 아직 명예의 모든 감각을 잃지 않았음을 당연히 알게 되었습니다. 하지만 나는 짧은 기쁨과 긴 고통을 위해 태어났습니다. 운명의 신은 나를 벼랑에서 건져주고는 또 다른 벼랑으로 떨어뜨려 버렸었습니다. 끊임없이 애무하며 마농에게 그녀의 변화에 내가 얼마나 행복한지를 알려주고, 나는 우리가 일치단결하여 조치를 취할 수 있도록 레스코에게 알려야 한다고 말했습니다. 처음에 레스코는 그 계획에 대해 투덜거렸습니다. 4, 5천 파운드의 현찰이라는 말에 그는 즐거운 마음으로 우리 계획에 동참했습니다. 그렇게 해서 우리는 모두 G.M.과 함께 저녁을 먹기로 했습니다. 이것은 두 가지 이유에서였습니다. 하나는 나를 마농의 남동생인 학생으로 착각하게 하면서 재미있는 장면을 즐기기 위해서이고 다른 하나는 그렇게 선뜻 선불을 지급하면서 얻었다고 생각하는 권리로 그 늙은 한량이 내 애인과 너무 자유분방하게 노는 것을 막기 위함이었습니다. 그가 밤을 보낼 생각으로 방에 올라갈 때 레스코와 나, 우리는 그곳을 나와야 했습니다. 그리고 마농은 그를 따라가는 대신에 우리에게 와서 나와 함께 밤을 보내러 오겠다고 약속했습니다. 레스코는 문에 정확하게 마차를 대기시키는 일을 맡았습니다.

저녁 식사 시간이 왔고 G.M.은 우리를 오래 기다리게 하지 않았습니다. 레스코는 여동생과 방에 있었습니다. 늙은이의 첫 번째 인사는 자기 애인에게 목걸이, 팔찌 그리고 적어도 천 에퀴는 나가 보이는 진주 귀걸이를 선물하는 것이었습니다. 그러고 나서 그는 마농에게 일 년치 수당의 절반에 해당되는 2천 4백 프랑을 금화로 계산해주었습니다. 그는 오래된 궁정의 취향에 맞춰 여러 가지 달콤한 말을 선물에 곁들였습니다. 마농은 그에게 몇 차례의 키스를 거절할 수는 없었습니다. 그것은 그가 그녀에게 준 돈에 대한 그녀의 권리만큼의 대가였습니다. 나는 문에 있었습니다. 레스코가 내게 들어오라고 기별하기를 기다리면서 거기서 귀를 기울이고 있었습니다.

마농이 돈과 보석들을 손에 쥐었을 때 그는 내 손을 잡아서 G.M.에게로 이끌어 그에게 인사하라고 명령했습니다. 나는 정중하게 인사를 두세 번 했습니다. 레스코가 그에게 말했습니다. "죄송합니다.

아주 미숙한 아이랍니다. 보시다시피 파리의 태도와는 거리가 한참 멀지요. 하지만 차차 예법을 가르치겠습니다." 그는 내 쪽을 향해 덧붙였습니다. "너는 영광스럽게도 여기서 자주 어르신을 만나 뵐 거야. 어르신을 아주 훌륭한 본보기로 삼아라." 늙은 애인은 나를 만나서 기쁜 것 같았습니다. 그는 내가 귀여운 소년이지만 파리에서는 젊은 이들이 쉽게 방탕에 빠지게 되니 조심해야 한다고 말하면서 내 볼을 두세 번 톡톡 쳤습니다. 레스코는 내가 원래 아주 현명해서 오로지 사제가 되는 것에 관한 이야기만 하고 모든 내 기쁨은 작은 제단을 만드는 것이라고 그를 안심시켰습니다. 그 늙은 남자는 손으로 내 턱을 들어 올리면서 다시 말했습니다. "그에게서 마농의 분위기가 나는 군." 나는 어리숙한 태도로 대답했습니다. "나리, 그건 우리 두 사람의 육체가 아주 가까이 닿아 있기 때문이죠. 또한 제가 제 누이 마농을 또 다른 나처럼 사랑하기 때문이기도 하구요." 그는 레스코에게 말했습니다. "들었나, 그는 재치가 있네. 이런 아이가 사교계에 좀 더 가까이 있지 못한 것이 아쉽네." 나는 다시 말했습니다. "오! 나리, 저는 우리 마을의 교회에서 사람들[12]을 많이 봤고, 파리에서도 나보다 더 어리석은 사람들을 보게 될 거라고 생각합니다." 그는 덧붙였습니다. "이봐, 시골 아이치고는 놀라울 정도야." 저녁을 먹는 동안 우리의 모든 대화는 거의 이런 식이었습니다. 장난꾸러기 마농은 웃음을 터뜨려 여러 차례 모든 것을 망칠 뻔했습니다. 저녁을 먹으면서 나는 G.M.에

---

12 G.M.의 말 사교계(le monde)의 의미를 또 다른 뜻인 사람들(le monde)로 받아들여 응수하고 있다.

게 그 자신의 이야기와 그를 위협하는 불운을 이야기할 기회를 가졌습니다. 레스코와 마농은 내가 이야기를 하는 동안 특히 내가 그의 외모를 있는 그대로 묘사하는 동안 떨었습니다. 하지만 자기애 때문에 그는 그것이 자기 이야기인 줄 몰랐고, 내가 아주 교묘하게 끝내서 그가 맨 먼저 그것을 아주 우스꽝스럽다고 생각하기에 이르렀습니다. 이 우스꽝스러운 장면에 대해 내가 이유 없이 상술하는 것이 아니라는 사실을 알게 될 겁니다. 마침내 취침 시간이 다가왔고 그는 사랑과 초조함에 대해 이야기했습니다. 레스코와 나, 우리는 자리를 떴습니다. 그는 자신의 방으로 안내되었고 마농은 화장실 간다는 핑계로 나와서 문밖에서 우리와 만났습니다. 서너 집 아래쪽에서 우리를 기다리고 있는 마차가 우리를 태우러 왔습니다. 우리는 순식간에 동네를 빠져나왔습니다.

내가 보기에 이것은 진짜 사기행위였지만, 나 스스로를 비난해야 하는 가장 부당한 것은 아니었습니다. 나는 노름에서 번 돈에 대해 더 많은 양심의 가책을 느꼈습니다. 그렇지만 우리는 이것도 저것도 거의 누리지 못했고 하늘은 이 두 가지 부당한 행위 가운데 가장 가벼운 것을 가장 엄하게 처벌하셨습니다.

G.M.은 속았다는 사실을 곧 알아차렸습니다. 그날 저녁부터 우리 정체를 알기 위해 어떤 일을 했는지는 알지 못합니다. 하지만 그는 소용없는 과정을 거치지 않아도 될 만큼 충분히 신용이 있었고, 우리는 파리의 거대함과 우리 동네에서 그의 동네까지의 거리만 너무 믿고 일을 저지를 만큼 부주의했습니다. 그는 우리 거처와 현재의 일들

에 대해서 정보를 얻었을 뿐만 아니라 내가 누구인지, 파리에서의 내 생활, 마농과 B와의 예전 관계, 그녀가 그에게 한 기만 행위, 한마디로 우리 이야기의 모든 추문이 되는 부분들을 알게 되었습니다. 그리고 그는 우리를 체포해 범죄자보다 더 지독한 탕아들로 취급하기로 결심했습니다. 한 체포담당 경관이 예닐곱 명의 경비대를 이끌고 방에 들어왔을 때 우리는 여전히 침상에 있었습니다. 그들은 우선 우리의 돈, 아니 정확히는 G.M.의 돈을 압수했습니다. 그리고 우리를 거칠게 일으켜 세워 문으로 데려가서 우리를 두 대의 마차에 태웠습니다. 한쪽 마차에는 설명도 없이 마농이 납치되다시피 태워졌고, 다른 쪽에는 내가 태워져서 생 라자르까지 가게 되었습니다. 이 같은 불운으로 인한 절망은 겪어본 자만이 가늠할 수 있습니다. 경찰은 너무도 완고하여 나는 마농을 포옹할 수도 말 한마디 건넬 수도 없었습니다. 오랫동안 나는 마농이 어떻게 되었는지 몰랐습니다. 내가 일찍 알지 못한 것이 행복이었을 겁니다. 왜냐하면 그렇게 끔찍한 재앙은 내 의식을 그리고 아마도 생명을 잃게 만들었을 것이기 때문입니다.

그러니까 내 불행한 연인은 내 눈앞에서 납치되었고 거명하기도 끔찍한 은신처로 인도되었습니다. 모든 남자들이 나와 같은 눈과 마음을 가졌다면 사교계의 첫 번째 왕좌를 차지했을 완전히 매력적인 여인에게 이 무슨 운명이란 말입니까! 오피탈에서 그녀를 야만적으로 다루지는 않았습니다. 하지만 그녀는 좁은 독방에 갇혔고 약간의 끔찍한 음식을 얻는 조건으로 매일 일정량의 노역을 감당하라는 선고를 받았습니다. 오랜 시간이 지나고 나 자신도 몇 달 동안 괴롭고 지루한 벌을 받고 났을 때에 비로소 마동의 이 슬픈 세부적인 내용을 알게 되었습니다. 내 보초들은 나를 데려가라고 명령을 받은 장소에 대해서도 전혀 알려주지 않았으므로 나는 생 라자르의 문 앞에 이르러서야 내 운명을 알게 되었습니다. 그 순간에 내가 곧 겪게될 상황을 알았더라면 차라리 죽음을 택했을 것입니다. 나는 이곳에 대해 끔찍한 생각을 갖고 있었습니다. 들어가면서 보초들이 무기나 호신도구 등이 없는지 확인하려고 내 주머니를 두 번째로 뒤졌을 때 나의 두려움은 더 커졌습니다. 그 순간에 수도원장이 나타났습니다. 그는 내 도착에 대해 기별을 받은 상태였습니다. 그는 아주 부드럽게 인사했습니다. 나는 그에게 말했습니다. "신부님, 수치스럽게 하지 마십시오. 수치스러움을 당하느니 죽어버리겠습니다." 그는 내게 대답했습니다. "아닙니다. 아니에요. 당신이 현명하게 처신하면 우리는 서로 만족할 겁니다." 그는 내게 위층의 방으로 올라오라고 했습니다. 나는 저항하지 않고 그를 따라갔습니다. 경관들이 문까지 우리와 동행했고 나와 함께 방에 들어간 수도원장은 그들에게 물러나라는 신호를 보냈습니다.

나는 그에게 말했습니다. "나는 당신의 죄수입니다! 자, 신부님, 나를 어떻게 하실 겁니까?" 그는 내가 이성적인 어조를 취하는 것을 보니 기쁘다고 말했습니다. 그리고 그의 의무는 내게 도덕과 종교에 흥미를 갖게 하는 것이고 내 의무는 그의 격려와 충고를 따르는 거라고 말했습니다. 또 그가 내게 기울인 관심에 조금이라도 부응하기만 한다면 나는 고독 속에서도 단지 기쁨만 찾게 될 것이라고도 했습니다.

나는 다시 말했습니다. "아! 기쁨이라고요! 신부님은 제게 기쁨을 느끼게 할 수 있는 유일한 것을 알지 못하십니다!" 그가 다시 말했습니다. "알고 있어요. 하지만 당신의 성향이 바뀌길 바랍니다." 그의 대답을 통해 나는 그가 내 연애사건에 대해 그리고 아마도 내 이름에 대해 알고 있음을 깨닫게 되었습니다. 나는 그에게 내 궁금증을 풀어 달라고 매달렸습니다. 그는 내게 물론 모든 것에 대한 정보를 갖고 있다고 말했습니다.

다 알고 있다는 이 말이 내 모든 형벌 중에서 가장 혹독한 것이었습니다. 나는 펑펑 울기 시작했고, 끔찍한 절망을 나타내는 모든 표시가 뒤따랐습니다. 모든 사람들이 나를 이야깃거리로 만들고 내 가족을 치욕스럽게 만든다는 굴욕으로 인해 마음이 가라앉을 수 없었습니다. 나는 이렇게 아무것도 들을 수 없고, 내 치욕 이외는 다른 어떤 것에도 관심을 가질 수 없는 가장 깊은 낙담 속에 일주일을 보냈습니다. 마농과의 추억조차도 내 고통에 아무것도 더하지 못했습니다. 적어도 그것은 이 새로운 고통에 앞서 겪은 감정으로서만 여겨질 뿐이었습니다. 그리고 내 영혼을 지배하는 열정은 부끄러움과 혼란이었습니다. 이와 같이 특별한 마음의 움직임을 경험한 사람들은 거의 없습니다. 평범한 사람들은 대여섯 가지 열정에만 민감하고 그들의 삶은 그러한 열정들의 테두리에서 일어나고 모든 흥분은 결국 그 감정들로 귀착됩니다. 그들에게서 사랑과 증오, 쾌락과 고통, 희망과 두려움을 빼면 그들은 더 이상 아무것도 느끼지 못합니다. 하지만 좀 더 고귀한 성격의 사람들은 수천 가지 다른 방식으로 동요될 수 있습니다. 그들은 오감 이상의 감각을 지니고 있고 본성의 일상적 경계를 넘어서는 관념과 감각을 받아들일 수 있는 것 같습니다. 그리고 자신들을 범인들 위에 있는 존재로 만드는 이 위대한 감정을 가지고 있으므로 그들은 아무것도 질투할 것이 없습니다. 그렇기 때문에 그들은 경멸과 조소를 그토록 참기 힘들어하고 수치심은 그들의 가장 격렬한 정열 가운데 하나가 되는 것입니다.

나는 이 슬픈 장점을 생 라자르에서 느꼈습니다. 수도원장은 내가 지나치게 슬퍼한다고 생각해서 그 결과를 염려한 나머지 나를 아주 온화하고 너그럽게 다루어야 한다고 생각했습니다. 그는 하루에 두세 번씩 나를 찾아왔습니다. 그는 종종 나를 데리고 정원 산책을 나갔고 격려와 구원에 대한 생각으로 그의 열정을 쏟아부었습니다. 나는 그의 격려와 의견을 온순하게 받아들였고 심지어 고마움마저 표했습니다. 그는 이것에서 나를 개심시킬 수 있다는 희망을 보았습니다. 그는 어느 날 내게 말했습니다. "당신은 태생이 아주 온순하고 호감을 주는 사람입니다. 그래서 나는 당신이 방탕함으로 고발된 것을 이해할 수가 없습니다. 나는 두 가지 사실에 놀랐습니다. 하나는 그토록 훌륭한 장점을 가진 당신이 어떻게 과도한 방탕함에 빠질 수 있었는가 하는 것이고, 다른 하나는 내가 훨씬 더 찬양하는 점인데 어떻게 여러 해 동안 습관적으로 방탕한 삶을 살고서도 내 충고와 가르침을 그렇게 기꺼이 받아들일 수 있는가 하는 점입니다. 그것이 회개라면 당신은 하느님의 자비의 특별한 본보기입니다. 그리고 그것이 타고난 선이라면 당신은 적어도 훌륭한 내면의 성격을 가지고 있고 이를 통해 우리가 당신을 여기 오랫동안 붙들어두지 않아도 당신은 다시 정직하고 올바른 삶을 살 수 있길 바랍니다." 수도원장이 나에 대해 이런 생각을 갖고 있는 것이 기뻤습니다. 내 형기를 단축시킬 가장 확실한 방법임을 확신하고서 나는 그를 완전히 만족시킬 수 있는 행동으로 나에 대한 그의 호감을 증가시키기로 결심했습니다. 나는 그에게 책을 좀 갖다 달라고 부탁했습니다. 읽고 싶은 책을 스스로 선택하게 된 내가 몇몇 진중한 작가의 작품으로 결정하자 그는 놀랐습니다. 나는 최고의 집중력으로 공부에 매달리는 체했고 이렇게 해서 나는 모든 경우에 그가 원하는 변화의 증거를 보여줬습니다.

그렇지만 그것은 단지 표면적인 것에 불과했습니다. 부끄러움을 무릅쓰고 고백하자면 나는 생 라자르에서 위선자 역할을 했습니다. 혼자 있을 때면 공부하기는커녕 내 운명에 대해 한탄하는 데만 몰두했습니다. 나는 감옥 생활과 나를 그곳에 가둔 저항할 수 없는 힘을 저주했습니다. 혼란으로 인한 의기소침한 측면이 약간 풀어졌지만 사랑의 고통으로 다시 빠지고 말았습니다. 마농의 부재, 그녀의 운명의 불확실성, 그녀를 결코 다시 보지 못한다는 두려움이 내 슬픈 명상의 유일한 대상이었습니다. 나는 G.M.의 품에 있는 그녀를 상상했습니다. 왜냐하면 그것이 우선 떠오른 생각이었으니까요. 그리고 그녀가 나와 같은 처지에 있을 거라고는 상상도 못하고 그가 그녀를 조용히 소유하기 위해 나에게서 그녀를 떼놓았다고 확신했습니다. 나는 이렇게 끝이 없어 보일 만큼 기나긴 낮과 밤들을 보냈습니다. 나는 내 위선의 성공에만 희망을 가졌습니다. 나는 수도원장이 나에 대해 무슨 생각을 하는지 확신하기 위해 그의 얼굴과 말을 세심하게 관찰했고 그가 내 운명의 심판자인 것처럼 그의 마음에 들 연구를 했습니다. 내가 완전히 그의 호감을 사고 있다는 사실을 알기는 쉬웠습니다. 그가 내게 뭔가를 해주려고 한다는 것은 더 이상 의심할 여지가 없었습니다. 어느 날 나는 대담하게 원장에게 내 석방의 권한이 그에게 있는지 물어봤습니다. 그는 자신이 전적으로 관장하고 있지는 않지만 치안감을 설득하여 나를 가두게 한 G.M이 자신의 증언을 듣고 내 석방에 동의해주길 바라고 있다고 말했습니다. 나는 부드럽게 다시 말했습니다. "그분은 내가 이미 보낸 두 달 간의 수형 생활이 충분한 속죄가 된 거라 생각하실까요?" 그는 내가 원한다면 G.M에게 이야기해보겠다고 약속했습니다. 나는 그 훌륭한 일을 즉시 해 달라고 부탁했습니다. 이틀 후 원장은 내게 G.M이 나에 관한 좋은 이야기에 아주 감동되어 나를 풀어줄 계획일 뿐만 아니라 조금 더 특별하게 나를 알고 싶어서 감옥으로 나를 보러 오고 싶어 한다고 알려주었습니다. 그와의 만남이 기분 좋을 리 없지만 나는 이를 내 자유를 향한 다음 단계로 간주했습니다.

그는 실제로 생 라자르에 왔습니다. 마농의 집에서 봤을 때보다 그는 더 진중하고 덜 어리석어 보였습니다. 그는 내 좋지 않은 품행에 대해 양식에 바탕을 둔 몇 가지 말을 했습니다. 그는 아마도 자신의 방탕함을 정당화하기 위해 나약한 인간이 본성에 따른 몇 가지 쾌락을 누릴 수는 있지만 사기 행위와 부끄러운 계략은 처벌되어야 한다고 덧붙였습니다. 나는 그의 말을 복종하는 태도로 들었고 이에 대해 그는 만족한 것 같았습니다. 레스코, 마농과 나의 형제관계 그리고 작은 예배당에 대해 나를 놀릴 때조차도 나는 화내지 않았습니다. 그는 작은 예배당에 대해 내가 이 신앙심 깊은 활동에서 많은 즐거움을 찾는 이상 생 라자르에서 아주 많은 예배를 했으리라 짐작한다고 말했습니다. 하지만 그와 나에게는 불행하게도 틀림없이 마농 역시 오피탈(보호소)에서 아주 훌륭한 예배를 하고 있을 것이라는 말을 내게 하고 말았습니다. 오피탈이라는 이름에 온몸에 전율이 일었지만 나는 여전히 그에게 상세히 말해달라고 부드럽게 부탁했습니다. 그는 다시 말했습니다. "그럼 뭐 답해드리지요! 두 달 전부터 그녀는 오피탈에서 정숙함을 배우고 있고 나는 그것이 생 라자르의 당신에게 그랬던 것처럼 유용했으면 좋겠소."

내가 무기징역에 처해지거나 내 눈앞에 죽음이 닥쳐온다 해도 이 끔찍한 소식 앞에서 화를 자제할 수는 없었을 것입니다. 나는 아주 분기탱천하여 그에게 덤벼들었고 기력을 반쯤 잃었습니다. 그렇지만 그를 땅바닥에 넘어뜨리고 목덜미를 거머쥘 정도의 힘은 충분히 남아 있었습니다. 나는 그의 목을 졸랐고 그가 넘어지는 소리와 마지막 남은 힘으로 그가 내지른 날카로운 비명 소리를 듣고 수도원장과 몇 명의 신부님들이 내 방으로 들어왔습니다. 그들이 그를 내 손아귀에서 풀어주었습니다. 나는 힘과 기력을 거의 다 잃었습니다. 나는 탄식하며 소리쳤습니다. "오 하느님! 하늘의 정의시여! 이 같은 치욕을 겪고도 저는 살아야 합니까?" 나는 다시 한 번 내 영혼을 죽음으로 몰고 간 야만적인 늙은이에게 덤벼들려 했습니다. 사람들이 나를 저지

했습니다. 나의 절망, 비명 그리고 눈물은 상상 그 이상이었습니다. 내가 너무 놀라운 일들을 행해서 영문을 모르고 함께 있던 사람들은 놀라움과 동시에 두려움을 느끼며 서로를 바라볼 뿐이었습니다. 그러는 동안에 G.M.은 가발과 넥타이의 매무새를 가다듬고 그런 취급을 당한 것에 분개하여 수도원장에게 나를 이전보다 훨씬 더 엄중하게 가두고 생 라자르에서 할 수 있는 모든 징벌로 나를 벌주라고 명령했습니다. 수도원장이 그에게 말했습니다. "안 됩니다. 슈발리에 씨와 같은 태생을 지닌 사람에게 우리가 그런 방식을 사용할 수는 없습니다. 게다가 그는 아주 온순하고 정직해서 정당한 이유 없이 이렇게 과하게 행동한다고 믿기 어렵습니다. 이 대답은 G.M.을 당황하게 했고 그는 수도원장과 나 그리고 그에게 감히 저항하는 모든 이들을 굴복시킬 것이라고 말하면서 나가버렸습니다.

수도원장은 신부들에게 그를 문까지 안내하라고 명령한 후, 나와 단 둘이 남았습니다. 그는 내게 왜 이런 일이 벌어졌는지 빨리 알려달라고 간청했습니다. 나는 계속 아이처럼 울면서 그에게 말했습니다. "오 신부님, 가장 끔찍하고 잔혹한 행위를 생각해보세요, 모든 야만적 행위들 가운데 가장 경멸할만한 것을 상상해보세요, 그것이 바로 무례한 G.M.이 비겁하게 저지른 행동입니다. 아! 그는 내 심장에 구멍을 냈습니다. 나는 결코 회복하지 못할 것입니다." 나는 울면서 덧붙였습니다. "원장님께 모든 것을 말씀드리고 싶습니다. 원장님은 좋은 분이고, 저를 불쌍히 여기실 겁니다." 나는 마농을 향한 오래되고 극복할 수 없는 나의 열정, 우리가 하인들에게 도난당하기 전에 우리 재산의 풍족한 상황, G.M이 내 애인에게 준 재물, 그들 거래의 결론 그리고 그것이 깨진 방식 등의 이야기를 요약해 들려주었습니다. 우리에게 가장 유리한 측면에서 이 모든 것을 사실대로 표현했습니다. 나는 말을 계속 이어나갔습니다. "바로 이런 것들로부터 저의 개심(改心)을 위한 G.M.의 열정이 솟아났습니다. 그는 순전히 복수하려는 생각에서, 나를 이곳에 가두도록 영향력을 발휘했습니다. 나는 그를 용서합니다. 하지만 신부님 그것이 전부가 아닙니다. 그는 가장 소중한 나의 반쪽을 잔인하게 데려가서 치욕스럽게도 그녀를 오피탈에 넣었고 오늘 파렴치하게도 그 사실을 자신의 입으로 내게 말했습니다. 신부님, 오피탈이란 말입니다! 오 하느님! 매력적인 내 애인, 내 소중한 여왕님이 가장 천한 여자처럼 보호소에 있다니요! 고통과 수치심으로 죽지 않으려면 어떻게 해야 할까요?" 선량한 원장님은 지나친 비탄에 빠져 있는 나를 보고 위로하려 했습니다. 자신은 내 연애사건을 내가 말한 것과 다르게 알고 있었다고 말했습니다. 사실, 그는 내가 방탕하게 살았다는 사실은 알고 있었지만 G.M이 내 행실에 관여하는 것은 우리 가문과의 우정, 존경의 어떤 관계에서 비롯한거로 생각했다고 했습니다. 내가 방금 이야기한 것이 내 사건에 많은 변화를 가져올 것이고 그가 경찰서장에게 충실하게 이야기할 계획인데 그것이 내 석방에 기여할 것을 의심치 않는다고 말했습니다. 그러고 나서 그는 내게 가족이 아직 내 감금 소식을 모르는데 왜 아직 가족에게 소식을 알리지 않았는지 물었습니다. 아버지께 괴로움을 드릴까 봐 그리고 나 스스로 그것에 대해 수치스러워서, 라고 대답했습니다. 마침내 그는 곧바로 경찰국장에게 가겠다고 약속했습니다. 그리고 그는 덧붙였습니다. "G.M이 몹시 불쾌한 기분으로 여기서 나갔고, 두려워해야 할 정도의 인물이니 어떤 행동을 취할 겁니다. 내가 가서 그것만이라도 막아 봐야겠어요."

나는 판결의 순간이 임박한 죄수처럼 상당히 동요된 상태에서 원장의 귀환을 기다렸습니다. 나로서는 오피탈에 있는 마농을 상상하는 것은 형언할 수 없는 형벌이었습니다. 이곳의 불명예는 별도로하고, 그녀가 거기서 어떤 식으로 다루어질지 몰랐습니다. 내가 들어 알고 있는 그 끔찍한 장소의 어떤 세부 사항들을 기억만 해도 언제나 나는 고통스러웠습니다. 나는 어떤 대가를 치르고서라도 그리고 어떤 수단을 써서라도 그녀를 구하러 가겠다고 확고한 결심을 해서, 생라자르에서 나갈 다른 방법이 없으면 이곳에 불이라도 질렀을지 모릅니다. 그러므로 경찰국장이 내 의지와 상관없이 계속 나를 붙잡아두려 한다면 어떤 방법을 취해야 할지 곰곰이 생각했습니다. 나는 온갖 궁리를 다 해보았고 모든 가능성들을 생각했습니다. 나는 탈출을 확실히 보장해줄 수 있는 방법을 전혀 찾지 못했고, 만약 내 시도가 실패한다면 이전보다 더 확실히 붙들릴까 봐 두려웠습니다. 나는 도움을 기대해볼 수 있는 몇몇 친구들의 이름을 떠올렸습니다. 그렇지만 그들에게 내 상황을 알릴 수 있는 방법은 무엇일까? 마침내 나는 성공할 수 있을 만큼 아주 교묘한 계획을 짰습니다. 그리고 나는 원장의 노력이 수포로 돌아가 그 계획이 필요해질 때를 대비해 원장의 귀환 후에 계획을 보다 더 잘 정리해보기로 했습니다. 그는 늦지 않게 돌아왔습니다. 나는 그의 얼굴에서 좋은 소식을 갖고 온 기쁨의 표식을 볼 수 없었습니다. "내가 경찰국장에게 말을 하긴 했는데 너무 늦었어요. G.M.이 여기서 나가 곧바로 그를 보러 가서 당신에게 불리한 말을 미리 해버려 그는 당신을 더 엄중히 감금하라는 새로운 명령을 내게 막 내리려던 참이었소." 그는 내게 말했습니다.

"그렇지만 내가 그에게 당신 사건의 자초지종을 알려줬을 때 그는 많이 누그러진 것 같았고, 늙은 G.M.의 방탕에 대해 약간 조롱하면서 그를 만족시키기 위해 6개월 동안은 당신을 여기에 남겨둬야겠다고 말했답니다. 이곳에서의 체류가 당신에게 무익하지 않을 것이니 더욱더 그러하다고 했습니다. 그는 내게 당신을 정중하게 다루라고 했고 당신이 내 방식에 전혀 불평하지 않게 하겠습니다."

선량한 원장의 설명이 아주 길어서 그동안 나는 성찰을 현명하게 할 수 있었습니다. 내 석방에 대해 너무 급한 마음을 그에게 내보이면 내 계획이 수포로 돌아갈지도 모른다고 생각했습니다. 나는 그에게 어차피 머물러야 하는 이상 그의 존중을 받는 것이 내게 달콤한 위로가 된다고 말했습니다. 그러고 나서 부자연스럽지 않게 한 가지 은혜를 베풀어달라고 부탁했습니다. 이것은 다른 사람에게는 전혀 중요하지 않지만 내 마음의 평안에는 아주 도움이 될 것이라고 했습니다. 그것은 생 쉴피스에 있는 성스러운 사제인 내 친구에게 내가 생 라자르에 있다는 사실을 알리고 때때로 그의 방문을 받을 수 있게 허락해달라는 것이었습니다. 이 호의는 심사과정 없이 허락되었습니다. 여기서 문제의 인물은 내 친구 티베르주였습니다. 그에게 내 석방에 필요한 도움을 바라서가 아니라, 그에게 내 탈주를 알리지도 않은 채 간접적인 도구로 그를 이용하려 했습니다. 한마디로 내 계획은 다음과 같았습니다. 나는 레스코에게 편지를 써서 그와 나의 친구들에게 탈주를 부탁하려 했습니다. 첫 번째 난관은 그에게 어떻게 편지를 전달하느냐였습니다. 이것이 바로 티베르주의 일이었습니다. 그렇지만 티베르주는 레스코가 내 애인의 오빠라는 것을 알고서, 그가 이 일을 맡지 않을까 봐 걱정되었습니다. 내 계획은 레스코에게 보내는 편지를 지인에게 보내는 다른 편지 속에 넣어, 그에게 첫 번째 편지를 신속하게 적혀 있는 주소로 보내달라고 부탁하는 것이었습니다. 우리의 조치에 합의를 보려면 레스코를 꼭 만나야 해서, 레스코에게 생 라자르에 와서 내 형의 이름을 대고 내 사건을 알아보기 위해 일부러 파리에 왔다고 하면서 면회를 신청하라고 했습니다. 가장 신속 정확한 방법들에 대해 그와 함께 의견을 나누기로 했습니다. 수도원장은 티베르주에게 내가 만나고 싶어 한다는 바람을 전했습니다. 이 충실한 친구는 내 사건을 모를 정도로 내게서 멀어지지는 않았습니다. 그는 내가 생 라자르에 있다는 사실을 알고 있었고 아마도 나를 다시 제 자리로 되돌릴 수 있을 기회라 여겼는지 이 불운에 대해 그리 곤란하게 생각하지 않았던 것 같습니다. 그는 곧 내 방으로 달려 왔습니다.

우리의 만남은 우정으로 가득했습니다. 그는 내 의향을 알고 싶어 했습니다. 나는 탈주 계획을 제외하고 그에게 마음을 숨김없이 털어놓았습니다. 그에게 말했습니다. "친애하는 친구, 나는 자네 앞에서 거짓된 모습을 보이고 싶지 않네. 욕망 가운데서도 절도 있는 만큼 행동에서 현명한 친구, 하늘의 벌을 받고 각성한 한량, 한마디로 사랑에서 벗어나 마농의 매력에서 치유된 마음을 만일 자네가 여기서 발견하려고 생각한다면, 그건 자네가 나를 너무 높이 평가한 거야. 자네가 지금 보고 있는 나는 넉 달 전에 자네가 포기한 사람 그대로라네. 치명적인 애정 속에서 지칠 줄 모르고 행복을 찾고 있으나, 그 애정 때문에 여전히 감미롭고 여전히 불행한 사람 말이야."

내 고백대로라면 나는 용서할 수 없는 사람이 된다고 그가 답했습니다. 그리고 많은 죄인들이 악의 행복에 도취되어 악의 행복을 미덕의 행복보다 더 좋아한다고 했습니다. 하지만 적어도 그들이 집착하는 것은 행복의 이미지였고 그들은 외양에 속은 사람들이라고 했습니다. 하지만 내 경우에 집착의 대상이 죄와 불행만을 가져올 수 있다는 것을 알면서도, 자발적으로 불운과 죄악으로 계속 달려가는 것은, 내 이성을 조금도 명예롭게 하지 못 하는 이념과 행위 사이의 모순이라고 했습니다.

나는 다시 대답했습니다. "티베르주. 자네의 무기에 대항할 시도를 포기한 사람을 상대로 이기는 것은 얼마나 쉽겠나! 이번에는 내가 추론해보겠게. 자네가 미덕의 행복이라 부르는 것에는 고통, 장애물 그리고 불안이 없다고 주장할 수 있는가? 전제군주들의 감옥, 형벌용 십자가, 형벌 그리고 고문 등을 뭐라고 부를 텐가? 신비주의자들처럼 육체의 고통이 영혼의 행복이라고 말할 텐가? 자네는 감히 그렇게 말하지 못할 걸세. 그것은 견딜 수 없는 역설이니까. 자네가 그렇게도 부각시키는 행복은 그러므로 수많은 고통과 뒤섞여 있거나 좀 더 정확히 말하자면 그것은 단지 불행의 연속일 뿐이며 그것을 통해 행복을 향해 도달하는 거라네. 그런데 상상력의 힘으로 바로 이러한 고통 가운데서 기쁨을 얻게 된다네. 왜냐하면 고통은 결국 우리가 바라는 행복으로 데려갈 수 있기 때문이지. 이와 아주 유사한 성향을 가진 내 행위를 왜 자네는 모순적이고 무분별하게 취급하는가? 나는 마농을 사랑해. 나는 수많은 난관을 거쳐 마농 곁에서 행복하고 조용히 살고 싶어. 내가 가는 길은 불행해. 하지만 내 목표에 도달한다는 희망은 언제나 그 길에 달콤함을 뿌려주지. 그리고 그녀를 얻기 위해 감내한 모든 슬픔에 대한 보상으로, 그녀와 함께 보내는 순간을 얻었다고 생각해. 그러므로 자네 쪽이나 내 쪽이나 모든 것은 똑같아 보인다네. 또는 어떤 차이가 있다면 그것은 여전히 내쪽에 유리하다는 것일세. 왜냐하면 내가 꿈꾸는 행복은 가까이 있고 다른 것은 멀리 있기 때문이야. 내 것은 고통의 특성, 즉 육체에 민감한 특성을 지니고 있고 다른 것은 신앙에 의해서만 확실해지는 미지의 특성에 속한다네."

티베르주는 이런 논리를 두려워하는 것 같았습니다. 그는 아주 심각한 표정을 짓고 두 걸음쯤 뒤로 물러서며, 내가 방금 말한 것이 양식에 상처를 입히는 것일 뿐 아니라 불경과 무신앙의 불행한 궤변이라고 말하였습니다. 그는 덧붙였습니다. "종교에서 말하는 고통과 자네의 고통에 대한 이 같은 비교는 가장 방탕하고 끔찍한 사람들이 내세우는 개념이라네."

나는 다시 말했습니다. "그것이 정당하지 않다는 것은 인정하네. 하지만 내 추론의 목표가 이러한 비교가 아니라는 것을 명심하게. 나는 불행한 사랑을 견디는 가운데서 자네가 모순이라고 여기는 것을 설명하고 싶었네. 그리고 그것이 모순이라면 자네도 나처럼 거기서 빠져나올 수 없을 것이라는 사실을 내가 아주 잘 보여줬다고 생각하네. 단지 바로 이러한 관점에서 나는 그것들을 같다고 한 거고 지금도 그렇다고 생각하네. 미덕의 목적이 사랑의 목적보다 훨씬 더 우월하다고 대답하겠지? 누가 그것에 동의하지 않겠는가? 하지만 무엇이 문제일까? 고통을 견디게 하는 힘이 문제인 것 아닌가? 그것을 결과로 판단해보세. 미덕의 가혹함을 버린 사람들은 얼마나 많고 사랑의 원인을 버린 사람들은 얼마나 적은가? 비록 미덕의 실행 가운데 고통이 있을지라도, 그것이 필연적이거나 혹은 꼭 필요한 것은 아니라고 대답할 것인가? 이제 더 이상 폭군과 십자가도 없고, 덕망 있는 많은 사람들이 즐겁고 고요한 삶을 영위하고 있다고 대답할 것인가? 마찬가지로 나는 사랑 또한 평화롭고 운 좋게 축복받을 수 있다고 말하겠네. 그리고 내가 극도로 선호하는 차이는, 비록 사랑이 꽤 자주 나를 속인다 할지라도 종교는 슬프고 금욕적인 실행을 원하는 반면에 사랑은 적어도 오직 만족과 기쁨을 약속한다네." 그의 열정이 이 모욕에 슬퍼하는 것을 보면서 나는 덧붙였습니다. "불안해하지 말게. 내가 여기서 결론내리고자 하는 단 한 가지는, 미덕을 행할 때 달콤함과 훨씬 더 큰 행복을 약속하는 것은 사랑의 기쁨을 혐오하게 하는 가장 나쁜 방법이라는 사실이네. 우리가 만들어지는 방식을 생각하면, 우리의 행복은 즐거움에 있다는 게 확실하네. 달리 생각할 수 있으면 해보라고 말하겠네. 그런데 깊이 생각해볼 필요도 없이 모든 즐거움 가운데서 가장 달콤한 즐거움은 사랑이지. 다른 더 매력적인 기쁨을 어딘가에서 약속하면, 이건 사기라는 것을 알아차리지. 그리고 심지어 아무리 견고한 약속이라도 의심의 눈초리로 경계하는 거야. 나를 미덕의 길로 다시 이끌려고 하는 설교자여, 미덕이 반드시 필요한 것이라고 말하게, 하지만 미덕이 가혹하고 힘든 것이라는 사실을 숨기지는 말게. 사랑의 기쁨은 일시적이고 금지되어 있으며 영원한 고통이 따를 것이라고 설득하게. 그리고 그것이 내게 남긴 것보다 더 큰 인상을 만들 것이고 사랑의 즐거움이 감미롭고 매력적일수록 하늘은 그것을 포기한 큰 희생을 보상할 만큼 훨씬 더 위대하다는 것 또한 설득하게. 하지만 우리와 같은 마음이라면 사랑의 즐거움은 우리의 가장 완벽한 행복이라는 사실을 고백하게."

이 마지막 말로 인해 티베르주는 다시 기분이 좋아졌습니다. 그는 내 생각 가운데 이성적인 점이 있다고 인정했습니다. 그가 덧붙인 유일한 이의는, 왜 내가 내 자신의 소신을 조금도 받아들이지 않는지, 그리고 그토록 대단한 이상을 형성한 이 보상의 희망에 사랑을 희생시키지 않는지 물어보는 것이었습니다. 나는 그에게 대답했습니다. "이보게 친구! 거기에 내 불행과 연약함이 있다네. 아아! 그래, 생각하는 대로 행동하는 것이 내 의무지! 하지만 행동이 내 마음대로 되던가? 마농의 매력을 잊기 위해서 어떤 도움인들 필요하지 않겠는가?" 티베르주가 다시 말했습니다. "미안하지만 여기에도 우리의 또 다른 장세니스트가 있다고 생각하네." 나는 대꾸했습니다. "내가 무엇인지 모르겠어. 그리고 어떻게 되어야 하는지 그다지 명확하게 알지 못하네. 하지만 장세니스트들이 말하는 것의 진실만큼은 너무 잘 경험하고 있다네."

이러한 대화는 적어도 내 친구의 동정심을 새롭게 하는 데 도움이 되었습니다. 그는 내 방탕함 속에는 사악함보다는 연약함이 더 많다는 사실을 이해했습니다. 그 뒤로 그의 우정은 더 강해져서 나를 도와줄 줄 결심을 했습니다. 그의 도움이 없었더라면 나는 틀림없이 비참하게 죽었을 겁니다. 그렇지만 나는 그에게 생 라자르 탈주 계획을 전혀 알려주지 않았고 단지 내 편지를 좀 맡아달라고 부탁했습니다. 그가 오기 전에 나는 편지를 준비해놓았고 편지를 써야 하는 필요성을 미화하기 위한 구실들도 놓치지 않았습니다. 그는 충실하게 편지를 정확히 전달해주었고 그날이 가기 전에 레스코는 내 편지를 받았습니다.

레스코는 다음 날 나를 보러 왔고 다행히도 내 형의 이름을 사용하여 통과되었습니다. 방에서 그를 만났을 때 내 기쁨은 굉장했습니다. 나는 문을 단단히 잠갔습니다. 나는 그에게 말했습니다. "시간 낭비하지 맙시다. 우선 마농의 소식을 알려주고 다음으로 내 족쇄를 끊어낼 좋은 방법을 알려주시오." 그는 내가 잡히기 전날부터 자기 여동생을 만나지 못했으며 정보력을 동원하고 애를 써서 겨우 그녀와 내 운명을 알게 되었다고 말했습니다. 그리고 두세 차례 오피탈에 갔지만 면회허락을 받지 못했다고 말했습니다. 나는 소리쳤습니다. "망할

G.M. 같으니! 너는 비싼 대가를 치르게 될 거야!"

레스코가 계속 말했습니다. "자네의 탈주는 자네 생각만큼 그렇게 쉽지 않은 시도야. 친구 두 명과 어제 저녁 내내 이곳의 외부 전체를 관찰해봤는데, 자네가 지적한 대로 자네 방 창문이 건물들로 둘러싸인 안뜰 쪽으로 나 있어서 자네를 탈출시키는 데 어려움이 있을 거라고 판단했다네. 게다가 자네는 4층에 있고 우리는 여기에 밧줄도 사다리도 놓을 수가 없어. 그러므로 내가 보기에 외부 쪽에서는 어떤 방편도 없네. 바로 이 건물 안에서 어떤 계책을 마련해야 할 것 같아."

나는 다시 말했습니다. "아니에요. 나는 모든 것을 검토해봤어요. 특히 수도원장의 관대함으로 출입금지 구역이 약간 느슨하게 된 이후에 말이죠. 내 방문은 열쇠로 잠겨있질 않아서 수도사들의 회랑으로 산책할 수 있어요. 하지만 모든 계단은 두꺼운 문으로 막혀 있고 밤낮으로 그 문은 굳건히 닫혀 있어요. 그래서 단 한 가지 술책으로는 나를 이곳에서 구해낼 수 없어요." 괜찮은 생각이 떠올라 어느 정도 숙고한 후에 나는 다시 말했습니다. "내게 권총 한 자루 갖다 줄 수 있어요?"

레스코가 말했습니다. "그거야 쉽지. 그런데 누구를 해칠 작정인가?"

나는 그에게 누군가를 죽일 의도가 거의 없으므로 심지어 총알이 장전될 필요조차 없다고 확고히 말했습니다. 나는 덧붙였습니다. "내일 총을 갖다 주세요. 그리고 밤 열한시에 친구 두세 명과 수도원 문 앞에 서 있는 것을 잊지 마세요. 거기서 당신을 만나길 바랍니다." 그는 내게 계획을 더 알려달라고 채근했지만 헛수고였습니다. 나는 그에게 지금 머릿속에 있는 계획은 성공한 후에야 이성적으로 보일 수 있을 것이라고 말했습니다. 나는 그에게 내일 면회하기 쉽도록 방문시간을 단축하라고 했습니다. 두 번째도 첫 번째 만큼 어렵지 않게 레스코의 면회신청이 받아들여졌습니다. 그의 태도는 진중했고 그를 명예로운 신사로 여기지 않을 사람이 없었습니다.

내가 자유를 얻기 위한 도구를 갖추었을 때 내 계획은 거의 성공한 거나 다름없다고 생각했습니다. 계획은 기묘하고 대담했습니다. 하지만 나에게 동기가 주어져 생기가 북돋는데 무엇인들 못하겠습니까? 방에서 나가 회랑을 산책할 수 있게 된 이후로, 문지기 수도사가 매일 저녁 똑같은 시간에 모든 문의 열쇠를 수도원장에게 가져가면, 그 후로 수도원에는 깊은 침묵이 군림하는데 그것은 모든 사람이 물러났다는 표시임을 나는 알아차렸습니다. 내 방에서 수도원장 방까지 회랑으로 연결되어서, 나는 장애물 없이 갈 수 있었습니다. 내 결심은 그에게 열쇠를 달라고 하는데 꺼려한다면 총으로 위협해 열쇠를 뺏어, 그 열쇠를 사용해 거리로 나가는 것이었습니다. 나는 초조하게 때가 되기를 기다렸습니다. 문지기 신부님이 일상적인 시각, 즉 아홉시가 조금 넘어서 왔습니다. 나는 모든 수도사들과 하인들이 잠들었다는 확신을 갖기 위해 또 한 시간을 더 기다렸습니다. 마침내 무기와 불 켜진 초를 들고 출발했습니다. 나는 우선 수도원장을 소리 없이 깨우려고 조심스럽게 노크를 했습니다. 두 번째 두드렸을 때 그는 소리를 듣고, 틀림없이 잘못 들었거나 도움이 필요한 어떤 수도자일 거라 상상하고 문을 열어주기 위해 일어났습니다. 그는 적어도 문 사이로 누구이며, 무엇을 원하는지 물어보는 조심성은 있었습니다. 나는 어쩔 수 없이 이름을 말해야 했습니다. 하지만 내가 몸이 좋지 않다는 것을 알리려고 불쌍한 어조를 가장했습니다. 그는 문을 열어주면서 말했습니다. "아! 친애하는 형제님 당신이군요. 이렇게 늦게 웬일입니까?" 나는 그의 방으로 들어갔습니다. 그리고 그를 문에서 멀리 끌고가서 더 이상 생 라자르에 머무를 수 없다고 선언했습니다. 그리고 들키지 않고 나가기에 밤이 적당한 때이니 그가 우정을 보여주어, 내게 문을 열어주든가 그렇지 않으면 문을 열게 열쇠를 빌려주라고 말했습니다.

이러한 말이 그를 놀라게 했음에 틀림없었습니다. 그는 내게 대답하지 않고 얼마간 나를 응시한 채로 있었습니다. 시간이 없었으므로 그에게 모든 선의에 아주 많이 감동했고 특히 부당하게 마농을 빼앗긴 나에게 자유는 모든 자산 가운데 가장 소중한 것이므로 어떤 대가를 치르고서라도 오늘 밤 나 스스로 그 자유를 찾기로 결심했다고 다시 말을 이어갔습니다. 그가 도움을 청하기 위해 소리지를까 봐 두려워서, 그가 침묵해야 할 정확한 이유로 내 프록코트 밑에 있는 권총을 그에게 보여주었습니다. 그가 내게 말했습니다. "권총이라고! 저런! 이봐요, 당신에게 배푼 나의 배려를 생각한 결과가, 내 생명을 빼앗겠다는 것입니까?" 나는 그에게 대답했습니다. "그러지 않기를 신에게 바랍니다. 당신은 지혜롭고 이성적이시니 제가 그런 행동을 하지 않게 하시겠지요. 하지만 저는 자유롭고 싶습니다. 그리고 자유롭고 싶은 내 결심은 아주 굳건해서 만일 내 계획이 당신 잘못으로 실패한다면 당신은 완전히 끝입니다." 그는 창백하고 겁에 질린 태도로 다시 말했습니다. "하지만 내가 당신에게 무슨 잘못을 했습니까? 무슨 이유로 당신이 내 죽음을 원하는 겁니까?" 나는 초조하게 응수했습니다. "아닙니다. 당신이 살고자 한다면 저는 당신을 죽일 의도가 없습니다. 문을 열어주세요 그러면 저는 당신의 가장 친한 친구입니다." 나는 탁자 위에 놓인 열쇠를 봤습니다. 나는 열쇠를 쥐고 그에게 될 수 있는 한 소리를 최대한 내지 말고 나를 따라 오라고 했습니다. 그는 어쩔 수 없이 그렇게 했습니다. 우리가 앞으로 나아가고 그가 문을 하나씩 열 때마다 그는 탄식하며 내게 반복해 말했습니다. "아! 슈발리에, 아! 누가 이걸 믿겠어요?" 나는 반복해서 말했습니다. "신부님, 소리 내지 마십시오." 마침내 우리는 철책에 도착했고 그 철책은 거리와 연결되는 정문 현관문 앞에 있었습니다. 나는 이미 풀려났다고 생각했고 한 손에는 권총을 한 손에는 촛대를 들고 신부님 뒤에 있었습니다. 그가 서둘러 문을 여는 동안 옆의 작은 방에서 자고 있던 하인 한 명이 자물쇠 소리를 듣고 일어나 문 쪽으로 얼굴을 내밀었습니다. 착한 신부님은 그가 나를 잡을 수 있다고 생각했던 것 같습니다. 너무나 조심성 없이 그는 하인에게 도와 달라고 명령했습니다. 그는 강한 자여서 망설이지 않고 내게 달려들었습니다. 나는 그와 실랑이를 벌이지 않았습니다. 그의 가슴 한가운데 총을 쐈습니다. 나는 수도원장에게 꽤 당당하게 말했습니다. "당신이 무슨 일을 했는지 보십시오. 당신 탓입니다. 신부님." 나는 그를 마지막 문 쪽으로 밀면서 덧붙였습니다. "하지만 그렇다고 해도 당신은 임무를 완수해야 합니다." 그는 감히 문 열기를 거부할 수 없었습니다. 다행히 방해받지 않고 나는 나왔고 몇 걸음 떨어진 곳에는 약속한 대로 레스코와 그의 두 명의 친구들이 나를 기다리고 있었습니다.

우리는 달아났습니다. 레스코는 내게 자신이 들은 것이 권총 소리가 아닌지 물어봤습니다. 나는 그에게 말했습니다. "당신 탓이에요. 왜 내게 장전된 총을 가져다주었어요?" 그렇지만 나는 그에게 이런 조심성을 지녀준 것에 감사했습니다. 그렇지 않았다면 나는 틀림없이 오랫동안 생 라자르에 있었을 겁니다. 우리는 여관에서 밤을 보냈고, 거기서 3개월 만에 먹을 만한 음식을 먹었습니다. 그렇지만 나는 기쁨을 온전히 누릴 수 없었습니다. 나는 마농이 죽을 만큼 걱정되었습니다. 나는 세 친구들에게 말했습니다. "이제 그녀를 탈출시켜야 합니다. 나는 오로지 그 목적만을 위해 자유가 필요했습니다. 당신들의 솜씨 좋은 도움을 부탁드립니다. 나는 목숨 걸고 솜씨를 발휘하겠습니다." 꽤 재치 있고 신중한 레스코는 다음과 같이 몇 가지 충고를 했습니다. 우리는 당분간 신중히 처신해야 한다. 생라자르에서의 탈주와 그 과정에서 일어난 불행한 사건은 반드시 잡음을 일으킬 것이다. 경찰국장은 나를 쫓을 것이고 그만한 영향력이 있으니, 내가 만일 생라자르에서보다 더 나쁜 일을 겪고 싶지 않으면 적들의 첫 번째 열정의 불길이 꺼지도록 며칠간 신분을 감추고 몸을 숨겨야 한다고 했습니다. 그의 충고는 현명했습니다. 하지만 그 충고를 따르려면 그만큼 현명해야 했습니다. 너무 느리고 신중한 것은 내 열정과 맞지 않았습니다. 다만 레스코의 말에 따라 결국 다음 날 하루는 얌전히 있겠다고 약속했습니다. 그는 나를 자기 방에 가두었고 그곳에서 나는 저녁까지 머물렀습니다.

나는 이 시간의 일부를 마농을 구하기 위해 계획과 전략을 짜는 데 썼습니다. 나는 그녀가 수감된 곳이 내가 수감되었던 곳보다 훨씬 더 뚫기 어려울 것이라 확신했습니다. 힘과 폭력이 아니라 책략이 필요했습니다. 하지만 창조의 여신조차 어디서 시작해야 할 줄 몰랐을 것입니다. 나는 뾰족한 방법을 찾지 못했고 오피탈의 내부 배치에 관한 몇 가지 정보를 얻을 수 있을 때까지 더 잘 생각해보기로 하고 그 문제를 미루었습니다.

밤이 되어 자유를 되찾게 되자 나는 레스코에게 나와 동행해달라고 부탁했습니다. 우리는 양식 있어 보이는 문지기들 가운데 한 명과 이야기를 나누었습니다. 나는 오피탈과 거기서 준수되는 질서에 관해 이야기를 듣고 놀란 외국인인 것처럼 행세했습니다. 나는 그에게 가장 하찮은 세부사항들과 이런 저런 상황들에 관해 질문했고 그곳의 관리들에 대한 이야기로 우연히 넘어가 그들의 이름과 지위를 알려달라고 청했습니다. 이 마지막 항목과 관련하여 그의 대답을 듣자 내게 한 가지 생각이 떠올랐습니다. 나는 곧 그 생각에 만족했고 전혀 지체없이 실행에 옮겼습니다. 내 계획에 꼭 필요한 것이어서 그 사람들에게 자녀들이 있는지 물어보았습니다. 그는 내게 그에 관해 정확히 알려줄 수는 없지만 주요 관리 가운데 한 명인 T씨의 경우 결혼할 나이의 아들이 있는데 그는 아버지와 함께 여러 차례 오피탈에 온 적이 있어서 알고 있다고 했습니다. 이 정도 언질이면 충분했습니다. 나는 곧 대화를 중단하고 집으로 가면서 레스코에게 내 계획을 알려주었습니다. 나는 그에게 말했습니다. "내 생각에 부자에 집안도 좋은 T씨의 아들이, 그 나이 또래 대부분의 젊은이들과 마찬가지로 쾌락에 어떤 흥미가 있을 것 같아요. 그가 여자들을 싫어하지도, 연애사건에 도움을 거절할 만큼 이상하지도 않을 것 같거든요. 나는 그로 하여금 마농의 석방에 흥미를 가지도록 할 거예요. 그가 신사이고 교양이 있는 사람이라면 관대한 마음으로 우리를 도와줄 겁니다. 그가 이같은 동기에 전혀 끌리지 않는다 해도, 단지 그녀의 호의를 얻으려는 희망에서라면 그토록 사랑스러운 여자를 위해서는 최소한 어떤 일은 하겠죠." 나는 덧붙였습니다. "미루지 말고 내일이라도 그를 만나겠어요." 나는 이 계획에 상당히 위안을 받는 느낌이었고 거기에서 좋은 징조를 이끌어냈습니다. 레스코도 내 생각이 그럴듯하다며 이 방법으로 잘 될 수 있을 것이라고 했습니다. 나는 그것으로 인해 그날 밤을 덜 슬프게 보냈습니다.

아침이 왔고 나는 형편이 어려운 상태에서도 가능한 가장 깨끗한 옷을 입고 마차를 타고 T씨의 집으로 갔습니다. 그는 모르는 사람의 방문을 받고 놀랐습니다. 그의 용모와 예의범절은 내 예상대로였습니다. 나는 솔직하게 그와 이야기를 나눴고, 그의 타고난 감정을 자극하기 위해 내 열정과 내 애인의 장점에 대해 둘이 대등한 것처럼 말했습니다. 그는 비록 마농을 단 한 번도 본 적은 없었지만 적어도 그녀가 늙은 G.M.의 정부였다는 것은 들은 적 있다고 말했습니다. 이 사건에서의 내 역할은 알고 있으리는 것은 의심할 여지가 없었습니다. 그래서 점점 더 그의 마음을 얻기 위해서 그에게 마음을 터놓으며 마농과 내게 일어난 모든 일을 상세히 이야기했습니다. 나는 계속했습니다. "제 생명과 마음은 이제 당신 손에 있음을 아실 겁니다. 제게는 두 가지 모두 소중합니다. 저는 당신에게 전혀 숨기는 것이 없습니다. 왜냐하면 당신의 관대함에 대해 들었고 나이도 비슷하니 같은 성향의 어떤 것이 있지 않을까 바라기 때문입니다." 이처럼 숨기지 않는 솔직한 태도에 그는 아주 민감하게 반응하는 것 같았습니다. 그의 대답은 세상물정과 명예를 아는 사람의 것이었습니다. 세상 사람들이 언제나 주지는 않고 자주 놓치는 대답이죠. 그는 내 방문을 행운으로 생각하고 내 우정을 그의 가장 행복한 수확으로 여기며, 그 우정에 걸맞게 열의를 다해 나를 돕겠다고 말했습니다. 그는 내게 마농을 돌려주겠다는 약속은 하지 않았습니다. 왜냐하면 그의 말에 따르면 그가 가지고 있는 영향력은 신통치 않기 때문입니다. 하지만 마농을 만나게 해주고 그녀를 내 품에 돌려주기 위해서는 힘닿는 데까지 노력해보겠다고 했습니다. 나의 모든 바람을 다 들어주겠다는 확신보다 그의 불확실한 영향력에 더 만족했습니다. 그의 절제된 제안 가운데서 솔직함을 보고 거기에 매료되었습니다. 한마디로 그의 보살핌에 나는 내 마음 전체를 주겠다고 약속했습니다. 마농을 만나게 해주겠다는 약속만으로도 그를 위해 나는 무엇이든 했을 것입니다. 나 역시 나쁜 본성을 가진 것이 아니라는 사실을 설득하는 방식으로, 이 감정들의 상당 부분을 그에게 표현했습니다. 우리는 다정하게 포옹했습니다. 그리고 마음이 선하고 온화하며 관대한 한 사람이 그와 비슷한 또 다른 사람을 사랑하는 단순한 기질만으로 친구가 되었습니다.

그는 존중하는 마음을 훨씬 더 강하게 드러냈습니다. 왜냐하면 내 사건을 조합해보고 생 라자르에서 나와 내가 궁핍할 상태일거라 판단하여 내게 돈을 주며 꼭 받아달라고 강요했습니다. 나는 받을 수 없었습니다. 하지만 그에게 말했습니다. "이건 과합니다. 많은 선의와 우정으로 당신이 내게 사랑하는 마농을 다시 만나게 해주신다면 나는 한 평생 당신을 따를 것입니다. 만일 당신이 나의 소중한 마농을 완전히 돌려주신다면 당신을 위해 내 피를 몽땅 흘려도 빚을 다 못 갚았다고 생각할 것입니다."

우리는 다시 만날 시간과 장소를 정한 뒤에야 헤어졌습니다. 그는 같은 날 오후가 가기 전에 나와 마농의 만남을 주선하는 호의를 베풀어주었습니다. 나는 카페에서 그를 기다렸고 그는 네 시 경에 나를 만나러 와서 우리는 함께 오피탈로 갔습니다. 안뜰을 지나가면서 내 무릎은 떨렸습니다. 나는 말했습니다. "사랑의 힘이여! 이제 내 마음의 우상, 수많은 탄식과 불안의 대상을 다시 만나러 갑니다! 신이여! 저에게 그녀에게까지 가기에 충분한 생명을 허락해주시고 그런 다음 내 운명과 생명을 마음대로 하십시오. 당신에게 바라는 그 외의 은총은 없습니다."

T씨는 그곳의 몇몇 문지기에게 말을 했고 그들은 그를 만족시키기 위해 서둘러 가능한 모든 것을 해 주었습니다. 그가 마농이 있는 방을 보여 달라고 하자 그 방문을 여는 데 사용되는 끔찍한 크기의 열쇠를 가지고 우리를 그 방으로 인도했습니다. 우리를 인도하고 마농의 시중드는 일을 맡아온 하인에게 그녀가 이곳에서 어떻게 시간

을 보냈는지 나는 물어봤습니다. 그의 말에 따르면 그녀는 천사 같은 부드러움 자체였고 그는 단 한 번도 그녀에게 거친 말을 들은 적이 없으며 그녀가 도착한 이후 처음 6주간은 계속 눈물을 쏟았지만 얼마 전부터는 자신의 불행을 좀 더 인내하고 있는 듯하며 독서하는 시간을 제외하고는 아침부터 저녁까지 바느질 하는 데 시간을 보낸다고 했습니다. 나는 그에게 다시 그녀가 적절하게 대우받고 있는지 물어봤습니다. 그는 적어도 그녀에게 꼭 필요한 것이 부족한 적은 없었다고 확신했습니다.

우리는 그녀의 방문 앞에 다가섰습니다. 내 심장은 미친 듯이 뛰었습니다. 나는 T씨에게 말했습니다. "혼자 들어가서 그녀에게 내가 왔다고 알려주세요. 그녀가 갑자기 나를 보고서 너무 충격을 받을까 봐 두렵습니다." 문이 열렸습니다. 나는 복도에 머물렀습니다. 그렇지만 그들의 대화가 들렸습니다. 그는 마농에게 자신은 그녀에게 약간의 위안을 주러 왔고 내 친구이고, 우리의 행복에 관심이 많다고 말했습니다. 그녀는 아주 재빠르게 내가 어찌 되었는지 아느냐고 물어봤습니다. 그는 그녀가 바라는 대로 온화하고 충실한 나를 그녀에게 데리고 오겠노라 약속했습니다. 그녀는 다시 말했습니다. "언제요?" 그는 그녀에게 말했습니다. "오늘 바로. 그 행복한 순간은 전혀 늦지 않을 겁니다. 당신이 원하신다면 바로 지금 그가 나타날 겁니다." 그녀는 내가 문 앞에 있다는 것을 알아차렸습니다. 그녀가 서둘러 문으로 달려 나왔을 때 나는 들어갔습니다. 우리는 3개월간의 이별이 완벽한 연인들에게 가져다주는 그토록 매력적인 애정을 쏟아내며 서로 끌어안았습니다. 우리의 한숨, 때때로 새어나오는 탄성, 서로 주고받는 수많은 사랑의 속삭임들은 15분 동안 T씨를 감동시키는 장면을 연출했습니다. 그는 우리를 앉게 하면서 내게 말했습니다. "나는 당신이 부럽군요. 그토록 아름답고 정열적인 애인보다 더 영광스러운 운명은 전혀 없어요." 나는 그에게 대답했습니다. "나로 말할 것 같으면, 그녀의 사랑을 받는 행복을 확보하기 위해서라면 세상의 모든 제국들을 포기할 것입니다."

그토록 갈망했던 대화는 그 뒤로도 무한히 감미로울 수밖에 없었습니다. 불쌍한 마농은 자신이 겪은 일을 내게 이야기했고 나는 그녀에게 내가 겪은 일을 알려주었습니다. 우리는 그녀가 처한 상황과 내가 겨우 막 빠져나온 상황에 관해 이야기하면서 비통하게 울었습니다. T씨는 우리의 불행을 끝내기 위해 애쓰겠다고 다시 약속하며 우리를 위로하였습니다. 그는 우리에게 앞으로의 면회를 더 쉽게 하려면 첫 번째 접견을 너무 오래 끌지 말라고 충고했습니다. 그는 우리가 그의 충고를 따르게 하는 데 애를 많이 먹었습니다. 특히 마농은 차마 나를 떠나보낼 수가 없었습니다. 그녀는 나를 여러 차례 의자에 다시 앉혔고 내 옷과 손을 붙잡았습니다. 그녀는 말했습니다. "아아! 나를 이런 곳에 내버려 두다니요! 당신을 다시 만나지 못할 수도 있잖아요?" T씨는 그녀에게 나와 함께 자주 보러 오겠다고 약속했습니다. 그는 유쾌하게 덧붙였습니다. "이곳을 더 이상 오피탈이라고 불러서는 안 돼요. 오히려 모든 마음에 군림하는 사람이 이곳에 갇힌 후로 이곳은 베르사유입니다."

밖으로 나오는 길에 나는 그녀의 시중을 드는 하인에게 그녀를 정성껏 모시도록 약간의 돈을 주었습니다. 그 사람은 자신의 동료들에 비하면 천박하거나 가혹하지 않았습니다. 그는 우리 만남의 증인이었습니다. 애정 넘치는 장면에 그는 감동을 받았습니다. 내가 그에게 준 금화 1루이로 인해 그와 나는 밀접해졌습니다. 안뜰로 내려오면서 그가 나를 따로 불렀습니다. 그는 내게 말했습니다. "나리, 내가 당신을 위해 일하기를 바라시거나, 여기서의 실직을 적절하게 보상해 주신다면 마농양을 석방시키는 것은 제게는 쉬울 것 같은데요." 나는 그의 제안에 귀가 솔깃해졌습니다. 그리고 비록 내가 무일푼이었지만 그에게 바라는 것 이상으로 해 주겠다고 약속해버렸습니다. 나는 그 정도 신분의 사람에게 보상하는 것은 언제나 쉬울 것이라고 생각했습니다. 나는 그에게 말했습니다. "이보게, 내가 자네를 위해 못할 일이 없고 자네 재산이 내 재산만큼 보증될 테니 안심하게." 나는 그가 어떤 방법을 사용할 계획인지 알고 싶었습니다. 그는 말했습니다. "저녁에 방문을 열어주고 거리로 통하는 문까지 그녀를 데려다주면 거기서 나리가 그녀를 맞이하시기만 하면 됩니다." 나는 그에게 그녀가 복도와 안뜰을 가로지르는 동안 발각될 위험은 없는지 물어봤습니다. 그는 약간의 위험이 있다고 고백했지만 어느 정도 위험은 무릅써야만 한다고 말했습니다. 그가 그렇게 단호한 것을 보고 기뻤지만 나는 T씨를 불러 이 계획과 이 계획에 있어 의심이 갈 수 있는 단 하나의 이유를 알려줬습니다. 이 계획에서 그는 나보다 더 큰 어려움을 발견했습니다. 그는 이 방법으로 그녀가 빠져나갈 수 있다는 것은 인정했습니다. 그가 말을 이어갔습니다. "하지만 그녀가 발각되거나 달아나다가 잡힌다면 아마도 그녀는 영원히 끝일 겁니다. 게다가 두 사람은 즉시 파리를 떠나야 할 것입니다. 당신들은 결코 추적을 피할 수 없을 테니까요. 당신들은 둘이니 추적도 두 배로 할 것입니다. 남자는 혼자일 때는 쉽게 도망가지만 예쁜 여자와 함께 들키지 않기란 거의 불가능합니다." 이러한 논리가 견고해보이긴 했지만 그렇다고 해서 마농을 구출할 수 있으리라는 희망을 포기할 수는 없었습니다. 나는 T씨에게 그렇게 말했고 약간의 신중치 못함과 사랑의 무모함을 용서해달라고 했습니다. 내 계획은 사실 파리를 떠나 이전처럼 어떤 이웃 마을에 머무는 것이라고 덧붙였습니다. 그렇게 해서 우리는 하인과 함께 미루지 않고 바로 다음날 저녁 이 계획을 실행하기로 합의했고 될 수 있는 한 확실히 해서 우리의 탈출을 쉽게 하려고 남자 옷을 가져오기로 했습니다. 그 옷을 안에 들이는 것이 쉽지 않았지만 나는 이번에도 그 방법을 찾기 위한 묘안을 찾았습니다. 나는 T씨에게 다음날 가벼운 재킷 두 벌을 겹쳐 입어달라고 부탁했고 나머지 일은 모두 내가 맡았습니다.

우리는 아침에 오피탈로 다시 갔습니다. 나는 마농을 위해 속옷과 양말을 품에 지녔고 그 위에 몸에 붙는 겉옷과 외투를 입어 내 주머니가 너무 부풀어보이지 않도록 했습니다. 우리는 잠깐 동안만 그녀의 방에 있었습니다. T씨가 마농에게 자신이 입은 재킷 하나를 넘겨주었습니다. 나는 나가는데 외투 하나면 충분했으므로 그녀에게 몸에 붙는 겉옷을 주었습니다. 불행히도 내가 잊어버린 짧은 바지를 제외하고는 그녀의 옷차림에 부족한 것은 아무것도 없었습니다. 우리 처지가 덜 심각했더라면 꼭 필요한 바지를 잊어버린 것에 틀림없이 우리는 웃었을 겁니다. 나는 이런 성격의 사소한 실수로 인해 우리 계획이 실패할까 봐 절망했습니다. 그렇지만 당장에 내가 무엇을 해야하는지 알았습니다. 내 바지를 마농에게 주고 나는 반바지를 입지 않고 나가는 것으로 결정하였습니다. 외투가 길어서 핀 몇 개의 도움을 받아 점잖게 문을 통과할 수 있었습니다. 그날의 나머지 시간은 내게 견딜 수 없을 만큼 길게 느껴졌습니다. 마침내 밤이 왔고 우리는 오피탈의 정문 약간 아래쪽으로 가서 마차 안에 있었습니다. 얼마 지나지 않아 마농이 그의 안내자와 함께 나타나는 것을 보았습니다. 마차 문이 열리고 두 사람 모두 즉시 올라탔습니다. 나는 사랑하는 애인을 품에 안았습니다. 그녀는 가랑잎처럼 떨고 있었습니다. 마부는 우리에게 어디로 가야할지를 물었습니다. 나는 그에게 말했습니다. "세상 끝으로 가 줘요. 내가 마농과 결코 헤어지지 않을 수 있는 어딘가로 나를 데려가줘요."

나도 모르게 흥분하는 바람에 난처한 상황에 빠질 뻔 했습니다. 마부는 내 말을 생각해봤고 내가 행선지를 말했을 때 그는 나쁜 일에 연루될까 봐 걱정된다고 했습니다. 그리고 그는 마농이라는 저 잘생긴 청년이 내가 오피탈에서 빼내 온 여자인 것을 알고 있고 내 사랑 때문에 자신이 곤란을 겪고 싶지는 않다고도 말했습니다. 그 녀석의 치밀함은 단지 내게 마차 값을 더 비싸게 지불하게 하려는 속셈에 불과했습니다. 우리는 오피탈에 너무 가까이 있었기 때문에 천

천히 달릴 수가 없었습니다. 나는 그에게 말했습니다. "조용히 해. 금화 1루이를 줄 테니." 그렇게 말하니 그는 오피탈을 불태운다고 해도 도울 기세였습니다. 우리는 레스코가 머물고 있는 집에 도착했습니다. 밤이 늦었으므로 T씨는 다음 날 우리를 다시 보러오겠다는 약속을 남기고 그 길로 우리를 떠났습니다. 하인만이 우리와 함께 머물렀습니다.

마차에서 내가 마농을 얼마나 꼭 껴안았던지 우리는 한 자리밖에 차지하지 않았습니다. 그녀는 기뻐서 울었고 나는 내 얼굴을 적시는 그녀의 눈물을 느꼈습니다. 하지만 레스코 집에 들어가기 위해 마차에서 내려야 했을 때 나는 마부와 새로운 다툼을 벌였고 그 결과는 불길한 것이었습니다. 나는 그에게 1루이를 주겠다고 약속한 것을 후회했습니다. 선물이 과했기 때문일 뿐만이 아니라 훨씬 더 강한 이유는 그 돈을 지불할 능력이 없었기 때문이었습니다. 나는 레스코를 불러냈습니다. 그는 방에서 내려와 문 쪽으로 왔습니다. 나는 귓속말로 내가 지금 얼마나 곤란한 상황에 처해있는지를 말했습니다. 그는 난폭한 기질에 마부를 달래는데 전혀 익숙하지 않았으므로 내게 장난하느냐고 대답했습니다. 그는 덧붙였습니다. "1루이라고! 저런 놈에게는 매질 스무 번이면 돼!" 내가 그에게 마부가 우리를 파멸시킬 것이라고 달래듯 말해도 소용없었습니다. 그는 마부를 때리려는 태도로 내게서 지팡이를 뺏었습니다. 경비원이나 군인 등에게서 이런 일을 종종 당해본 것 같은 마부는 내가 그를 속였으니 두고 보자고 외치며 무서워서 마차를 타고 달아났습니다. 나는 그에게 멈추라고 되풀이해 말했지만 소용없었습니다. 그의 도주로 인해 나는 극도로 불안했습니다. 그가 경찰서에 고발할 것은 의심의 여지가 없었습니다. 나는 레스코에게 말했습니다. "당신 때문에 끝났어요. 당신 집은 안전하지 않을 거예요. 즉시 멀리 가야겠어요." 나는 마농에게 팔을 빌려주며 걸었고 우리는 즉시 이 위험한 길에서 벗어났습니다. 레스코가 우리와 함께 했습니다. 신이 일을 엮어내는 방식에는 놀라운 어떤 것이 있습니다. 우리가 막 5, 6분 정도 걸었을 때 얼굴이 거의 보이지 않는 한 남자가 레스코를 알아봤습니다. 그는 틀림없이 나쁜 의도를 가지고 레스코의 집 주변에서 그를 찾고 있었을 것입니다. 그는 권총 한 발을 쏘면서 말했습니다. "레스코로군. 너는 오늘 저녁 천사들과 저녁을 먹게 될 거야." 그리고는 곧 달아났습니다. 레스코는 쓰러진 채 미동도 없었습니다. 나는 마농에게 달아나라고 재촉했습니다. 왜냐하면 시체에게는 우리 도움이 소용없었고 경비병이 곧 나타나 체포당할까봐 두려웠기 때문입니다. 나는 마농 그리고 하인과 함께 첫 번째 작은 갈림길로 도망갔습니다. 그녀가 완전히 이성을 잃은 상태라 그녀를 가라앉히기가 힘들었습니다. 마침내 길 끝에 있는 마차를 발견했습니다. 우리는 마차에 올라탔지만 마부가 어디로 가면 되느냐고 물었을 때 대답하기가 당황스러웠습니다. 내게는 확실한 은신처도 내가 감히 도움을 청할 믿을만한 친구도 없었습니다. 나는 지갑에 반 피스톨밖에 없는 빈털터리였습니다. 두려움과 피곤함에 너무나 시달린 마농은 내 곁에서 반쯤 실신한 상태였습니다. 게다가 나는 레스코의 피살에 대한 갖가지 상상들을 하고 있었고 경비병에 대한 두려움이 없지 않았습니다. '어떻게 해야 하지?' 다행스럽게도 마농과 내가 집을 구하러 갔을 때 며칠을 보냈던 샤이오의 여관이 생각났습니다. 나는 그곳이라면 안전할 뿐만 아니라 숙박비의 압박을 받지 않고 얼마간 지낼수 있지 않을까 희망을 가졌습니다. 나는 마부에게 말했습니다. "샤이오로 가주게." 그는 1피스톨 이하로는 이렇게 늦게 거기까지 갈 수 없다고 거절했습니다. 또 다시 난처한 일이었습니다. 마침내 6프랑에 합의를 보았고 그것은 내 수중에 지닌 돈의 전부였습니다.

나는 가면서 마농을 위로했습니다. 하지만 내심으로는 나 역시 절망했습니다. 나를 삶에 집착하게 만드는 유일한 존재가 내 품에 없었더라면 나는 몇 번이고 자살했을 겁니다. 이 생각만이 나를 되돌려 놓았습니다. 나는 생각했습니다. '최소한 나는 그녀를 가졌어. 그녀는 나를 사랑하고 그녀는 내거야. 티베르주가 행복의 환상이 그게 아니라고 말해봐야 소용없어. 나는 우주 전체가 소멸하여도 상관하지 않을 거야. 왜냐고? 그녀 이외의 것에는 관심이 없으니까.' 이 감정은 사실이었습니다. 그렇지만 세상의 재화를 거의 중시하지 않던 시절에도 나는 나머지 것을 훨씬 더 경멸하기 위해 일정 부분의 재화는 가질 필요가 있을 거라고 느꼈습니다. 사랑은 풍요보다 더 강하고 보물과 부보다 더 강하지만 그런 물질적인 것의 도움을 필요로 합니다. 그리고 마음 약한 연인에게 있어 자신의 뜻과는 상관없이 가장 비천하고 천박한 영혼으로 귀착되는 것을 보는 것보다 더 절망적인 것은 없습니다.

우리가 샤이오에 도착했을 때는 밤 열한 시였습니다. 여관에서는 우리를 지인처럼 맞이해주었습니다. 마농이 남자 옷을 입은 것을 보고서도 놀라지 않았습니다. 왜냐하면 파리와 그 주변에서 여자들이 온갖 형태의 옷을 입는 것에 익숙해져 있었기 때문이었습니다. 나는 가장 넉넉한 시절에 했던 것만큼 적절하게 마농을 대접하게 했습니다. 그녀는 내가 돈이 없다는 사실을 몰랐습니다. 나는 다음 날 혼자 파리로 돌아가서 이 곤란한 처지를 해결할 방법을 찾을 결심을 했으므로 그녀에게는 아무것도 알리지 않으려 조심했습니다.

저녁을 먹으면서 보니 그녀는 창백하고 야윈 것 같았습니다. 나는 오피탈에서는 그런 사실을 전혀 알아채지 못했는데 내가 그녀를 봤던 방이 밝지 않아서였기 때문이었습니다. 나는 그녀에게 오빠가 살해되는 것을 보면서 느낀 두려움 때문인지 물어봤습니다. 그녀는 그 사건에서 영향 받은 것도 있지만 그녀가 창백한 이유는 단지 석 달 동안 내가 없다는 사실을 견디느라 그런 것이라고 나에게 확언했습니다. 나는 그녀에게 대답했습니다. "그러니 나를 엄청 사랑하는 거지?" 그녀는 대답했습니다. "말로 할 수 있는 것보다 천 배는 더." 나는 덧붙였습니다. "그러면 이제 결코 더 이상 나를 떠나지 않을 거지?" 그녀는 대답했습니다. "그래요, 결코 떠나지 않을 거예요." 이 다짐은 수많은 애무와 맹세로 확인되었고 사실 그녀가 그것을 잊는다는 것은 불가능해보일 정도였습니다. 나는 항상 그녀가 진심이라고 확신했습니다. 그 정도까지 그녀가 자신의 감정을 속일 이유가 무엇이겠습니까? 하지만 그녀는 훨씬 더 변덕스러웠습니다. 아니 오히려 풍요롭게 살았던 여자들의 눈에, 그녀 자신이 가난하고 궁핍한 상태에 있을 때면 자신은 더 이상 아무것도 아니며, 심지어 자신을 인지하지도 못합니다. 나는 이것의 마지막 증거를 갖기 직전에 있었습니다. 이것은 다른 모든 것들을 뛰어넘고 나와 같은 신분과 운명을 지닌 남자에게는 결코 일어나지 않는 가장 기이한 사건을 만들어냈습니다.

나는 그녀의 이런 기질을 알고 있었으므로 다음 날 서둘러 파리로 갔습니다. 오빠의 죽음 문제도 있고 그녀와 내게 옷이 필요하여, 이유는 충분하고 핑계를 댈 필요도 없었습니다. 나는 마농과 여관 주인에게 마차를 빌려 타고 나갈 계획이라고 말했습니다. 하지만 그것은 허풍이었습니다. 돈이 없어서 어쩔 수 없이 걸어서 가야 했고 목적지인 쿠르 라 렌까지 아주 빨리 걸었습니다. 파리에서 내가 무엇을 해야 할지 정리하고 계획하기 위해서 잠시 동안 혼자만의 조용한 시간이 필요했습니다.

나는 풀밭에 앉았습니다. 나는 추론과 성찰의 바다에 빠졌고 이는 점점 세 가지 항목으로 요약되었습니다. 현재 엄청나게 많이 필요한 것들을 얻기위해, 도움이 시급했습니다. 나는 적어도 내게 미래를 여는 희망을 줄 수 있는 어떤 방법을 찾아야 했고, 그것만큼 중요한 또 다른 것은 마농과 나의 안전을 보장할 정보를 얻어 조치를 취해야 했습니다. 이 중요한 세 가지 것들을 실행할 계획과 수단에 대해 고뇌한 뒤에, 세 가지 가운데 뒤의 두 가지는 생략하는 것이 좋을 것 같았습니다. 샤이오에 있는 방은 우리에게 비교적 안전한 곳이니, 현재의 욕구를 만족시킨 후에 미래의 욕구를 생각하는 것이 옳다고 생각했습니다.

그러므로 당장 내 지갑을 채우는 것이 문제였습니다. T씨는 관대하게도 내게 자신의 지갑을 주겠다고 제안했었지만 그것을 내 쪽에서 다시 꺼내기는 너무나 싫었습니다. 어떤 사람이 낯선 사람에게 자신의 곤궁함을 드러내고 돈을 좀 나눠달라고 부탁하겠습니까! 그렇게 할 수 있는 사람은 비천하고 비겁한 사람뿐인데, 그러한 일의 굴욕을 느낄 수 없기에 그렇게 안 할 것이고, 혹은 겸손한 기독교인으로 이 같은 치욕에 굴하지 않을 정도로 고양된 영혼 때문이겠지요. 나는 비겁한 인간도 훌륭한 기독교인도 아니었습니다. 이런 굴욕을 피할 수만 있다면 내 피의 반이라도 주었을 겁니다. 나는 자신에게 말했습니다. '티베르주가, 착한 티베르주가 어떤 힘이 있다면 내게 주기를 거부할까? 아니, 그는 내 비참함을 보면 마음이 동요할 거야. 하지만 그는 훈계를 하며 나를 죽도록 괴롭히겠지. 그의 비난, 설교, 위협을 겪어야만 할 거야. 그는 자신의 도움에 비싼 대가를 나에게 지불하게 할 테니, 혼란스럽고 후회하게 될 곤란한 장면을 겪게 되느니 차라리 내 남은 피의 일부분이라도 내놓겠어.' 나는 계속 말했습니다. '좋아! 이 두 가지 방법 이외에는 다른 방법은 더 이상 없고, 멈춰 서기에는 너무 멀리 와 있어서, 그 가운데 하나를 취하느니 내 피의 절반을 기꺼이 쏟아버릴 테야. 그렇다면 그 두 가지 방법을 택하느니 오히려 내 피 전부를 쏟아버릴 테니, 결국 모든 희망을 포기해야 할까?' 잠깐 생각한 후에 나는 덧붙였습니다. '그래, 내 피 전부. 분명 결국 비천한 애원을 하느니 기꺼이 내 피 전체를 주겠다. 하지만 여기서 내 피만이 문제인가! 문제가 되는 것은 마농의 생명과 삶의 질의 문제이고, 그녀의 사랑과 충실함의 문제이다. 그밖의 무엇으로 내가 그녀와 견줄 수 있을까? 지금까지 아무것도 없었다. 그녀는 나의 영광, 행복 그리고 재산의 지위를 갖는다. 틀림없이 많은 것들을 얻거나 피하기 위해 내 생명을 걸어야 할 것이다. 하지만 어떤 것을 내 목숨보다 소중히 여긴다고 해도 마농만큼 소중할 수는 없다.' 이렇게 추론하고 나니 결정하는 데 오래 걸리지 않았습니다. 먼저 티베르주를 가서 보고, 그 다음으로 T씨에게 가기로 결심하고 곧 가던 길을 계속 갔습니다.

파리에 들어서면서 비록 지불할 돈은 없었지만 마차를 탔습니다. 내가 간청하여 얻게 될 도움을 셈에 넣었습니다. 나는 티베르주에게 사람을 보내 내가 기다리기로 한 뤽상부르로 갔습니다. 그는 재빠르게 달려와서 내 초조함을 달래주었습니다. 나는 전혀 돌려 말하지 않고 그에게 내 극단적인 궁핍함을 말했습니다. 그는 내가 예전에 돌려준 백 피스톨이면 충분하겠느냐고 물어봤습니다. 그리고 어렵다는 말 한마디 없이, 사랑과 진실한 우정을 가진 사람만이 줄 수 있는 솔직한 태도와 기쁨으로 그 즉시 돈을 가지러 갔습니다. 내 부탁을 들어줄 거라는 것에 조금도 의심하지 않았지만, 그렇게 쉽게 회개하지 않는 나를 탓하지 않고 들어준 데 대해 놀랐습니다. 하지만 그의 비난을 완전히 면했다고 생각한 것은 나의 착각이었습니다. 왜냐하면 내게 돈을 주고 내가 막 떠나려고 했을 때 그가 잠시 함께 산책하자고 했기 때문입니다. 나는 마농 이야기를 전혀 하지 않았습니다. 그는 마농이 자유의 몸이 되어 나와 같이 살고 있다는 사실을 몰랐습니다. 그래서 그의 훈계는 단지 생 자라르에서의 무모한 탈주와 내가 거기서 받은 교훈을 이용하는 대신에 방탕의 길을 또 가지 않을까 하는 두려움에만 국한되었습니다. 그는 내가 탈주한 다음 날 생 라자르에 면회를 갔다가 내가 어떻게 거기서 빠져나왔는지 듣고서 표현할 수 없을 정도로 충격을 받았다고 말했습니다. 그리고 그는 수도원장을 만났고 선량한 신부님은 공포에서 여전히 회복되지 못했으며 그런데도 너그럽게도 내 탈주를 경찰국장에게 알리지 않았고, 문지기의 죽음이 외부에 알려지지 않도록 했다는 것도 말해주었습니다. 그러므로 그쪽 일은 걱정할 필요 없지만 내게 최소한의 훌륭한 덕이 남아 있다면, 하늘이 내 일을 이렇게 다행스럽게 정리해준 상황을 좋게 이용해야할 것이라고 했습니다. 먼저 아버지께 편지를 쓰고 화해를 하는 것으로 시작해야 한다고 했습니다. 그리고 딱 한 번이라도 친구의 충고를 따라서, 파리를 떠나 가족의 품으로 돌아가라고 했습니다.

나는 그의 이야기를 끝까지 들었습니다. 거기에는 내가 만족할만한 일이 많이 있었습니다. 우선 생 라자르 쪽에 대해 전혀 걱정할 필요가 없다는 사실이 기뻤습니다. 파리는 돌아다니기에 다시 자유로운 곳이 되었습니다. 두 번째로 마농이 탈주하여 나와 함께 있는 것에 대해 티베르주가 전혀 알지 못한다는 것에 만족했습니다. 심지어 내가 마농에 관해 아주 평온한 것 같아 보여서 내 마음에 그녀를 덜 담아 두고 있다고 그가 생각하여, 그녀에 대한 이야기를 피하고 있음을 나는 주목했습니다. 나는 그의 충고대로 집으로 되돌아가지는 않지만 적어도 아버지께 편지를 쓰고 내 의무와 아버지의 뜻에 따를 준비가 되어 있다는 것을 증명해보이기로 결심했습니다. 나는 학술원에서 공부한다는 핑계로 아버지에게서 송금을 받을 수 있기를 바랐습니다. 왜냐하면 내가 성직으로 복귀할 생각이 있다고 아버지를 설득하기는 어려울 것이기 때문이었습니다. 그리고 사실상 내가 아버지께 약속하려는 것과 그렇게 멀리 있지 않았습니다. 반대로 이 계획이 내 사랑과 양립할 수만 있다면, 정직하고 이성적인 어떤 계획에 열중하려고 했습니다. 나는 애인과 함께 살면서 공부도 하고 싶었습니다. 그것은 양립 가능한 것이었습니다. 이 모든 생각들에 아주 만족해서 티베르주에게 바로 그날 아버지께 편지를 쓰겠노라고 나는 약속했습니다. 그와 헤어지고 실제로 우체국으로 가서 아주 공손하고 복종하는 편지를 썼고, 쓴 편지를 다시 읽어보며 부성애에서 나오는 어떤 것을 얻을 수 있기를 은근히 기대했습니다.

티베르주와 헤어진 후에 이제는 마차를 빌려 타고 차비를 지불할 수 있지만, T씨 집으로 당당히 걸어가는 기쁨을 만끽했습니다. 친구가 내게 걱정할 게 전혀 없다고 보증한 자유를 실행하는 데서 기쁨을 누렸습니다. 그렇지만 그의 보증은 단지 생라자르와 관련된 것이었고, 그것 외에도 내가 최소한 증인으로 연루된 레스코의 죽음은 차치하고라도, 오피탈 사건이 있었다는 사실이 갑자기 뇌리를 스쳤습니다. 이 생각을 하니 너무 두려웠고 나는 첫 번째 길로 숨어서 그곳에서 마차를 불렀습니다. 나는 곧바로 T씨 집으로 갔고 그는 내 두려움을 듣고 웃었습니다. 그가 오피탈 일도 레스코 일도 두려워할 것이 전혀 없다고 알려줬을 때 내가 두려워한 것에 대해 스스로도 웃음이 나왔습니다. 그의 말에 따르면 마농의 납치에 자신이 관여했다는 의심을 살 수 있을 것 같아 아침에 오피탈에 가서 무슨 일이 일어났는지 모르는 체 하면서 그녀를 만나기를 청했다고 했습니다. 그런데 그와 나 우리를 의심하기는커녕 반대로 이 사건을 아주 이상한 소식이라고 서둘러 말하면서 마농같이 예쁜 아가씨가 하인과 달아날 결심을 한 것이 놀랍다고 말했다는 것이었습니다. 거기에 대해 그는 자신은 놀라지 않으며, 사람들은 자유를 위해서라면 모든 것을 한다고 차갑게 대답했다고 했습니다. 그는 애인과 함께 있는 나를 보려고 레스코의 집에 갔었다고 계속해서 말했습니다. 집주인인 마부가 그에게 나와 그녀를 본 적이 없노라 대답했다고 했습니다. 그렇지만 나와 그녀가 원한 것이 레스코라면, 틀림없이 나와 그녀는 레스코가 거의 같은 시각에 살해당했다는 것을 알았을 것이기 때문에, 우리가 레스코를 보러 간 것이었다면 그의 집에 나타나지 않았다고 해서 놀라지 않았다고 했습니다. 그는 이 죽음의 원인과 상황에 대해 알고 있는 대로 설명해 주었습니다. 그 일이 있기 약 두 시간 전에 레스코의 친구들 가운데 경호원인 한 친구가 그를 보러 와서 그에게 게임을 하자고 했습니다. 레스코가 너무 빨리 따 버려서 상대방이 한 시간 만에 백 에퀴, 즉 자기가 가진 돈 전부를 잃었습니다. 돈 한 푼 없게 된 이 불쌍한 친구가 레스코에게 자신이 잃은 돈의 절반을 빌려달라고 부탁했습니다. 이 사건에서 생겨난 곤란한 문제들로 인해 그들은 극도의 흥분상태에서 서로 다퉜습니다. 레스코는 결투 제안을 거절했고 상대방은 그와 헤어지며 그의 머리를 깨놓겠다고 다짐했습니다. 그리고 그는 바로 그날 저녁 이 다짐을 실행해버렸습니다. T씨는 우리에 대해 아주 많이 걱정했었다고 앞으로도 계속 우리를 돕겠다는 말을 진솔하게 덧붙였습니다. 나는 전혀 망설임 없이 그에게 우리 은신처를 알려주었습니다. 그는 우리와 함께 저녁 식사를 하게 해달라고 내게 부탁했습니다.

나는 그에게 마농을 위한 속옷과 옷 몇 벌만 사면 끝나니까 나와 함께 잠깐 몇몇 가게에 들려줄 수 있다면 바로 떠날 수 있다고 말했습니다. 그는 내가 그의 호의를 끌 목적으로 이 제안을 했다고 생각했는지 아니면 그것이 단순히 아름다운 마음씨의 움직임이었는지 모르겠습니다. 하지만 곧 떠나겠다고 동의하고는 나를 그가 거래하는 가게들로 데려가서 내가 생각했던 것보다 더 비싼 옷을 여러 벌 고르게 했고 내가 값을 치르려고 하자 그는 상인들에게 내 돈은 한 푼도 받지 못하게 했습니다. 그의 친절이 너무 호의로 가득해서 나는 수치심 없이 그의 호의를 받아들일 수 있겠다고 생각했습니다. 우리는 함께 샤이오로 향했고 내가 그곳을 떠났을 때보다 덜 불안한 마음으로 그곳에 도착했습니다.

슈발리에 데 그리외가 이 이야기를 시작한지 한 시간 이상이 지나서 나는 그에게 조금 쉬고 함께 저녁을 먹자고 했다. 우리가 관심을 갖는 것을 보자 그는 그것을 알고 이어지는 이야기에는 더 흥미로운 것이 있다고 했다. 식사를 끝내자 그는 자신의 이야기를 이어갔다.

제1부 끝

제2부

내가 함께 있고 T씨는 섬세해서 마농의 마음에 남아 있는 슬픔이 모두 사라졌습니다. 도착하면서 나는 그녀에게 말했습니다. "지난 두려움은 잊고 다시 시작합시다. 그 어느 때보다 더 행복할 거예요. 어쨌든 사랑은 좋은 스승이요. 운명의 신은 우리에게 맛보게 해준 쾌락만큼 우리를 고통스럽게 하지는 않을 것이오." 우리의 저녁 식사는 실로 즐거웠습니다. 마농이 있고 백 피스톨이 있는 나는 보물을 쌓아두고 파리에서 사는 가장 부유한 세금징수인보다 더 자랑스럽고 더 만족스러웠습니다. 우리는 부를 우리의 욕구를 충족시킬 수 있는 수단으로 평가해야 합니다. 내게는 채워야 할 욕구가 하나도 남아있지 않았습니다. 미래에 나는 거의 관심이 없었습니다. 내가 파리에서 남부럽게 않게 살아갈 정도의 돈을 아버지가 주시는 데 어려움이 없을 것이라고 나는 거의 확신했습니다. 왜냐하면 이제 나는 스무 살이 되어서 어머니 재산 가운데 내 몫을 요구할 권리가 생겼기 때문이었습니다. 내 상속분이든 노름으로 인한 수입이든 내게 틀림없이 그렇게 될 것으로 보이는 더 나은 재산을 편안한 마음으로 기다리기만 하면 충분했습니다.

이렇게 해서 처음 몇 주 동안 내가 처한 상황을 즐길 생각만 했습니다. 경찰과 관련하여 불편한 일이 좀 남아 있는 만큼 명예의 강력한 힘이 필요한 나는 트란실바니 호텔의 동업자들과 다시 이어지는 것을 하루하루 미루고, 비난받지 않을 만한 몇몇 모임에서 도박을 하는 것으로 만족했습니다. 그곳에서 나는 운이 따라준 덕분에 굴욕적인 속임수에 의지하지 않아도 되었습니다. 나는 오후의 일정한 시간을 시내에서 보내고, 우리와 우정이 날마다 커져가는 T씨와 항상은 아니지만, 저녁을 먹으러 샤이오로 돌아오곤 했습니다. 마농은 권태를 극복할 수단을 찾아냈습니다. 봄이 되어 다시 이웃이 된 몇몇 젊은 여성들과 마농은 교류했습니다. 산책과 여성들이 할 수 있는 소소한 운동으로 소일하고 있었습니다. 미리 금액을 정해놓고 카드 게임을 해서 마차비용을 충당하곤 했습니다. 그녀들은 불로뉴 숲으로 바람을 쐬러 가곤 했고, 저녁에 내가 돌아오면 마농은 그 어느 때보다 더 행복하고, 더 아름답고, 더 열정적인 모습으로 나를 기다렸습니다.

그렇지만 살짝 암운이 깃들 때가 있고, 이것이 우리 행복의 전당을 위협하는 것 같았습니다. 하지만 암운은 금방 흩어지고, 마농의 쾌활한 기질로 인해 결말이 아주 유쾌해져서, 지금도 여전히 그녀의 애정과 매력적인 기지를 감미롭게 추억합니다.

우리 집안일을 돌보는 유일한 하인이 어느 날 나를 따로 불러내더니, 아주 당황한 태도로 알려줄 중요한 비밀이 있다고 말했습니다. 나는 그에게 자유롭게 이야기하라고 했습니다. 얼마간 돌려 말한 후에 그는 외국인 귀족이 마농 양을 아주 많이 좋아한다고 말했습니다. 나는 피가 거꾸로 솟는 느낌이 들었습니다. 나는 내용을 좀 더 알아보기에 적합한 현명함은 잊고, 좀 거칠게 물어봤습니다. "그녀도 그를 좋아해?" 내 높은 어조에 그가 두려워했습니다. 그는 불안한 태도로 아직 거기까지는 모르겠지만, 여러 날 전부터 이 외국인이 불로뉴 숲에 계속 와서 마차에서 내려 혼자 인도에서 거니는 것이, 아가씨를 보거나 만날 기회를 엿보는 것 같은데, 자기 생각에 그의 이름을 알기 위해서 그의 하인들에게 접근 해보는 것이 좋을 것 같은 생각이 들어서 그렇게 했다고 했습니다. 그가 알아본 바에 따르면 하인들은 그 남자를 이탈리아 공작이라고 했고 그들 역시 그 남자가 여자를 유혹할 계획을 갖고 있지 않나 의심하고 있다고 했습니다. 그는 떨면서 계속 말을 이어가며 더 이상의 정보는 얻을 수 없었다고 했습니다. 왜냐하면 때마침 숲에서 나온 대공이 그에게 친근하게 다가와 이름을 물어봤고, 마침내 그가 우리 하인인 것을 짐작하고는 세상에서 가장 매력적인 여인의 하인이라는 사실을 축하한다고 말했기 때문이었습니다.

나는 이 이야기의 뒷부분을 초조하게 기다렸습니다. 그렇지만 그는 결국 소심한 변명으로 이야기를 마무리 지었고 이는 내가 조심성 없이 흥분했기 때문이었습니다. 나는 그에게 숨김없이 계속 이야기하라고 채근했지만 소용없었습니다. 그는 더 이상은 아무것도 모르며, 방금 이야기한 것이 전날 일어난 사건들이라 그 이후로 그 하인들을 만나지 못했다고 대답했습니다. 나는 그에게 칭찬을 해줬을 뿐만 아니라 정당한 보상으로 그를 안심시켰고, 마농에 대한 의심을 조금도 드러내지 않은 채 보다 평온한 어조로 외국인의 모든 행동을 감시해 달라고 부탁했습니다.

사실상 그의 경고를 듣고, 나는 잔인한 의심으로 괴로워할 수 밖에 없었습니다. 그가 두려워서 진실의 일부를 말하지 않았을 수도 있습니다. 그렇지만 생각을 좀 더 한 후에 경계심을 풀고 이런 약점을 드러낸 것을 후회하기까지 했습니다. 다른 사람이 그녀를 사랑한다고 해서 마농을 탓할 수는 없었습니다. '그녀는 자신이 남자의 마음을 사로잡은 것을 모르는 것 같은데, 내가 이렇듯 질투에 쉽게 빠져든다면 어떻게 살아갈 수 있을까?' 나는 다음 날 파리로 갔는데, 훨씬 더 큰 금액을 걸고 게임을 해서 서둘러 돈을 불려, 첫 번째 불안한 요소인 샤이오를 떠나는 것 외에는 다른 계획이 없었습니다. 그날 저녁에는 내 휴식에 해가 되는 어떤 것도 듣지 않았습니다. 외국인은 불로뉴 숲에 다시 나타났고, 전날 일어난 일을 구실삼아 내 하인에게 접근해서는 자신의 사랑에 관해 이야기했지만, 그의 말투로는 마농과의 어떤 교류도 없는 것 같았습니다. 외국인은 하인에게 여러 가지 세세한 것들에 대해 질문했습니다. 마침내 꽤 큰 보상을 약속하며 그를 자기 편으로 삼으려 했고, 준비된 편지를 꺼내 여주인에게 전해달라며 금화 몇 닢을 헛되이 그에게 주었습니다.

어떤 다른 일도 없이 이틀이 흘러갔습니다. 사흘째 되는 날은 좀 더 파란만장했습니다. 시내에서 꽤 늦게 돌아온 후에, 하인으로부터 다음과 같은 사실을 들었습니다. 한동안 일행과 떨어져 마농이 산책하는 동안, 약간의 거리를 두고 그녀를 따라가던 외국인이 마농이 보낸 신호에 따라 그녀에게 다가갔고, 그녀가 그에게 편지 한 통을 건네자 편지를 받은 외국인은 기뻐서 흥분했다는 것입니다. 그녀가 곧 가버렸기 때문에 그는 그 기쁨을 표현할 시간이 없어서 편지에 열렬히 입맞춤을 했습니다. 하지만 그날 온종일 그녀는 놀라울 정도로 즐거워보였고 집에 돌아온 후에도 이러한 기분이 계속되었습니다. 나는 말 한마디 한마디에 전율했습니다. 나는 하인에게 슬프게 말했습니다. "네가 잘못 본 것은 아니겠지?" 그는 하느님을 걸고 맹세했습니다. 내가 돌아오는 소리를 들은 마농이, 내가 늦어서, 초조하고 불평하는 듯한 태도로 내 앞으로 오지 않았다면 마음의 고통 때문에 어떻게 했을지 모를 일이었습니다. 그녀는 내 대답을 기다리지 않고 나에게 키스를 퍼붓고 단 둘이 있게 되었을 때 내가 아주 늦게 들어오는 일이 습관이 되었다고 매우 강하게 비난했습니다. 내가 말이 없으니 그녀는 계속해서 말했습니다. 3주 전부터 내가 그녀와 하루 온종일을 함께 보낸 적이 없고 그녀는 이렇게 오랫동안 내가 없는 것을 견딜 수 없으니 최소한 이따금 하루 온종일 함께 있을 것을 요구했으며 바로 다음 날 아침부터 저녁까지 그녀 곁에 있어 달라고 말했습니다. 나는 퉁명스럽게 그녀에게 대답했습니다. "그럴게, 걱정 말아요." 그녀는 내 슬픔에 대해서는 거의 주의를 기울이지 않았고 보기에 이상할 만큼 활기차고 기쁨에 찬 동작으로 내게 자신이 하루를 보내는 방식에 대해 아주 유쾌하게 묘사를 했습니다. 나는 혼잣말로 '참 기이한 여자야!'라고 말했습니다. 이 전주곡에서 내가 무슨 예상을 할 수 있을까요? 우리의 첫 번째 이별의 사건이 다시 떠올랐습니다. 그렇지만 그녀의 기쁨과 애무의 심연에는 겉모습과 일치되는 진실의 태도가 엿보였습니다.

저녁 식사동안 나는 어쩔 수 없이 침울한 기분이었는데 그것을 게임에서의 속상한 손실 탓으로 돌리는 일은 어렵지 않았습니다. 그녀가 나에게 다음날 샤이오를 떠나지 말라고 한 것을 아주 다행으로 여겼습니다. 내 생각을 정리하기 위한 시간을 벌 수 있었습니다. 내가 하루종일 그녀와 함께 집에 있게 된다는 사실에 다음날에 대한 모든 두려움이 사라졌습니다. 그리고 비록 내가 발견한 것을 폭로할 수 있는 것은 아무것도 찾아내지 못했지만, 다음날 나는 이미 거처를 도시, 즉 귀족들과 뒤섞일 일이 없는 동네로 옮기기로 결심했습니다. 이러한 결정을 통해 나는 좀 더 편안한 밤을 보낼 수 있었지만 새로운 부정행위에 떨어야 하는 고통에서 벗어나지는 못했습니다.

아침에 눈을 떴을 때 마농은 내게 하루종일 집에 있는다고 해서 흐트러진 모습으로 있어선 안 된다며 직접 내 머리를 손질해주겠다고 했습니다. 내 머리카락은 아주 아름다웠습니다. 그녀는 자주 내 머리 손질을 하곤 했는데 그것을 즐거워했습니다. 하지만 그날은 내가 이전에 보아 왔던 것보다 훨씬 더 많은 정성을 쏟아 내 머리를 손질했습니다. 나는 그녀를 만족시키기 위해 화장대 앞에 앉아 그녀가 내 치장을 위해 생각해낸 자잘한 연구들 모두를 견뎌내야 했습니다. 머리치장 중에 그녀는 종종 그녀 쪽으로 내 얼굴을 돌려서 내 어깨 위에 두 손을 기대고 뭔가 갈망하고 호기심어린 시선으로 나를 바라봤습니다. 그리고는 한두 번의 입맞춤으로 만족감을 표현하고서 자신의 일을 계속하기 위해 나에게 다시 자세를 잡게 했습니다. 우리는 저녁 식사시간까지 이렇듯 익살스러운 행위를 하며 시간을 다 보냈습니다. 그녀가 내 머리치장에 갖는 취미가 내게는 아주 자연스러워 보였고 그녀의 즐거움에는 꾸밈이 거의 느껴지지 않았습니다. 그래서 그토록 일관성 있는 태도와 검은 배신의 계획을 대입시킬 수 없는 나는 몇 번이고 내 마음을 그녀에게 열고 나를 짓누르기 시작하는 짐을 벗어버리고 싶었습니다. 하지만 나는 매순간 그녀가 먼저 말해주기를 기대했고 그에 대해 미리 감미로운 승리의 기쁨을 느꼈습니다.

우리는 그녀의 방으로 되돌아갔습니다. 그녀는 내 머리를 다시 손질하기 시작했고 나는 그녀에 대한 배려심으로 내 머리를 맡겨두고 있던 참이었습니다. 그때 하인이 아무개 대공이 그녀를 보러 왔다고 알리러 왔습니다. 그 이름을 들으니 나는 흥분되어 몸이 달아올랐습니다. 나는 그녀를 밀치면서 소리쳤습니다. "뭐라고? 누구? 무슨 대공이라고?" 그녀는 내 질문에 전혀 답하지 않았습니다. 그녀는 하인에게 차갑게 말했습니다. "그를 올라오게 해요." 그리고는 내 쪽을 향해 주문을 거는 어조로 말했습니다. "사랑하는 그대여, 잠시만 배려해줘요. 잠깐 아주 잠깐만요. 그럼 당신을 훨씬 더 사랑할게요. 평생 동안 감사할게요."

분노와 놀라움으로 혀가 굳어져 말을 할 수가 없었습니다. 그녀는 거듭 애원했고 나는 그것을 경멸스럽게 거부하려고 적당한 표현을 찾고 있었습니다. 하지만 대기실 문이 열리는 소리가 들리자 그녀가 한 손으로는 어깨 위로 찰랑거리는 내 머리채를 쥐고, 다른 한 손으로는 화장 거울을 집어 들었습니다. 그녀는 온 힘을 다해 방문 앞까지 이 상태로 나를 끌고 가서는, 무릎으로 방문을 밀어 소리 때문에 방 한가운데 멈춰 선 외국인에게 적잖이 놀라운 광경을 보여주었습니다. 매우 잘 차려입었으나 얼굴 표정이 좋지않은 남자가 눈에 들어왔습니다. 이 장면에 당황한 중에도 그는 정중하게 인사를 했습니다. 마농은 그에게 입을 열 시간을 주지 않았습니다. 그녀는 그에게 거울을 보여줬습니다. 그녀가 말했습니다. "이봐요, 보세요, 똑똑히 보세요. 그리고 정당하게 평가하세요. 당신은 제게 사랑을 원했어요. 여기 제가 사랑하는 사람이 있어요. 그리고 저는 그 사람을 평생 동안 사랑하겠다고 맹세했어요. 당신 스스로 비교해보세요. 만일 당신이 제 마음을 두고 그와 경쟁이 된다고 생각하면 어떤 근거에서인지 말해보세요. 왜냐하면 아주 볼 것 없는 당신 하녀의 눈에도, 이탈리아의 모든 대공들은 내가 쥐고 있는 머리카락 한 올의 가치도 없다고 확실히 말씀드릴 수 있어요."

분명 그녀가 미리 생각해놓은 이 미친 듯한 연설이 이어지는 동안 나는 벗어나려고 발버둥 쳤지만 소용없었습니다. 그리고 이 훌륭한 신분의 남자가 불쌍해서 나는 예의를 갖춰 사과하며 그녀의 지나친 행동을 바로잡고 싶어졌습니다. 하지만 꽤 손쉽게 평정심을 되찾은 그의 대답이 약간 천박하게 보여서 이런 마음이 이내 사라졌습니다. 그는 억지웃음을 띤 채 그녀에게 말했습니다. "이봐요, 아가씨, 이제야 내 눈의 콩깍지가 벗겨지는군요. 당신은 내 생각과는 달리 전혀 풋내기가 아니었어요." 그는 더 천박한 음성으로 프랑스 여자가 이탈리아 여자보다 나을 것이 없다고 덧붙이면서 그녀에게 눈길도 주지 않고 곧 가버렸습니다. 그런 그에게 이 기회를 빌어 여자에 대해 더 나은 생각을 갖게 해 주고 싶다는 마음이 전혀 들지 않았습니다.

마농은 내 머리채를 놓고 소파에 털썩 주저앉아서는 방이 떠나갈 정도로 오랫동안 크게 웃었습니다. 나는 오로지 사랑에 의해서만 가능한 희생에 마음 깊이 감동받았다는 사실을 감추지 않았습니다. 그렇지만 내가 보기에 농담이 지나친 것 같았습니다. 나는 이 일에 대해 그녀를 나무랐습니다. 그녀는 내 연적이 불로뉴 숲에서 여러 날 동안 그녀를 귀찮게 따라다니며, 몸짓이나 얼굴 표정으로 그녀를 향한 자기감정을 넌지시 비춘 후에, 편지에다 자기 이름과 지위를 내세워 그녀에게 고백했다고 이야기했습니다. 그는 그 편지를 마부를 통해 그녀와 그녀의 친구들에게 전달했고, 그 편지에서 그녀에게 이탈리아에서 많은 재산과 영원한 사랑을 주겠다고 약속했습니다. 그녀의 이야기에 따르면 그녀는 나에게 이 사건을 알려줄 결심을 하고 샤이오에 돌아왔지만, 우리가 그것에서 즐길 거리를 만들 수 있겠다는 생각이 들어 저항할 수 없었다고 했습니다. 그래서 애교 섞인 답장으로 이탈리아 귀족에게 그녀를 보러 집으로 와도 좋다고 했고, 내게 조금도 의심들지 않게 하고서, 그녀의 계획에 나를 끌어들이는 두 번째 즐거움을 누렸다고 했습니다. 나는 다른 경로를 통해 알게 된 이야기들을 그녀에게 한마디도 하지 않았고 승리한 사랑의 도취감으로 인해 모든 것에 동의했습니다.

내 인생 내내 하느님은 언제나 내게 가장 가혹한 형벌을 내리기 위해 내 행운이 가장 확고한 순간을 선택하신다는 것을 깨달았습니다. T씨의 우정과 마농의 애정을 받으며 나는 아주 행복하다고 생각해서 누군가가 내게 어떤 새로운 불행을 두려워해야 한다고 이해시키려 했다면 불가능했을 것입니다. 그렇지만 당신이 파시에서 나를 본 상태로 그리고 점차 내 이야기가 진짜라고 믿기 힘들 정도의 극한의 상황으로 몰고 간 아주 암울한 불행이 준비되고 있었습니다.

T씨를 저녁 식사에 초대한 어느 날, 집 문 앞에서 멈춰서는 마차 소리가 들렸습니다. 우리는 이 시각에 누가 왔는지 알고 싶은 호기심이 발동했습니다. G.M. 주니어, 즉 우리의 가장 끔찍한 적, 나를 생라자르에, 마농을 오피탈에 가둔 그 늙은 난봉꾼의 아들이라고 했습니다. 그의 이름을 듣는 것만으로도 내 얼굴은 벌겋게 달아올랐습니다. 나는 T씨에게 말했습니다. "자기 아버지의 비겁함을 대신 벌 받게 하려고 하늘이 그를 내게 데려다주신 것 같습니다. 나와 검을 겨루지 않고서는 여기서 빠져나가지 못할 겁니다." 그와 알고 지내고 심지어 절친한 사이인 T씨는 내가 그에 대해 다른 감정을 갖게 하려고 애썼습니다. T씨는 내게 그는 아주 호감가는 젊은이고 자기 아버지의 행동에 가담하는 것이 거의 불가능해서 나 자신도 그를 높이 평가하지 않을 수 없고 그의 존중을 바라지 않을 수 없을 것이라고 확언했습니다. 그에게 유리한 수많은 이야기들을 덧붙인 후에 T씨는 내게 G.M. 주니어가 남은 식사를 우리와 함께 하게 할 수 있게 해달라고 청했습니다. T씨는 자신의 명예와 신념을 걸고 G.M. 주니어가 우

리를 알게 되면 우리는 더할 나위 없이 열정적인 보호자를 갖게 되는 셈이라고 주장하면서 우리 적의 아들에게 거처를 알려주는 것은 마농을 위험에 노출시키는 것이라는 저항을 미리 차단했습니다. 이 같은 보증이 있은 후에 나는 어떠한 이의도 제기하지 않았습니다. T씨는 잠깐 시간을 내어 그에게 우리가 누구인지를 알려준 후 그를 우리에게 데려왔습니다. 그는 실제로 호감을 사는 태도로 들어왔습니다. 그는 가벼운 포옹으로 나에게 인사했습니다. 우리는 앉았습니다. 그는 마농, 나, 우리에게 속한 모든 것을 찬양했고 맛있게 식사를 해서 우리 저녁을 빛나게 해주었습니다. 식사가 끝나자 대화는 좀 더 진중해졌습니다. 그는 우리에 대한 자기 아버지의 지나친 행동에 대해 말하면서 고개를 숙이고 가장 정중한 사과를 했습니다. 그는 우리에게 말했습니다. "너무나 부끄러운 기억을 되살리지 않으려면 사과는 여기서 줄이겠습니다." 사과가 처음부터 진중하긴 했지만 나중에 좀 더 진중해졌습니다. 왜냐하면 이 대화는 30분도 채 걸리지 않았지만 나는 그가 마농에게서 깊은 인상을 받았음을 알아차렸기 때문이었습니다. 그의 시선과 태도가 점점 부드러워졌습니다. 그의 말을 통해서는 어떠한 기색도 내보이지 않았지만 질투의 도움을 받지 않아도 나는 사랑의 경험이 너무나 풍부해서 사랑에 근원을 둔 것을 모를 수 없었습니다. 그는 늦은 밤이 될 때까지 우리와 함께 했고 우리를 알게 되어 기뻤다며 때때로 우리에게 도움을 주러 와도 되겠냐는 허락을 구한 후에야 자리를 떴습니다. 그는 아침에 같은 마차를 타고 T씨와 함께 떠났습니다.

이미 말했던 것처럼 나는 결코 질투의 감정을 느끼지 않았습니다. 나는 그 어느 때보다 더 마농의 맹세를 믿고 있었습니다. 이 매력적인 여자는 아주 절대적으로 내 마음을 다스리고 있어서 존중과 사랑이 아닌 그 어떤 사소한 감정도 없었습니다. G.M. 주니어의 마음에 들었다고 그녀를 비난하기는커녕 그녀의 매력에 즐거워했고 모든 사람들이 사랑스럽다고 생각하는 여인에게 사랑받는 것에 만족했습니다. 그녀에게 내 의심을 말하는 것이 적절하다는 생각조차 하지 않았습니다. 다음 며칠 동안 그녀의 옷 수선을 맡기고, 사람들의 눈에 띄지 않고 극장에 갈 수 있는지 논의하느라 우리는 바빴습니다. T씨는 주말이 되기 전에 다시 우리를 보러 왔습니다. 우리는 그 문제에 관해 그와 상의했습니다. 그는 마농을 즐겁게 해주려면 긍정적인 대답을 해야 한다는 것을 잘 알고 있었습니다. 우리는 바로 그날 저녁 함께 극장에 가기로 했습니다.

그렇지만 이 계획은 실행될 수 없었습니다. 왜냐하면 그는 나를 따로 불러 다음과 같이 말했기 때문이었습니다. "지난 번 만남 이후 저는 아주 곤란한 처지에 놓였습니다. 그리고 오늘 내가 방문한 것도 그 연장선상에 있습니다. G.M. 주니어가 당신 애인을 좋아합니다. 그는 내게 그 사실을 고백했습니다. 나는 그의 절친한 친구이고 그에게 도움이 되는 것은 무엇이든 해 줄 준비가 되어 있습니다. 하지만 나는 당신의 절친한 친구이기도 합니다. 나는 그의 의도가 부당하다고 생각되어 그를 비난했습니다. 그가 즐거움을 위해 평범한 방법만을 사용할 계획이었다면 나는 그의 비밀을 지켜줬을 겁니다. 하지만 그는 마농의 기질을 잘 알고 있습니다. 어디서 들었는지 모르지만 그는 마농이 사치와 쾌락을 좋아한다는 것을 알고 있었습니다. 그리고 그는 이미 많은 재산을 갖고 있으므로 우선 아주 엄청난 선물과 일만 파운드의 생활비로 그녀를 유혹하겠다고 내게 공언했습니다. 모든 조건이 동일하다면 아마도 그를 배신하는 것이 훨씬 더 힘들었을지 모르지만, 정의는 당신과의 우정 편입니다. 그를 여기로 불러서 그의 욕망의 원인 제공을 했습니다, 따라서 내가 초래한 악의 결과들을 미리 알려야 할 의무가 나에게 있습니다."

나는 이렇게 중요한 서비스를 친절하게 제공한 T씨에게 감사했고, 그의 친절에 맞는 신뢰를 보이며, 마농의 성격은 G.M. 주니어가 생각한 그대로라고, 즉 그녀는 가난이라는 이름을 견딜 수 없다고 인정했습니다. 나는 그에게 말했습니다. "그렇지만 단지 많고 적음의 문제인 한에서, 그녀가 다른 사람 때문에 나를 버릴 거라고는 생각지 않습니다. 나는 그녀가 아무것도 부족하지 않게 할 수 있고, 내 재산은 날이 갈수록 늘어갈 거라고 생각합니다." 나는 덧붙였습니다. "내가 걱정하는 것은 딱 한 가지 G.M. 주니어가 우리에게 해코지하기 위해 우리 거처를 알고 있는 점을 악용하지 않을까 하는 것입니다." T씨는 내게 그런 걱정은 할 필요 없다고 단언했습니다. G.M. 주니어가 미친 사랑을 할 수는 있지만 천박하게 행동하지는 않을 거라고 했습니다. 그가 비겁한 짓을 한다면 자신이 가장 먼저 G.M. 주니어를 응징하고 자신이 원인제공을 한 불행을 바로 잡겠다고 했습니다. 나는 다시 말했습니다. "당신의 그런 마음에 감사드립니다. 하지만 나쁜 일은 일어나고 나면 그 해결책은 불확실합니다. 그래서 가장 현명한 해결책은 샤이오를 떠나 새로운 거처를 마련하여 나쁜 일을 예방하는 것입니다." T씨가 다시 말했습니다. "그래요. 하지만 당신이 원하는 만큼 신속하게 일을 처리하는 데는 어려움이 있을 겁니다. 왜냐하면 G.M. 주니어가 정오에 여기로 올 테니까요. 그가 어제 그렇게 말했습니다. 바로 그래서 당신에게 그의 목적에 대해 알려주려고 이렇게 아침에 온 것입니다. 언제든 그가 들이닥칠 수 있습니다."

이렇게 급박한 의견에 나는 이 사건을 보다 심각하게 바라보게 되었습니다. G.M. 주니어의 방문을 피하는 것이 불가능해보였고, 그가 마농에게 자기 마음을 고백하는 것도 피할 수 없을 것이 확실했으므로 나는 이 새로운 연적의 의도에 대해 내가 직접 마농에게 알려주기로 결심했습니다. 그가 그녀에게 할 제안을 내가 알고 있고, 내 눈앞에서 그 제안을 받으면 그녀가 쉽게 거절 할 수 있을 거라 생각했습니다. 나는 T씨에게 내 생각을 알려줬고 그는 그것은 극히 미묘한 문제라고 대답했습니다. 나는 그에게 말했습니다. "저도 인정합니다. 하지만 사람들이 온갖 이유를 들어 애인에 대해 확신하듯이, 나도 내 애인의 애정을 믿을 수 있는 온갖 이유가 있습니다. 그녀를 현혹시킬 수 있는 것은 엄청난 선물과 재물밖에 없을 겁니다. 그리고 말씀드렸듯이 그녀는 이해타산을 전혀 모릅니다. 그녀는 자신의 안락을 좋아하지만 나 또한 사랑합니다. 내가 관계된 상황에서 자신을 오피탈에 가둔 사람의 아들을 그녀가 나보다 더 좋아할 거라고 생각지는 않습니다." 한마디로 나는 내 계획을 고수했고 마농에게 방금 알게 된 모든 것을 자연스럽게 알려줬습니다.

그녀는 자신에 대한 나의 훌륭한 생각에 고마워했습니다. 그리고 G.M. 주니어가 제안을 한다면 다시는 그녀에게 그럴 엄두를 내지 못하게 하겠다고 약속했습니다. 나는 그녀에게 말했습니다. "아니, 무례한 행동으로 그를 화나게 해서는 안 돼요. 그가 우리를 해칠 수 있어요." 나는 웃으며 덧붙였습니다. "하지만 장난꾸러기인 당신은 마음에 들지 않거나 불편한 연인을 떼어 버리는 방법을 알고 있지요." 약간 생각한 후에 그녀는 다시 소리치며 말했습니다. "훌륭한 생각이 떠올랐어요. 아주 멋진 생각이에요. G.M. 주니어는 우리의 가장 끔찍한 적의 아들이에요. 우리는 그 아들이 아니라 그 아버지의 돈에 복수해야 해요. 나는 그의 말을 들어주고 주는 선물을 받으며 그를 조롱하겠어요." 나는 그녀에게 말했습니다. "계획은 재미있어요. 하지만 가련한 사람아, 그렇게 하면 우리는 오피탈로 직행하게 될 것을 왜 모르는 거요." 내가 그녀에게 그 계획의 위험을 말해봐야 소용없었습니다. 그녀는 우리가 조치를 제대로 취하면 된다고 말했고 모든 반대에 대해 반박했습니다. 사랑하는 여인의 온갖 변덕에 맹목적으로 휩쓸리지 않을 남자가 있으면 알려 주세요. 그렇다면 내가 그렇게 쉽게 양보한 것이 잘못이라고 인정하겠습니다. G.M. 주니어를 속이기로 결정하였습니다. 그런데 이상한 운명의 장난으로 그가 아니라 내가 속임을 당하게 되어 버렸습니다.

열한시 경 그의 마차가 도착했습니다. 그는 우리와 함께 자유로이 식사할 수 있게 해준 데 대해 아주 정중하게 인사했습니다. 그는 'T'씨를 보고도 거의 놀라지 않았습니다. 그 또한 전날 여기 오겠다고 약속했고 몇 가지 일을 핑계로 같은 마차로 오지는 않았습니다. 우리 중 마음속에 배신을 품고 있지 않은 사람은 단 한 사람도 없었지만 신뢰와 우정의 태도로 식사를 시작했습니다. 내가 일부러 몇 분 동안 자리를 비워줬기 때문에 G.M. 주니어는 마농에게 자기감정을 쉽게 고백할 수 있었습니다. 내가 돌아왔을 때 마농이 그를 지나치게 가혹하게 절망에 빠뜨리지 않았다는 것을 알 수 있었습니다. 그는 기분이 최고였습니다. 나 또한 그런 체했습니다. 그는 내심 내 순진함을 비웃었고 나는 그의 순진함을 비웃었습니다. 오후 내내 우리의 연극은 계속되었습니다. 그가 떠나기 전에 나는 그와 마농이 특별한 만남의 시간을 갖게 해 주었습니다. 그래서 그는 훌륭한 식사만큼이나 내 호의에 당연히 만족했습니다.

그가 T씨와 함께 마차에 오르자마자 마농은 팔을 벌려 내게로 달려와 웃음을 터뜨리며 품에 안겼습니다. 그녀는 자신이 한 말과 제안을 한 단어도 바꾸지 않고 내게 반복했습니다. 그 말은 다음과 같이 요약될 수 있었습니다. 그는 그녀를 아주 좋아했습니다. 그는 자기 아버지 사후의 유산을 제외하고 현재 그가 받고 있는 4만 리브르의 연금을 그녀와 나누겠다고 했습니다. 그녀는 그의 마음과 재산의 주인이 될 것이고 자신의 선의에 대한 보증으로 그녀에게 마차, 가구 딸린 저택, 하녀, 세 명의 하인과 요리사를 제공하겠다고 했습니다. 나는 마농에게 말했습니다. "아버지와는 달리 인심이 후하군." 나는 덧붙였습니다. "솔직히 얘기해요. 이 제안에 조금도 흔들리지 않는 거요?" 그녀는 자신의 생각을 라신의 시구에 맞추어 말했습니다. "내가요?"

"나! 나를 그렇게 신의 없는 여자라고 의심하나요?
나! 내가 추악한 얼굴을 참을 수 있을까요?
언제나 내게 오피탈을 떠오르게 하는 그 얼굴을."

나는 패러디를 이어가며 말했습니다. "아니,"

"그렇게 생각하지 않아요, 고귀한 부인,
오피타르가 그대 마음에 새겨질 사랑의 화살이라니."

"하지만 마차와 세 명의 하인이 있는 가구 딸린 저택은 매력적인 자산이고, 반면에 사랑은 그만큼 강한 자산을 거의 갖고 있지 않아요." 그녀는 내게 자신의 마음은 영원히 내 것이고 내 사랑의 화살 외의 다른 것은 결코 받아들이지 않을 거라고 반박했습니다. 그녀는 말했습니다. "그가 내게 한 약속은 사랑의 화살이라기보다는 오히려 복수의 촉이에요." 나는 그녀에게 저택과 마차를 받아들일 거냐고 물어봤습니다. 그녀는 내게 자신은 단지 그의 돈만 원한다고 답했습니다. 이것 없이 저것을 얻는 것은 어려운 일이었습니다. 우리는 G.M. 주니어가 마농에게 보내겠다고 약속한 편지에서 그의 계획에 대한 전체적인 설명을 기다리기로 했습니다. 다음 날 그녀는 제복을 입지 않은 하인이 들고 온 편지를 받았는데 그 하인은 보는 사람이 없을 때를 노려 그녀에게 말할 기회를 교묘하게 만들었습니다. 그녀는 그에게 회신을 기다리라고 말하고는 곧 편지를 내게 가져왔습니다. 우리는 함께 편지를 읽었습니다. 진부한 애정 표현 외에도 편지에는 내 연적의 약속의 세부사항이 담겨 있었습니다. 그는 쓰기로 준비한 자신의 소비를 전혀 한정짓지 않았습니다. 그는 그녀에게 저택과 만 프랑을 줄 것이고 이 액수가 줄어들면 그만큼 바로 채워줄 것이니 그녀는 언제나 그 액수를 현금으로 갖게 될 거라 약속했습니다. 시작하는 날을 오랫동안 연기할 수 없었습니다. 그는 그녀에게 준비를 위해 이틀만 달라고 했고 저택의 이름과 거리 이름을 알려주면서, 그녀가 내 손아귀에서 빠져나올 수 있다면 두 번째 날 오후에 그곳에서 기다리겠다고 약속했습니다. 이것이 G.M. 주니어가 불안해하지 않기 위해 그녀에게 간청한 유일한 점이었습니다. 그 나머지에 대해 그는 확신하는 것 같았지만 내게서 빠져나가기 어려우면 그녀의 도주를 쉽게 만들 방법을 자기가 찾아보겠다는 말을 덧붙였습니다.

G.M. 주니어는 자기 아버지보다 더 영리했습니다. 돈을 치르기도 전에 먹잇감을 손에 쥐려 하고 있었습니다. 우리는 마농이 취해야 할 행동에 대해 숙고했습니다. 나는 여전히 그녀의 머리에서 이 계획을 지우려 애썼고 그녀에게 그 계획의 모든 위험성을 알려 주었습니다. 그러나 그 어떤 것도 그녀의 결심을 흔들 수는 없었습니다.

그녀는 G.M. 주니어에게 짧은 답장을 써서 정해진 날 파리로 가는데 어려움이 없을 것이니 확신을 갖고 기다려도 좋다고 알려주었습니다. 이어지는 우리의 결정은 다음과 같았습니다. 나는 그 즉시 파리의 다른 쪽에 있는 어떤 마을에 새로운 거처를 마련하러 떠날 것이고 내가 몇 가지 필요한 것들을 챙겨가기로 했습니다. 그가 정한 밀회의 시간의 다음 날 오후, 그녀는 일찍 파리로 가서 G.M. 주니어의 선물을 받은 후에 그에게 곧바로 극장에 데려가 달라고 청하기로 했습니다. 그리고 그녀는 가질 수 있을 만큼의 돈을 챙기고 나머지는 그녀가 데려가기를 원한 하인에게 맡기기로 했습니다. 그 하인은 오피탈에서 그녀를 꺼내준 후 계속 우리와 함께 있었던 바로 그 사람이었습니다. 나는 마차를 빌려서 생 탕드레 데자크 거리 입구에 도착해 일곱시 경에 마차를 거기 두고 극장 문 앞의 어두운 곳으로 가 있어야 했습니다. 마농은 잠시 자기 좌석에서 나올 핑계를 생각해내고 그 순간을 이용해 나를 만나러 내려오겠다고 약속했습니다. 그 이후의 일은 간단했습니다. 우리는 금방 마차 있는 곳에 도착해 우리의 새로운 거처로 가는 길인 생 탕투안 외곽을 거쳐 파리를 벗어나는 것이었습니다.

아무리 무모해 보여도, 이 계획은 우리에게는 꽤 잘 고안된 것처럼 보였습니다. 하지만 사실상 계획이 실행되었을 때, 천만다행으로 성공했더라도, 결과적으로 우리가 안전한 곳에 있었을까를 상상해보면 완전히 어리석은 계획이였습니다. 그렇지만 우리는 가장 무모한 확신을 갖고 있었습니다. 마농은 마르셀과 함께 떠났습니다. 마르셀은 우리 하인의 이름입니다. 나는 그녀가 고통스럽게 떠나는 것을 보았습니다. 그녀를 끌어안으며 말했습니다. "마농, 나를 속이지 마. 내게 충실할 거지?" 그녀는 내 불신에 대해 가볍게 불평하고, 모든 맹세를 새롭게 했습니다.

그녀의 계산은 세 시경에 파리에 도착하는 것이었습니다. 나는 그녀를 뒤따라 떠났습니다. 나는 오후 내내 생 미셸 다리에서 목이 빠지게 기다렸습니다. 나는 그곳에서 밤까지 머물렀습니다. 마차를 구하기 위해 거기서 나왔고 우리 계획에 따라 그 마차를 생 탕드레 데 자르크 거리 입구에 세워 놓았습니다. 그리고는 코메디 극장까지 걸어갔습니다. 그곳에서 나를 기다리기로 했던 마르셀이 안 보여서 놀랐습니다. 수많은 하인들 속에 뒤섞인 채 모든 행인들을 살펴보며 한 시간 동안 인내했습니다. 마침내 우리 계획과 관계된 사람 그 누구도 보지 못한 채 일곱 시가 되었고 혹시 칸막이 좌석에서 마농과 G.M. 주니어를 볼 수 있지 않을까 하여 1층 입석표를 구입했습니다. 그들은 둘 다 거기 없었습니다. 나는 문 쪽으로 되돌아갔고 초조함과 불안함에 휩싸인 채 또 십오 분을 보냈습니다. 아무도 나타나지 않자 나는 어찌할 바를 모르고 다시 마차로 갔습니다. 마부가 나를 알아보고서 내 쪽으로 몇 걸음 다가와 비밀스러운 태도로 예쁜 아가씨 한 명이 한 시간 전부터 마차 안에서 기다리고 있다고 말해줬습니다. 그리고 그녀는 약속된 신호로 나를 청했고 내가 다시 올 거라는 것을 알고서는 전혀 안달내지 않고 나를 기다리겠노라 말했다고 전해주었습니다. 나는 그녀가 마농일 거라 생각했습니다. 가까이 갔습니다. 하지만 마농이 아니라, 예쁘고 작은 다른 얼굴이 보였습니다. 낯선 여인이었고 그녀는 우선 내가 슈발리에 데 그리외인지 물었습니다. 내 이름이라고 말했습니다. 그녀는 말했습니다. "당신께 전해드릴 편지가 있어요. 이 편지를 읽고 나면 내가 무슨 일로 여기 왔는지 그리고 어떻게 당신의 이름을 알게 되었는지 아시게 될 거예요." 나는 그녀에게 카바레에서 편지를 읽을 시간을 달라고 부탁했습니다. 그녀는 나를 따라오려 하였고, 별도의 방을 구하라고 했습니다. 나는 올라가면서 그녀에게 말했습니다. "누가 보낸 편지입니까?" 그녀는 내게 편지를 읽으라고 했습니다.

나는 마농의 필체를 알아봤습니다. 다음이 그녀가 내게 보낸 편지의 대략적인 내용입니다. G.M. 주니어는 예를 갖추고 예상보다 훨씬 더 후하게 그녀를 맞이했습니다. 그는 그녀에게 엄청난 선물을 주었고 그녀로 하여금 여왕의 운명을 생각나게 했습니다. 그렇지만 이 새로운 화려함 속에서도 그녀는 나를 잊지 않았다고 확언했습니다. 하지만 G.M. 주니어가 그날 저녁 그녀가 극장에 가는 데 동의하지 않아서 나를 만나는 기쁨을 다른 날로 미뤄야 했다고 했습니다. 그리고 이 소식으로 인한 내 고통을 어느 정도 위로해주기 위해 파리에서 가장 예쁜 여자 가운데 한 명을 내게 마련해주는 방법을 찾았고 그녀가 '당신의 충실한 연인 마농 레스코'라고 서명된 편지를 들고 갈 것이라고 했습니다.

이 편지에는 내 입장에서 보면 아주 잔인하고 모욕적인 어떤 것이 있어서 얼마 동안 분노와 고통 사이에서 정지된 채 있었고, 배은망덕하고 배신자인 내 애인을 영원히 잊기 위해 애써 노력하였습니다. 나는 내 앞에 있는 여인에게 눈을 돌렸습니다. 그녀는 아주 예뻤고 이번에는 내가 배신자가 되고 정조를 지키지 않을 수 있을 만큼 그녀가 매력적이기를 바랐을지도 모릅니다. 하지만 그녀에게는 섬세하고 번민하는 듯한 눈, 신성한 풍모, 사랑의 신이 가진 피부, 끝으로 자연이 믿을 수 없는 마농에게 아낌없이 준 지칠 줄 모르는 매력이 없었습니다. 나는 그녀에게서 시선을 돌리고 말했습니다. "아니, 아니오. 당신을 보낸 그 배은망덕한 여인은 당신에게 쓸데없는 행동을 하게 한 것을 아주 잘 알고 있소. 그녀에게 돌아가 내 말을 전해주시오. 그녀의 죄를 즐기라고 그리고 할 수 있다면 후회 없이 즐겨보라고 말이오. 나는 영원히 그녀를 포기하며, 동시에 그녀만큼 아름다울 수 없으나, 틀림없이 그녀와 똑같이 비겁하고 신뢰할 수 없는 모든 여자들을 포기한다고." 나는 아래층으로 내려가면서, 더 이상 마농을 열망하지 않고 떠나려 했습니다. 예전에 가슴을 찢어놓는 치명적인 질투가 이제는 침울하고 우울한 평온함으로 모습을 숨기고, 같은 일을 당했을 때 느꼈던 격렬한 감정이 조금도 느껴지지 않는 것을 보고, 나는 빨리 치유될 수 있을 거라 믿었습니다. 아아! 나는 G.M. 주니어와 마농에게 속았고 사랑에도 속았습니다.

내게 편지를 가져온 여인은 내가 계단을 내려가려는 것을 보고 G.M. 주니어와 그와 함께 있는 여인에게 무슨 말을 전하면 좋겠는지 물었습니다. 나는 이 질문에 다시 방으로 들어갔습니다. 한 번도 격렬한 열정을 느껴본 적 없는 사람들이 보기에는 믿을 수 없는 속도로, 갑작스럽게 내가 되찾았다고 믿은 평온의 상태에서 끔찍한 분노의 흥분상태가 되었습니다. 나는 그녀에게 말했습니다. "가라! 배신자 G.M.

주니어와 그의 믿을 수 없는 정부에게 네가 전해준 저주받은 편지가 내게 어떤 절망을 안겨줬는지 얘기해. 하지만 그들은 오랫동안 웃을 수 없을 거라고, 그리고 내가 두 사람 모두 내 손으로 죽여 버릴 거라고 말해라." 나는 의자에 몸을 던졌습니다. 내 모자가 한쪽으로 떨어지고, 지팡이가 다른 쪽으로 떨어졌습니다. 눈에서는 두 줄기의 쓰디쓴 눈물이 흐르기 시작했습니다. 내가 좀 전에 느낀 분노는 깊은 고통으로 바뀌었습니다. 나는 신음소리와 탄식을 내뱉으며 울 수밖에 없었습니다. 나는 젊은 여인에게 말하면서 소리쳤습니다. "이봐, 이리 좀 와 봐. 이리 오라고. 나를 위로하라고 너를 보냈으니 가까이 와 봐. 분노와 절망 그리고 살려둘 가치 없는 두 인간을 죽이고 자살하고 싶은 열망을 달랠 수 있는 위로 방법을 알고 있으면 알려줘." 그녀가 나를 향해 소심하고 불안한 몇 걸음을 뗀 것을 보고 계속 말했습니다. "그래, 가까이 와 봐. 와서 내 눈물을 닦아주고 마음에 평화를 돌려주고 나를 배신한 그녀 외의 다른 여인을 사랑할 수 있도록 내게 사랑한다고 말해줘. 너는 아름다워. 그러니 아마도 내가 너를 사랑할 수 있을지도 몰라." 열예닐곱 살 좀 못 된 것 같고, 그런 직업의 여자들보다 더 정숙해 보이는 그 불쌍한 아이는 이렇게 이상한 광경을 보고 아주 많이 놀랐습니다. 그렇지만 그녀는 나를 애무해주려고 다가왔습니다. 하지만 나는 곧 그녀를 손으로 밀쳐 버렸습니다. 나는 말했습니다. "내게 원하는 게 뭐야? 아! 너는 여자, 내가 경멸하고 더 이상 참아낼 수 없는 여자야. 네가 다정한 얼굴을 가졌으니 더 배신의 위험이 있겠지. 꺼져버려 그리고 혼자 있게 해줘." 그녀는 감히 어떤 말도 하지 못한 채 내게 인사를 하고 나가려고 돌아섰습니다. 나는 그녀에게 멈추라고 소리 질렀습니다. 나는 다시 말했습니다. "하지만 적어도 내게 왜, 어떻게, 어떤 의도로 네가 여기 보내졌는지는 알려줘. 내 이름과 만날 장소를 어떻게 알았지?"

그녀는 내게 오래전부터 G.M. 주니어를 알고 지내왔는데, 5시에 그녀를 찾으러 하인을 보내 와 그 하인을 따라 큰 저택으로 갔고, 거기서 예쁜 여인과 카드놀이를 하고 있는 그를 만났다고 했습니다. 두 사람은 생 탕드레 거리 끝에 있는 마차에서 나를 찾으라고 알려준 후에 문제의 편지를 내게 전해 달라는 임무를 맡았다고 했습니다. 나는 그녀에게 그들이 달리 더 한 말은 없는지 물어봤습니다. 그녀는 얼굴이 빨개지면서 그들이 말하길, 내가 자신을 곁에 두면 좋겠다고 했습니다. 나는 그녀에게 말했습니다. "그들이 너를 속인 거야. 불쌍한 아가야. 너는 속은 거라고. 너는 여자고 너에게는 남자가 필요해. 하지만 네게는 부자이면서 행복한 남자가 필요한 거야, 여기에 그런 남자는 없어. 돌아가, G.M. 주니어에게 돌아가라고. 그는 미녀들에게 사랑받기 위해 필요한 모든 것을 갖고 있어. 가구 딸린 저택 여러 채에 하인들도 줄 수 있어. 줄 것이라고는 사랑과 변치 않는 마음밖에 없는 나는 여자들로부터 가난하다고 경멸당하고 순진하다고 노리개 취급을 당하지."

나를 흥분시키는 열정이 잦아드는가 격해지는가에 따라 슬프거나 격렬한 수많은 불평을 덧붙였습니다. 그렇지만 너무 괴로워서 나는 흥분을 가라앉히고 어느 정도 성찰을 할 수 있을 정도가 되었습니다. 내가 지금껏 겪어 왔던 같은 종류의 불행들과 가장 최근의 불행을 비교해 보았습니다. 그리고는 초반의 불행보다 더 절망적이라고는 생각되지 않았습니다. 나는 마농을 알고 있었습니다. 왜 나는 예상 가능했던 많은 불행을 겪는 것일까요? 왜 그 불행에 대한 치유법을 찾으려 애쓰지 않을까요? 아직 시간이 있었습니다. 방심해서 내 스스로 불행을 자초했다고 비난하고 싶지 않으면 최소한 정성을 아끼지 말아야 했습니다. 내게 희망으로 가는 길을 열어 줄 수 있는 모든 방법과 수단을 고려하기 시작했습니다.

마농을 G.M. 주니어의 수중에서 거칠게 빼앗는 것은 오직 자신의 파멸을 초래할 뿐인 절망적인 방편이고, 성공 가능성이 전혀 없어 보였습니다. 하지만 내가 잠깐이라도 그녀와 대화할 수 있다면, 그녀의 마음 속에 있는 어떤 진짜 이유를 확실히 얻을 수 있을 것만 같았습니다. 나는 그녀 마음의 모든 민감한 부분들을 아주 잘 알고 있었습니다! 나는 그녀로부터 사랑받고 있다고 완전히 확신했으니까요! 나를 위로하기 위해 예쁜 여인을 보낸 그 이상한 행동조차 그녀가 생각해낸 것이고 내 고통에 대한 그녀의 연민의 결과물이었다고 내기해도 좋을 만큼 확신했습니다. 나는 그녀를 만나기 위해 모든 방법을 동원하기로 결심했습니다. 차례로 검토한 많은 방법들 가운데 내가 선택한 방법은 다음과 같습니다. T씨는 너무나 큰 애정으로 나를 도와주기 시작해서 그의 진실함과 열정에 대해서는 조금도 의심할 필요가 없었습니다. 나는 즉시 그의 집으로 가서 그에게 중요한 일을 핑계로 G.M. 주니어를 불러내는 일을 맡아달라고 부탁할 계획이었습니다. 마농에게 이야기하는데 30분이면 족했습니다. 내 계획은 그녀의 방으로 들어가는 것이었는데 G.M. 주니어가 없으면 이 일은 쉬울 것 같았습니다. 이렇게 결심하니 나는 좀 더 평온해졌고 여전히 내 곁에 있는 젊은 여인에게 넉넉한 돈을 지불했습니다. 그리고 그녀가 자신을 보낸 사람들 집에 다시 갈 생각을 못하게 하려고 내가 그녀와 함께 밤을 보낼 것이라는 희망을 갖게 하여 그녀의 주소를 받았습니다. 나는 마차를 타고 재빨리 T씨의 집으로 갔습니다. 나는 그가 집에 있는 것을 보고 아주 행복했습니다. 가는 도중에 그 점에 관해 불안했었습니다. 그에게 내 고통과 부탁할 것을 간략하게 이야기했습니다. G.M. 주니어가 마농을 유혹하였다는 이야기를 듣고 그는 너무나 놀라서, 이 불행에 나 역시 한몫했었다는 것은 몰랐기에, 내 애인의 구출을 위해 친구들의 힘을 빌리기 위해 모든 친구들을 모으겠다고 너그럽게 제안했습니다. 나는 그렇게 소란을 피우면 마농과 내게 해가 될 수 있다고 그를 이해시켰습니다. 나는 말했습니다. "극단적인 경우를 위해 우리의 피를 아껴둡시다. 나는 보다 온화하고 그러면서도 성공을 기대할 수 있는 방법을 생각하고 있습니다." 그는 내가 부탁한 모든 것을 예외 없이 들어주겠다고 약속했습니다. 그리고 이것은 단지 G.M. 주니어에게 할 말이 있다고 알려서 한두 시간 가량 그를 밖에서 붙들고 있어주기만 하면 되는 문제라고 거듭 말했더니 그는 나를 만족시켜주려고 나와 함께 곧바로 출발했습니다.

우리는 G.M. 주니어를 그렇게 오랫동안 집에서 멀리 잡아두기 위해 어떤 수단을 사용할 수 있을지 의논했습니다. 카바레에서 쓴 것으로 추측이 되는 간단한 편지 한 통을 그에게 보내라고 나는 제안했습니다. 편지에는 그가 지체하면 안 되는 아주 중요한 일이 있으니 그곳으로 곧 와달라고 부탁하는 내용이 있었습니다. 나는 덧붙였습니다. "지켜보고 있다가 그가 나오면 나는 마농과 하인 마르셀에게만 알려져 있으니 별 어려움 없이 그 집으로 들어갈 겁니다. 그동안 당신은 G.M. 주니어와 함께 있으면서, 그와 의논하고 싶은 급한 일은 돈이 필요한 것이라고 말하세요. 당신이 바로 얼마 전에 도박을 해서 돈을 잃었고, 또 불행하게도 외상으로 훨씬 더 많은 도박을 했다고 하세요. 당신을 자기 금고로 데려가려면 그에게 시간이 필요할 거예요, 그리고 이것은 내가 계획을 실행하는데 충분한 시간을 주게 될 겁니다."

T씨는 이러한 준비를 하나하나 따라주었습니다. 나는 그를 카바레에 남겨 두었고 그는 거기서 신속하게 편지를 썼습니다. 나는 마농의 집에서 몇 걸음 떨어진 곳에 자리 잡았습니다. 편지를 전달할 사람이 도착하는 것을 봤고 조금 후에 G.M. 주니어가 하인 한 명을 대동하고 걸어 나오는 것을 봤습니다. 그가 거리에서 멀어질 때를 기다렸다가 나는 부정한 내 연인의 집 문 앞으로 가서 분노가 치밀어 오름에도 불구하고 사원에 들어갈 때처럼 경건하게 문을 두드렸습니다. 다행히 마르셀이 문을 열어주러 나왔습니다. 나는 그에게 조용히 하라는 신호를 했습니다. 비록 다른 하인들에 대해 전혀 두려울 것이 없었지만 나는 그에게 아주 낮은 목소리로 눈에 띄지 않게 마농의 방으로 안내해줄 수 있는지 물었습니다. 그는 큰 계단으로 조용히 올라

가면 그건 쉬운 일이라고 말했습니다. 나는 말했습니다. "그럼 속히 가세. 그리고 내가 방에 있는 동안 아무도 들어오지 못하게 하고." 나는 장애물 없이 그녀의 거처까지 들어갔습니다.

마농은 책을 읽고 있었습니다. 내가 이 기이한 여인의 성격을 놀라워하는 것은 바로 이런 점이었습니다. 나를 보고서 두려워하거나 소심해보이기는커녕 그녀는 멀리 있다고 생각한 사람을 봤을 때 어쩔 수 없이 나타나는 놀라움의 표시만을 가볍게 할 따름이었습니다. 그녀는 일상적인 애정을 갖고 내게 입 맞추러 오면서 말했습니다. "아! 내 사랑, 당신이군요. 이런! 당신 너무 대담해요! 지금 이곳에 당신이 올 줄 누가 예상했겠어요?" 나는 그녀의 품에서 빠져 나와 그녀의 애무에 답하기는커녕 경멸스럽게 그녀를 밀어냈고 그녀에게서 멀리 떨어지려고 두세 걸음쯤 뒷걸음 쳤습니다. 이 움직임에도 그녀는 당황하지 않았습니다. 그녀는 자신이 있는 자리에 있으면서, 나를 쳐다보며 얼굴색이 변했습니다. 내심 그녀를 다시 만나는 것에 너무 매료되어, 화를 낼 일이 수없이 많은데도, 그녀를 꾸짖기 위해 겨우 입을 열 정도의 힘밖에 없었습니다. 그렇지만 그녀가 내게 준 잔혹한 모욕으로 인해 마음이 너무 아팠습니다. 나는 분한 마음을 자극하기 위해 그 사실을 생생히 떠올리며 내 눈에서 사랑의 불길과는 다른 엄격한 감정의 불길이 반짝이게 하려 애썼습니다. 나는 잠시 동안 아무 말이 없었고 그녀는 내 분노를 알아차리고는, 마치 두려운 듯 떨고 있었습니다.

나는 이런 광경을 견딜 수 없었습니다. 나는 부드러운 어조로 말했습니다. "아! 마농, 충실하지 못한 배신자 마농! 어디서부터 불평하기 시작해야 할까? 나는 당신이 창백한 얼굴로 떨고 있는 것이 보여. 나는 여전히 그대가 조금만 불행해도 민감해져서 내 비난으로 그대가 너무 슬플까 봐 두렵소. 하지만 마농, 내가 말했다시피 그대의 배신으로 인한 고통이 내 심장을 꿰뚫었소. 이것은 연인의 죽음을 결심하지 않고서는 할 수 없는 공격이오. 마농, 이번이 세 번째요. 그것은 잊을 수 없소. 지금 이 시각 어떤 결정을 내려야 할지는 그대 몫이오. 왜냐하면 내 슬픈 마음은 그처럼 잔인한 취급을 더 이상 견디지 못한다오. 내 마음이 짓눌리고 고통으로 곧 쪼개질 것 같소." 나는 의자에 앉으면서 덧붙였습니다. "더 이상은 못 견디겠소. 나는 서서 이야기하기도 힘겨운 상태요."

그녀는 아무 대답도 하지 않았습니다. 하지만 내가 앉았을 때 그녀는 무릎을 꿇고 내 손으로 그녀의 얼굴을 감싸고서 내 무릎에 그녀의 머리를 기댔습니다. 나는 눈 깜짝할 사이에 그녀의 눈물이 내 손을 적시고 있다는 것을 느꼈습니다. 신이시여! 어떻게 내가 전혀 동요되지 않았을까요! 나는 탄식하며 다시 말했습니다. "아! 마농, 마농, 그대가 나를 죽여 놓고 내게 눈물을 보여 봐야 소용없어. 그대는 느끼지 못하는 슬픔을 가장하고 있소. 그대의 가장 큰 불행은 틀림없이 내 존재이고, 내 존재는 그대의 쾌락에 언제나 귀찮은 것이었지. 눈을 뜨고 내가 누구인지 보시오. 배신하고서 잔인하게 버린 불행한 사람 때문에 그토록 달콤한 눈물을 흘리진 않아." 그녀는 자세를 바꾸지 않은 채 내 손에 입을 맞췄습니다. 나는 다시 말을 이어갔습니다. "절개 없는 마농, 천박하고 신의 없는 여인, 그대의 약속과 맹세는 어디 있는 거요? 너무나 변덕스럽고 잔인한 연인이여, 그대는 오늘도 여전히 내게 사랑을 맹세하면서 대체 무슨 짓을 한 거요?" 나는 덧붙였습니다. "정의의 신이여, 부정한 한 여인이 당신에게 그토록 성스럽게 맹세한 후에 이렇게 당신을 비웃는 것입니까? 절망과 포기는 변함없이 충실한 사람의 몫입니까?"

이 말에 아주 쓰디 쓴 반성이 뒤따랐고, 나도 모르게 눈물을 흘렸습니다. 마농은 내 목소리의 변화를 통해 그것을 알아 차렸습니다. 마침내 그녀는 침묵을 깼습니다. 그녀는 내게 슬프게 말했습니다. "당신께 이렇게 큰 고통과 감정의 굴곡을 안겨드렸으니 내가 죄인임에 틀림없어요. 하지만 내가 그렇게 될 것이거나 된다고 생각했다면 하늘의 벌을 달게 받겠어요!" 내게는 이 말이 무의미하고 솔직하지도 못한 것 같아서 분노의 감정이 끓어오르는 것을 금할 수 없었습니다. 나는 소리쳤습니다. "끔찍한 위선이로군! 나는 그대가 한낱 바람둥이 배신자임을 이제야 제대로 알겠소. 이제야 그대의 하찮은 성격을 알겠군." 나는 일어서면서 계속 말을 이어갔습니다. "안녕, 비겁한 여자 같으니. 나는 이제 그대와 조금이라도 교류하느니 죽음을 택하겠소. 내가 그대를 조금이라도 명예롭게 바라보면 하늘의 벌을 받겠소! 새 애인과 함께 머물고 그를 사랑하고 나를 경멸하며 명예와 양식을 포기하시오. 내가 비웃어주지. 모든 것은 이제 나와 상관없으니."

그녀는 나의 흥분에 매우 겁에 질려서 내가 일어난 의자 가까이에 무릎을 꿇은 채 떨면서 그리고 감히 숨도 쉬지 못하며 나를 바라보았습니다. 나는 고개를 돌리고 시선은 그녀에게 고정한 채 문을 향해 몇 걸음 더 나갔습니다. 하지만 내가 모든 인간적인 감정을 잃지 않고서는 그토록 많은 눈물 앞에 냉혹해질 수는 없었습니다. 나는 그처럼 야만적인 힘을 갖고 있지 못해서 갑자기 정반대 방향으로 옮겨가 그녀를 향해 돌아섰습니다. 아니 오히려 생각 없이 그녀에게 달려갔습니다. 그녀를 품에 안고 애정을 듬뿍 담아 수없이 입을 맞추었습니다. 나는 화를 낸 것에 대해 그녀에게 사과했습니다. 내가 난폭한 사람이고 그녀 같은 여인에게 사랑받는 행복을 누릴 자격이 없다고 고백했습니다. 나는 그녀를 앉히고 이번에는 내가 무릎을 꿇은 그 상태로 내 말을 끝까지 들어달라고 그녀에게 청했습니다. 거기서 그렇게 사랑에 굴복하고 열렬히 사랑하는 남자가 생각할 수 있는 엄숙하고 온화한 모든 것을 몇 마디 말에 담아 그녀에게 사과했습니다. 그녀가 호의를 베풀어 나를 용서해달라고 말했습니다. 내 목 위에 팔을 두르더니 그녀는 자신이야말로 내게 준 슬픔을 잊게 하려면 속죄가 필요하고, 그녀가 스스로 정당화하기 위해서 말해야 한 것을 내가 전혀 좋아하지 않을까 봐 당연히 두렵기 시작했다고 말했습니다. 나는 곧 그녀의 말을 중단시켰습니다. "내가! 아! 그대가 변명하는 것은 전혀 내가 원하는 바가 아니오. 그대가 한 모든 일을 인정하오. 그대가 왜 그랬는지 묻는 것은 내 몫이 아니오. 사랑하는 마농이 나를 향한 애정을 거두지 않으면 그저 만족하고 행복하오!" 나는 내 운명의 상황을 생각하면서 계속 이어갔습니다. "하지만 전능한 마농! 내 기쁨과 고통을 자유자재로 만드는 그대여, 오늘 굴욕과 회한으로 ⅃

대를 만족시켰으니 내 슬픔과 고통을 말해도 되겠소? 그대가 내 연적과 함께 밤을 보내서 내 죽음이 되돌릴 수 없는 것이 되면 내가 어떻게 할지 알려줄까?"

그녀는 얼마동안 대답을 생각하였습니다. 마침내 냉정을 되찾고서 말했습니다. "나의 슈발리에, 당신이 먼저 이렇게 의사표명을 분명히 했더라면, 당신은 그렇게 고통을 많이 받지 않았을 테고, 나 또한 이렇게 괴로운 상황을 겪지 않았을 거예요. 당신의 고통은 단지 질투에서 비롯된 것이니, 내가 세상 끝까지 당신을 따른다고 제안하여 당신의 고통을 바로 치료해줬을 거예요. 하지만 G.M. 주니어가 보는 앞에서 내가 당신에게 쓴 편지 그리고 우리가 당신에게 보낸 소녀 때문에 당신이 괴로워한다고 나는 생각했어요. 내 편지가 당신을 조롱한다고 당신은 생각하겠지요, 그리고 틀림없이 내 부탁으로 당신을 만나러 갔다고 생각할 그 여인은, 내가 G.M. 주니어에게 가기 위해 당신을 포기하는 선언으로 간주할 수 있으리라 생각했어요. 바로 이러한 생각이 지금 나를 망연자실하게 했어요. 왜냐하면 내가 아무리 순수하다 할지라도 그 모양새가 좋지 않다는 생각은 들었으니까요." 그녀는 계속 했습니다. "그렇지만 자초지종을 들은 후에 판단해주세요."

그런 다음 그녀는 바로 이 집에서 그녀를 기다리고 있던 G.M. 주니어를 만난 이후 무슨 일이 일어났는지 전부 말해주었습니다. 사실 그는 그녀를 최고의 공주처럼 맞아주었습니다. 그녀에게 훌륭한 취향의 깔끔한 거처를 모두 보여주었습니다. 그는 금고 안에 만 파운드를 채워주었고 몇 가지 보석을 덧붙였습니다. 그 가운데는 그녀가 이미 그의 아버지에게서 받은 적 있는 진주 목걸이와 팔찌도 있었습니다. 그는 그녀가 아직 보지 못한 거실로 그녀를 이끌었고 거기에는 훌륭한 간식이 차려져 있었습니다. 그는 그녀를 위해 새로 고용한 하인들에게 이제 그녀를 여주인으로 섬기라고 명령하면서 그녀에게 간식을 갖다 주게 하였습니다. 끝으로 그는 그녀에게 마차와 말 그리고 나머지 모든 선물들을 보여주었습니다. 그런 다음에 저녁을 기다리는 동안, 그녀에게 게임을 제안했습니다. 그녀는 말을 이어갔습니다. "솔직히 나는 이 화려함에 강한 인상을 받았어요. 우리가 만 프랑과 보석을 가져가는 것에 만족하여, 당신과 나를 위해 완벽히 준비된 재산이 있는데, G.M. 주니어를 희생시켜 안락하게 살 수 있는데, 그 많은 재산을 포기하고 산다는 게 아주 유감이라는 생각이 나는 들었어요. 그에게 연극을 보러 가자고 제안하는 대신에, 내 계획의 실행을 전제하고서 우리의 만남이 얼마나 용이할지 미리 가늠해보기 위해 당신을 어떻게 생각하는지 그의 의중을 떠보기로 결정했어요. 나는 그가 아주 다루기 쉬운 성격이라는 생각이 들었거든요. 그는 나에게 당신을 어떻게 생각하는지 그리고 당신을 떠난다면 후회하지 않겠는지 물었어요. 나는 당신이 아주 사랑스럽고 언제나 정직하게 나를 사랑해왔으므로 당신을 싫어할 수가 없다고 말했어요. 당신은 장점이 많으니, 그도 당신과 우정을 쌓고 싶은 마음을 느꼈다고 고백했어요. 내가 떠나는 것을, 특히 내가 자기 품 안에 있다는 것을 알게 되었을 때, 당신이 어떻게 받아들일 거라고 생각하는지 그가 알고 싶어 했어요. 나는 그에게 우리가 사랑하게 된 지가 아주 오래되어 어느 정도 식을 때가 되었고 게다가 당신의 경제사정이 좋지 않아서 아마도 나를 잃는 것을 그리 큰 불행으로 여기지 않을 거라고 대답했어요. 나를 잃는 것이 당신의 어깨를 짓누르는 짐을 벗게 해 줄 것이기 때문에 그럴 거라고 했어요. 당신이 평온하게 그 소식을 받아들일 것이라고 완전히 확신했기에, 나는 몇 가지 일 때문에 파리에 왔는데 당신에게 그 사실을 어렵지 않게 말할 수 있었다고 했어요. 당신은 이것에 동의했고, 당신 자신도 파리에 왔으므로 내가 당신을 떠날 때 당신은 그렇게 불안해보이지 않았다고 덧붙였어요. 그는 내게 말했어요. "만일 그가 나와 함께 잘 지낼 생각이라면 그에게 누구보다 더 나은 도움과 예의를 갖추겠소." 내가 알고 있는 당신 성격이라면 당신이 그의 도움에 적절하게 응답하리라고 말했습니다. 만일 당신이 가족과 잘 지내지 못하게 된 후로 아주 엉망이 된 당신의 일을 그가 도와줄 수 있으면 특별히 그러리라고 나는 그에게 말했어요. 그는 내 말을 중단시키고 당신에게 할 수 있는 모든 도움을 주고, 당신이 다른 사랑에 정착하길 원한다면 나 때문에 버린 예쁜 정부를 구해줄 수 있다고 했어요." 그녀는 덧붙였습니다. "그의 모든 의심을 보다 완벽히 가라앉히기 위해 나는 그의 생각에 찬성했어요. 그리고 동시에 내 계획에 점점 더 확신이 들어, 당신이 우리 밀회 장소에서 나를 만나지 못할 때 너무 놀랄까 봐 그 소식을 미리 알려줄 방법을 찾기만을 바랐어요. 바로 이런 취지에서 당신에게 편지를 쓰기 위해 바로 그날 저녁 그 새로운 여인을 보내자고 제안했어요. 그가 나를 한순간도 자유롭게 놔두지 않을 것 같아서 나는 이 방법을 쓸 수밖에 없었어요. 그는 내 제안을 듣고 웃었어요. 그는 하인을 불러 당장 그의 옛 애인을 찾을 수 있는지 물어보고는 여기저기 그녀를 찾으러 보냈어요. 그는 그녀가 당신을 만나러 샤이오 극장으로 가야 한다고 생각하고 있었어요. 하지만 내가 그에게 당신과 헤어지면서 코메디 극장에서 다시 만나기로 약속했고, 갈 수 없는 이유가 생기면 생 탕드레 거리 끝의 마차에서 만나기로 했다고 알려줬어요. 따라서 당신이 밤새도록 목이 빠지게 기다리는 것을 막기 위해서, 새로운 여인을 그곳으로 보내는 것이 낫다고 그에게 알려줬어요. 나는 그에게 이 맞교환에 대해 알려주기 위해 당신에게 짧은 편지를 쓰는 것이 좋겠다고 했어요. 그렇지 않으면 당신이 이해하기 힘들 테니까요. 그는 동의했어요. 하지만 나는 그가 보는 앞에서 편지를 써야 했고 편지에서 너무 노골적으로 내 상황을 설명하지 않으려 조심했어요." 마농은 덧붙였습니다. "자 어떻게 된 일인지 알겠죠. 내 행동에 대해서도 내 의도에 대해서도 당신에게 아무것도 감추지 않았어요. 젊은 여자가 왔고 나는 그녀가 예쁘다고 생각했어요. 그리고 내가 없으면 틀림없이 당신이 고통스러울 테니까 그녀가 잠시나마 당신의 고통을 덜어주기를 진심으로 바랐어요. 왜냐하면 내가 당신에게 바라는 정조는 마음의 정조니까요. 당신에게 마르셀을 보낼 수 있었다면 좋았겠지만 내가 당신에게 알려줘야 하는 것을 그에게 알려줄 시간이 없었어요." 그녀는 G.M. 주니어가 T씨의 편지를 받고 곤란해 했다는 것을 알려주며 마침내 이야기를 끝맺었습니다. 그녀는 말했습니다. "그는 나를 두고 떠나야 하는지 어떤지 망설였고 늦지 않게 돌아오겠다고 다짐했어요. 그래서 지금 여기서 당신을 만나는 것이 불안하고 당신이 왔을 때 놀랐던 거예요."

　나는 아주 대단한 인내심을 갖고 그녀의 이야기를 들었습니다. 내게는 잔인하고 굴욕적인 부분들이 많았습니다. 왜냐하면 그녀의 부정의 의도가 아주 명백하고 심지어 내게 그것을 숨기려고도 하지 않았으니까요. 그녀는 G.M. 주니어가 자신을 밤새도록 숫처녀처럼 놔두기를 바랄 수 없었습니다. 그러므로 그녀는 바로 그와 함께 밤을 보낼 생각이었습니다. 애인에게 이런 고백을 하다니요! 그렇지만 나는 그녀의 잘못에 부분적으로 원인제공을 했다고 여겼습니다. 그녀에 대한 G.M. 주니어의 감정을 그녀에게 알려주었고 그녀의 무모한 계획에 맹목적으로 동의하는 호의를 베풀었으니까요. 게다가 나의 특별하게 타고난 재주로 말미암아 진솔한 그녀의 이야기와 내가 가장 상처받은 상황까지 이야기해버리는 착하고 개방적인 방식에 감동을 받았습니다. 나는 혼잣말을 했습니다. '그녀는 악의 없이 죄를 지어. 그녀는 가볍고 신중하지 못하지만 정직하고 진실하지.' 그녀의 모든 잘못에 눈을 감아주는 데는 사랑 하나면 충분하다는 사실도 덧붙여야겠죠. 나는 그날 저녁 그녀를 내 연적에게서 빼내온다는 희망으로 너무나 만족스러웠습니다. 그래도 나는 말했습니다. "누구와 밤을 보낼 것 같소?" 내가 슬프게 한 질문에 그녀는 당황했습니다. 그녀는 우물쭈물하며 "하지만……"과 "만일……"이라는 말로 대답할 뿐이었습니다. 그녀가 힘들어하는 것이 안쓰러워서 그녀가 즉시 나를 따라가 주면 좋겠다고 말했습니다. 그녀는 말했습니다. "나도 그러고 싶어요. 그러니까 당신은 내 계획에 동의하지 않는 건가요?" 나는 다시 시작했습니다. "아! 그대가 지금까지 한 모든 것에 동의해준 걸로 충분하지 않소?" 그녀는 응수했습니다. "뭐라고요? 우리는 만 프랑도 못 가져가나요? 그가 내게 줬고 그 돈은 내거예요." 나는 그녀에게 모든 것을 포기하고 빨리 달아날 것만 생각하라고 충고했습니다. 왜냐하면 내가 그녀와 함께 있은 지 30분 정도밖에 되지 않았지만 G.M. 주니어가 돌아올까 봐 두려웠으니까요. 그렇지만 그녀가 나에게 빈손으로 나가지 않겠다는 데 동의하게 하려고 너무나 진지하게 간청해서, 나는 그녀로부터 많은 것을 얻어냈지만, 어떤 것을 빚지고 있는 것 같았습니다.

우리가 떠날 준비를 하고 있을 때 거리 쪽 문을 두드리는 소리가 들렸습니다. G.M. 주니어라는 것은 의심의 여지가 없었고, 이 생각으로 정신이 혼란해져서 나는 마농에게 그가 나타나면 살려두지 않겠다고 말했습니다. 사실 나는 아직 흥분해서 그를 보고 자제할 수 있을 것 같지 않았습니다. 마르셀이 내게 온 편지를 대신 받아들고 오면서 내 고통은 끝났습니다. 그 편지는 T씨가 보낸 것이었습니다. 그는 G.M. 주니어가 돈을 찾으러 집으로 갔는데 그동안에 아주 재미있는 생각이 떠올라 내게 알려주려 글을 쓴다고 했습니다. 그의 생각에 연적에게 복수하는데 연적을 위해 차려진 식사를 하고, 내 애인과 밤을 보내려고 그가 마련한 침대에서 잠을 자는 것보다 더 유쾌한 방법이 없을 것 같다고 하였습니다. 거리에서 그를 막아설 만큼 단호하고 다음날까지 그를 감시할 만큼 충실한 서너 명의 사람만 확실히 구할 수 있다면 이 일은 꽤 쉬워보인다고 했습니다. 자신은 G.M. 주니어가 돌아온 후 미리 준비한 구실들로 아무리 못해도 한 시간은 더 그를 붙잡아두겠다고 약속했습니다. 나는 이 편지를 마농에게 보여주고 내가 어떤 방법을 써서 그녀의 방에 자유롭게 들어올 수 있었는지 알려주었습니다. 그녀는 내 방법과 T씨의 생각이 훌륭하다고 여겼습니다. 그 일로 우리는 잠시 편안하게 웃었습니다. 하지만 나는 T씨의 생각을 농담처럼 말했는데 그녀는 그 생각이 마음에 든다며 내게 진지하게 말해서 놀랐습니다. 내가 G.M. 주니어를 붙들고 감시해주기에 적당한 사람들을 갑자기 어디서 찾겠느냐고 말해봤지만 소용없었습니다. 그녀는 T씨가 아직 한 시간을 더 보장했으니 적어도 시도는 해봐야 한다고 했습니다. 그리고 내가 또 다른 반대를 하자 그녀는 내가 너무 자기 마음대로이며 그녀를 위한 배려가 없다고 말했습니다. 그녀는 이 계획만큼 재미있는 것은 없다고 여겼습니다. 그녀는 다시 말했습니다. "당신이 그의 식사를 하고 그의 침대에서 자고 내일 아침 일찍 그의 애인과 돈을 가지고 가는 거예요. 아버지와 아들에게 제대로 복수하는 거죠."

불행한 재앙을 예감하는 것 같은 알 수 없는 두근거림에도 불구하고 나는 그녀의 뜻을 따르기로 했습니다. 나는 레스코를 통해 알게 된 두세 명의 근위병에게 G.M. 주니어를 붙잡아달라고 부탁할 생각으로 나갔습니다. 나는 그 가운데 한 명만을 집으로 가서 만났는데 그는 대담한 사람으로 무슨 일인지도 모르면서 내게 성공을 보장했습니다. 그는 자신이 선두에 서고, 고용하게 될 세 명의 경비병에게 줄

10피스톨만을 요구했습니다. 나는 그에게 시간을 허비하지 말라고 부탁했습니다. 그는 15분도 되지 않아 사람들을 모았습니다. 그의 집에서 기다리고 있던 나는 그가 동료들과 함께 돌아오자 G.M. 주니어가 마농의 집으로 돌아갈 때 지나가야 하는 길로 그들을 데리고 갔습니다. 나는 그에게 G.M. 주니어를 학대하지는 말고 아침 7시까지 아주 엄중하게 감시해서 도망가지 못하게만 해달라고 했습니다. 그는 G.M. 주니어를 자기 방으로 데려가서 옷을 벗기거나 자기 침대에서 자게하고 그동안 자신과 세 명의 동료들은 술을 마시고 게임을 할 계획이라고 했습니다. 나는 G.M. 주니어가 나타날 때까지 그들과 함께 있다가 어두운 곳으로 몇 걸음 물러나 아주 놀라운 장면의 증인이 되었습니다. 근위병이 손에 총을 들고 그에게 다가가 돈도 목숨도 원하지 않지만 조금이라도 반항하거나 소리를 지르면 머리통을 쏠 것이라고 공손하게 설명했습니다. G.M. 주니어는 그가 세 명의 경비병과 함께 있는 것을 보고 권총이 두려웠는지 저항하지 않았습니다. 나는 그가 양처럼 순하게 끌려가는 것을 보았습니다.

나는 즉시 마농의 집으로 돌아가, 하인들의 의심을 피하기 위해, 그녀에게 저녁 식사를 하기 위해 G.M. 주니어를 기다릴 필요가 없고, 급한 용무가 생겨 붙들려 있으니 나를 통해 그녀에게 그의 사과를 전하고, 그녀와 함께 식사해달라는 부탁을 받았다고 했습니다. 그러면서 이렇게 아름다운 부인을 곁에서 모시게 되어 대단히 영광으로 생각한다고 했습니다. 그녀는 아주 솜씨 좋게 내 계획을 도왔습니다. 우리는 식사를 했습니다. 하인이 식사 시중을 드는 동안 우리는 진중한 태도를 취했습니다. 마침내 하인들을 돌려보내고 우리는 살면서 가장 매력적인 저녁 시간 가운데 하나를 보냈습니다. 나는 비밀리에 마르셀에게 마차 한 대를 찾아서 다음 날 새벽 여섯 시 이전에 문 앞에 대기시키라고 명령했습니다. 나는 자정 무렵 마농과 헤어져 돌아가는 체 했습니다. 하지만 마르셀의 도움으로 슬며시 다시 돌아와 G.M. 주니어의 식사 자리를 채웠던 것처럼 그의 침대를 차지할 준비를 했습니다. 그동안 우리의 악령은 우리를 패배시키려고 일하고 있었습니다. 우리가 쾌락의 망상 가운데 있을 때 양날의 검이 우리 머리 위에 매달려 있었습니다. 그 검을 지탱하는 실은 곧 끊어질 것이었습니다. 하지만 우리 재앙의 전말을 보다 더 잘 설명하기 위해 우선 그 원인을 밝혀야 합니다.

G.M. 주니어가 근위병에게 잡혔을 때 하인 한 명을 데리고 있었습니다. 주인의 일을 보고 겁에 질린 이 소년은 달아나 왔던 길을 되돌아갔고, 주인을 돕기 위해 맨 먼저 방금 일어난 일에 대해 아버지 G.M에게 알리러 갔습니다. 그토록 곤란한 소식에 G.M.은 많이 놀랄 수밖에 없었습니다. 그에게는 아들이 하나밖에 없었고 그는 나이에 비해 극도로 격한 성격이었습니다. 그는 우선 하인에게 아들이 오후에 한 모든 일, 누구와 다퉜는지 다른 사람의 싸움에 끼어들었는지 어떤 의심스러운 집에 있었는지 모두 알고 싶어 했습니다. 자기 주인이 극도로 위험한 상황에 처해 있다고 판단하여 그를 돕기 위해 더 이상 아무것도 숨기면 안 되겠다고 생각한 하인은 주인의 마농에 대한 사랑에 대해 그가 알고 있는 모든 것과 주인이 마농을 위해 쓴 돈,

그날 오후부터 대략 9시까지 그녀의 집에서 보낸 일, 그의 외출 그리고 귀가 길의 불행 등을 이야기했습니다. 이 정도면 늙은이가 자기 아들의 사건이 사랑의 전쟁임을 알기에 충분했습니다. 비록 밤 열시 반이었지만 그는 주저 없이 경찰국장에게 달려갔습니다. 그는 경찰국장에게 모든 감시 분대에 특별 명령을 내리고 그 가운데 한 분대는 자신을 따르게 해달라고 청해서는 자신의 아들이 붙들린 거리를 향해 달려갔습니다. 파리 시내에서 아들을 찾을만한 모든 곳들을 찾아 다녔고 그 흔적을 찾을 수 없었던 아버지 G.M.은 마침내 아들이 되돌아갔을지도 모를 애인의 집으로 향했습니다.

그가 왔을 때 나는 막 침대에 누우려던 참이었습니다. 방문이 닫혀 있어서 나는 거리 쪽 문을 두드리는 소리를 전혀 듣지 못했습니다. 하지만 그는 두 명의 경관을 데리고 들어왔는데 그의 아들이 어떻게 되었는지 알아봐도 소용없으니 어떤 단서라도 얻기 위해 그의 애인을 보러 가고 싶다고 경관에게 부탁했었습니다. 그는 경관들을 대동한 채 거처로 올라왔습니다. 우리는 막 침상에 들려 하고 있었습니다. 그가 문을 열었고 그를 보고 우리는 피가 얼어붙는 것 같았습니다. 나는 마농에게 말했습니다. "오 이런! 늙은 G.M.이야!" 나는 칼 쪽으로 몸을 던졌지만 불행히도 칼은 요대에 끼워져 있었습니다. 내 움직임을 본 경관들은 바로 다가와 내게서 칼을 빼앗았습니다. 잠옷 바람의 남자는 저항을 할 수 없습니다. 그들은 내게서 방어할 수 있는 모든 수단을 빼앗았습니다.

이 광경에 당황하긴 했지만 G.M.은 바로 나를 알아봤습니다. 마농은 훨씬 더 쉽게 알아봤습니다. 그는 우리에게 심각하게 말했습니다. "내가 헛것을 본 건가? 슈발리에 데 그리외와 마농 레스코가 아닌가?" 나는 치욕과 고통으로 너무 화가 나서 그에게 대답을 하지 못했습니다. 그는 얼마 동안 머릿속으로 다양한 생각들을 하고 있는 것 같았고 마치 그 생각들이 갑자기 그의 분노에 불을 지핀 것처럼 나를 향해 소리 질렀습니다. "아! 나쁜 놈, 네가 내 아들을 죽인 것이 분명하구나!" 이 무례한 말은 즉시 나를 자극했습니다. 나는 그에게 당당하게 대답했습니다. "이 늙은 악당아! 네 가족 중 누군가를 죽이려 했다면 바로 너부터 죽였을 거야." 그는 경관들에게 말했습니다. "그를 잘 잡아 두시오. 저 자로부터 내 아들의 소식을 들어야 하오. 그가 내 아들에게 한 짓을 바로 말하지 않으면 내일 그를 교수형에 처하게 할 거요." 나는 다시 말했습니다. "교수형에 처한다고? 비열한 놈! 교수대에 끌려가야 할 것은 바로 너 같은 놈들이야. 내가 너보다 더 귀하고 순수한 혈통을 지녔음을 명심해라." 나는 덧붙였습니다. "그래, 나는 네 아들에게 무슨 일이 일어났는지 알고 있다. 그리고 네가 나를 더 화나게 하면 내일이 되기 전에 네 아들을 목 졸라 죽이게 할 것이고 너도 같은 운명을 맞게 해주지."

그의 아들이 어디 있는지 알고 있다고 고백해버린 것은 나의 부주의한 행동이었습니다. 극도로 화가 난 나머지 이처럼 경솔한 일을 하고 말았습니다. 그는 곧 문밖에서 기다리던 대여섯 명의 경관들을 더 불렀고 집의 모든 하인들의 신병을 확보하라고 명령했습니다. 그는 조롱하는 어조로 다시 말했습니다. "아! 슈발리에, 내 아들이 어디 있는지 알고 그의 목을 조르게 하겠다고 했지? 우리가 잘 처리할 테니 믿어보시지." 나는 곧 내가 저지른 잘못을 깨달았습니다. 그는 침대에 앉아 울고 있는 마농에게 다가갔습니다. 그는 그녀가 아버지와 아들의 마음을 차례로 사로잡은 것과 그렇게 하면서 사용한 놀라운 방법에 대해 조롱 섞인 칭찬을 했습니다. 이 방탕한 괴물 같은 늙은이는 그녀에게 치근덕거리려 했습니다. 나는 소리 질렀습니다. "그녀에게 손대지 마! 널 결코 살려두지 않겠어." 그는 방에 세 명의 경관을 남겨두고 나가면서 우리에게 빨리 옷을 입히라고 명령했습니다.

나는 당시 그가 우리를 어떻게 할 생각인지 몰랐습니다. 아마 아들이 어디 있는지 알려주면 자유를 얻을 수 있을 것이다, 옷을 입으면서 나는 그것이 최선의 해결책이 아닐까 생각했습니다. 하지만 방을 떠날 때 그가 이렇게 할 계획이었다 해도 돌아왔을 때는 많이 바뀌었습니다. 그는 경관들이 붙들고 있던 마농의 하인들을 심문하러 갔었습니다. 그는 마농이 자기 아들로부터 받은 것들에 대해 아무것도 몰랐습니다. 하지만 마르셀이 이전부터 우리 시중을 들고 있었다는 것을 알았을 때 그는 마르셀을 협박으로 겁먹게 해서 입을 열게 할 작정했습니다.

마르셀은 충실하지만 단순하고 비천한 사람이었습니다. 그가 마농을 탈출시키기 위해 오피탈에서 했던 일의 기억에 G.M이 그에게 불러일으킨 공포가 더해져서 그의 약한 정신력은 강하게 위축되어 자신이 교수대나 바퀴형틀에 매달릴 것이라고 생각하기에 이르렀습니다. 목숨을 구해준다면 자신이 알고 있는 모든 것을 털어놓겠다고 약속했습니다. 이를 통해 G.M.은 우리 일에서 자신이 그때까지 상상했던 것보다 더 심각하고 범죄와 관련된 어떤 것이 있다고 확신하게 되었습니다. 그는 마르셀의 목숨을 살려주었을 뿐만 아니라 고백에 대한 보상까지 해주었습니다. 마르셀은 G.M.에게 우리 계획 일부를 알려줬습니다. 마르셀이 우리 계획에 일정 부분 참여해야 했으므로 우리는 그 앞에서 거리낌 없이 우리 계획에 대한 이야기를 나누었습니다. 사실 그는 우리가 파리에서 계획을 변경한 것을 전부 알지는 못했습니다. 하지만 샤이오를 떠날 때의 우리 계획과 그의 역할은 알고 있었습니다. 그러므로 그는 G.M.에게 우리 목적은 그의 아들을 속이는 것이고 마농은 만 프랑을 이미 받았거나 받을 것인데 우리 계획에 따르면 이 돈은 G.M.의 상속자들에게 결코 되돌아가지 않을 것이라고 알려줬습니다.

이 사실을 알게 된 후 격노한 늙은이가 갑자기 우리 방으로 다시 올라왔습니다. 그는 말없이 작은 방으로 갔고 거기서 어렵지 않게 돈과 보석들을 찾아냈습니다. 그는 벌겋게 달아오른 얼굴로 우리 쪽으로 되돌아왔고 그가 훔친 물건이라 명명한 것을 우리에게 보여주며 모욕적인 비난을 퍼부었습니다. 그는 마농에게 진주 목걸이와 팔찌를 들이밀었습니다. 그는 조롱 섞인 미소를 지으며 그녀에게 말했습니다. "이걸 알아보겠지? 처음 보는 게 아니잖아. 맹세코 같은 거야. 그대 취향인 모양이군. 확신하기 어렵지 않은걸." 그는 덧붙였습니다. "불쌍한 아이들 같으니! 사실 둘 다 아주 호감이긴 하지만 교활해." 이 모욕적인 말에 내 심장은 분노로 터질 것 같았습니다. 아아! 잠시라도 자유로워질 수 있다면 내가 줄 수 없는 것이라도 주었을 겁니다! 마침내 분노를 억누르고 자제하며 다음과 같이 말했습니다. "이런 무례한 조롱은 끝냅시다. 어쩌자는 겁니까? 자, 우리를 어떻게 할 겁니까?" 그는 내게 답했습니다. "슈발리에, 이 길로 바로 샤틀레(구치소)로 가는 거요. 내일 날이 밝으면 어찌 된 일인지 더 명확하게 알게 될 테지. 결국 내 아들이 어디 있는지 알려주게 될 거야."

생각할 것도 없이 일단 샤틀레에 갇히게 되면 우리에게는 끔찍한 결과라고 이해했습니다. 그 일의 모든 위험을 예상하고 나는 몸서리쳤습니다. 자존심이 몹시 상하지만 내 운명의 무게 앞에 무릎 꿇고 굴종으로 어떤 것을 얻기 위해 가장 끔찍한 적에게 아부해야 함을 알았습니다. 나는 정직한 어조로 그에게 잠시 내 말을 들어달라고 청했습니다. 나는 그에게 말했습니다. "제 잘못을 인정합니다. 아직 어려서 큰 잘못을 저질렀고 당신에게 상처와 고통을 주었음을 고백합니다. 하지만 당신이 사랑의 힘을 아신다면 사랑하는 모든 것을 빼앗긴 불행한 젊은이의 고통을 가늠할 수 있으시다면, 약간의 복수로 즐거움을 찾은 저를 용서 받을만하다고 생각하실 겁니다. 아니면 적어도 제가 방금 받은 모욕으로 충분히 벌 받았다고 생각하실 겁니다. 감옥에 가지 않고 형벌을 받지 않아도 아드님의 거처를 알려드릴 수 있습니다. 그는 안전합니다. 저는 그를 해치거나 당신을 공격할 생각이 아니었습니다. 우리에게 은혜를 베풀어 자유를 허락해주신다면 그가 밤을 보내고 있는 곳을 알려드리겠습니다." 이 늙은 호랑이는 내 간청에 감동받기는커녕 웃으면서 내게 등을 돌렸습니다. 그는 단지 우리 계획을 완전히 꿰뚫고 있음을 알리려고 몇 마디 했을 뿐이었습니다. 자기 아들에 대해서는 내가 죽이지 않았으니 그가 되돌아올 것이라고 거칠게 덧붙였습니다. 그는 경관들에게 말했습니다. "저들을 프티 샤틀레[13]로 데려가고 슈발리에가 달아나지 않도록 조심하게. 이미 생 라자르에서 달아난 적 있는 약삭빠른 놈이거든."

그는 나갔고 나는 당신이 상상할 수 있는 상태로 남겨졌습니다. 나는 외쳤습니다. "오 하느님! 당신이 내리는 모든 벌은 달게 받겠습니다. 하지만 저 나쁜 놈이 나를 이렇게 다룰 수 있는 힘을 가지는 것은 절망적이기 그지없다." 경관들은 우리에게 더 이상 지체하지 말라고 했습니다. 그들은 문에 마차를 세워 두었습니다. 나는 내려가려고 마농에게 손을 내밀었습니다. 나는 말했습니다. "이리 와요, 사랑하는 나의 여왕님, 이 모든 가혹한 운명에 순종합시다. 아마도 언젠가 하늘이 우리를 더 행복하게 해주시겠죠."

우리는 같은 마차로 떠났습니다. 그녀는 내 품에 안겼습니다. G.M.이 들어온 순간부터 그녀는 한마디도 하지 않았습니다. 하지만 나와 단 둘이 있게 되자 그녀는 자신 때문에 내가 불행하게 되었다고 자책하면서 수많은 사랑의 말을 속삭였습니다. 나는 그녀가 나를 계속 사랑하는 만큼 내 운명을 결코 불쌍히 여기지 말라고 했습니다. 나는 계속해서 말했습니다. "나를 불쌍히 여길 필요가 없소. 몇 달간의 수형생활은 전혀 두렵지 않아. 그리고 생 라자르보다는 샤틀레가

---

13 당시 교정기관 가운데 중범죄를 다루는 그랑 샤틀레와 채무 등의 비교적 가벼운 범죄자들을 가두는 프티 샤틀레가 있었다.

더 낫지. 하지만 나는 사랑하는 당신 때문에 신경 쓰인다오. 이렇게 아름다운 사람에게 이 무슨 가혹한 운명이란 말이오! 하느님, 당신은 어떻게 당신이 만든 가장 완벽한 작품을 이리도 가혹하게 다루십니까? 왜 우리 두 사람은 비참함에 어울리는 자질을 갖고 태어나지 않았을까요? 우리는 기지와 고상한 취향 그리고 뛰어난 감성을 타고 태어났어요. 아이! 우리 운명에나 어울릴 천박한 사람들이 운명의 온갖 호의를 누리는데 우리는 이 훌륭한 자질을 이토록 슬프게 사용하다니!" 이렇게 생각하니 고통이 내 심장에 구멍을 뚫는 것 같았습니다. 하지만 미래에 관련된 고통에 비교하면 그것은 아무것도 아니었습니다. 왜냐하면 나는 마농에 대한 두려움으로 정신이 쇠약해질 지경이었기 때문입니다. 그녀는 이미 오피탈에 있었고 그곳에서 형기를 마치고 나왔더라도 이런 식의 재수감은 극히 위험한 결과를 초래한다는 사실을 알고 있었습니다. 나는 그녀에게 내 걱정을 말하려 했지만 지나치게 두려움을 줄까 봐 염려되었습니다. 위험에 대해 알려주지도 못한 채 그녀를 위해 떨고 있었습니다. 그리고 그녀를 안심시키기 위해 내가 표현할 수 있는 거의 유일한 감정인 사랑으로 그녀를 끌어안았습니다. 나는 말했습니다. "마농, 진심을 말해 줘요. 영원히 나를 사랑할거요?" 그녀는 내가 그것을 의심할 수 있다는 데 대해 불행하다고 대답했습니다. 나는 다시 말했습니다. "사실 나는 전혀 의심하지 않아요. 그리고 나는 이 확신으로 모든 적과 맞서 싸울 거요. 내 가족을 이용해서 샤틀레에서 나올 거요. 그리고 내가 석방되자마자 기필코 그대를 꺼내 줄 거요."

우리는 감옥에 도착했습니다. 우리는 따로 떨어진 곳에 수감되었습니다. 이미 예상하고 있었기 때문에 이 일은 그리 힘들지 않았습니다. 간수에게 내가 양가 출신임을 알리고 상당한 보상을 약속하면서 마농을 부탁했습니다. 그리고 헤어지기 전에 사랑하는 내 연인에게 입을 맞추었습니다. 내가 살아 있는 한 너무 상심하지 말고 아무것도 두려워말라고 했습니다. 내게는 돈이 좀 있었습니다. 내가 가진 돈 일부를 그녀에게 주고 남은 돈 가운데서 간수에게 그녀와 내 몫의 한 달 치 수고비를 미리 넉넉히 챙겨주었습니다.

그 돈의 효력은 아주 컸습니다. 나는 깨끗하게 정리된 방에 들어갔고 마농의 방도 비슷한 상태라고 말해줬습니다. 나는 즉시 풀려날 수 있는 방법을 생각했습니다. 내 사건에서 직접적인 범죄와의 연관성은 전혀 없음이 명백했습니다. 그리고 물건을 훔치려던 우리 계획이 마르셀의 증언으로 증명된다고 가정해도 단순히 의지만으로는 처벌되지 않는다는 것을 잘 알고 있었습니다. 나는 빨리 아버지께 편지를 써서 직접 파리에 와 주십사 부탁하기로 결심했습니다. 이미 말했듯이 생 라자르에 있는 것보다는 샤틀레에 있는 것이 덜 부끄러웠습니다. 게다가 비록 내가 아버지의 권위에 대해 여전히 존경심을 갖고 있긴 하지만 나이가 들고 경험이 쌓이면서 내 소심함이 많이 줄었습니다. 그래서 편지를 썼고 샤틀레에서는 편지를 보내는데 어려움이 없었습니다. 하지만 바로 그 다음 날 아버지가 파리에 오시는 줄 알았더라면 이런 수고는 하지 않아도 되었을 겁니다.

아버지는 내가 그 일주일 전에 쓴 편지를 받았습니다. 그 편지를 읽고 아버지는 매우 기뻐하셨습니다. 하지만 개심에 관해 아버지께 희망을 갖게 하긴 했지만 아버지는 내 약속만으로 만족할 수 없다고 생각하셨습니다. 당신 눈으로 직접 내 변화를 확신하고 회개의 진실함에 따라 행동을 정하기로 결심하셨습니다. 아버지는 내가 수감된 다음 날 도착하셨습니다. 우선 내가 답장 받을 주소로 알려준 티베르주의 거처를 방문했습니다. 그러나 티베르주로부터는 내 주소도 현상황에 대해서도 알 수 없었습니다. 단지 생 쉴피스에서 도주한 이후 내게 일어난 주요 사건들만 알게 되었습니다. 티베르주는 우리의 마지막 만남에서 내가 입장을 유리하게 하려고 보여준 모습에 대해 내 편에서 아주 이롭게 이야기했습니다. 그는 내가 마농에게서 완전히 벗어났다고 생각하지만 일주일 전부터 소식이 없어 놀랐다고 덧붙였습니다. 아버지는 속지 않았습니다. 아버지는 티베르주가 소식이 없다고 불평하는 가운데서 그의 통찰력을 벗어난 무언가가 있음을 알아차렸고 내 흔적을 찾기 위해 많은 노력을 한 끝에 파리에 도착한 지 이틀 만에 내가 샤틀레에 있다는 것을 알게 되었습니다.

예상조차 못했던 아버지의 방문이 이렇게 빨리 이루어지기 전에 치안감이 나를 찾아왔고 상황 설명을 위한 심문을 받았습니다. 그는 몇 가지 나를 질책하긴 했지만 그것은 가혹하지도 무례하지도 않았습니다. 그는 내 나쁜 처신이 안타깝다고 부드럽게 말했습니다. 그리고 G.M.과 같은 사람을 적으로 만드는 것은 어리석으며 사실 내 사건에는 악의라기보다는 조심성이 없고 경솔한 점이 많다고 했습니다. 하지만 어쨌든 내가 그의 법정에 서게 된 것이 두 번째이니 두세 달간

생 라자르에서 교육 받고 나서 좀 더 현명해졌으면 좋겠다고 했습니다. 이성적인 법관과 마주한 것이 기뻐서 나는 아주 존경에 차고 절제된 태도로 상황을 설명해서 그는 내 답변에 아주 만족한 것 같아 보였습니다. 그는 내게 신분과 어린 나이를 감안해 도와줄 수 있을 거니, 너무 슬퍼하지 말라고 말했습니다. 나는 위험을 무릅쓰고 그에게 마농을 부탁했고 그의 온화하고 선한 성격에 찬사를 보냈습니다. 그는 웃으면서 아직 그녀를 보지는 못했지만 위험한 인물로 소개받았다고 대답했습니다. 이 말에 내 애정이 마구 샘솟아 불쌍한 연인을 옹호하기 위해 열정적으로 많은 이야기를 했고 나도 모르게 눈물을 흘렸습니다. 그는 나를 다시 방으로 데려가라고 명령했습니다. 내가 나가는 것을 보면서 그 근엄한 판사가 소리쳤습니다. "사랑, 사랑아! 너는 결코 지혜와 타협하지 않을 텐가?"

나는 계속 슬픈 생각에 잠겨 치안감과 나눈 대화를 곱씹어보고 있었습니다. 그때 방문이 열리는 소리가 들렸습니다. 아버지였습니다. 며칠 후에 만날 거라 생각하고 있어서 어느 정도 준비하고 있었지만 막상 아버지를 보고는 너무 충격을 받아 쥐구멍이라도 있으면 들어가 버리고 싶었습니다. 나는 혼란한 모습을 그대로 드러낸 채 아버지를 포옹하려 했습니다. 아버지도 나도 아직 입을 열지 않은 채 아버지는 자리에 앉았습니다.

내가 모자도 쓰지 않은 채 시선을 떨구고 서 있었으므로 아버지는 내게 근엄하게 말했습니다. "앉아라, 앉아. 너의 방탕과 사기로 인한 추문 덕분에 네가 있는 곳을 알아냈다. 숨어 지낼 수 없는 것이 너

같은 부류의 사람들이 지닌 이점이지. 너는 그 방면으로는 확실한 명성을 얻었어. 그 끝은 그레브 광장[14]의 명성이고 실제로 모든 사람들의 놀라움 속에 그곳에 서는 영광을 누리게 되겠구나."

나는 아무 대답도 하지 않았습니다. 아버지는 계속 했습니다. "아들을 진심으로 사랑하고 그를 신사로 만들기 위해 모든 노력을 기울인 아버지가 결국 가문의 명예를 실추시키는 단지 사기꾼에 불과한 아들을 마주하게 되었을 때 얼마나 불행한지 아느냐? 일시적인 불행은 진정된다. 시간이 불행을 지워주고 슬픔은 줄어든다. 하지만 모든 명예심을 잃어버리고 악에 빠진 아들의 방탕처럼 매일 커져가는 악에는 어떤 약이 있겠느냐?" 그는 덧붙였습니다. "이 나쁜 녀석아, 왜 아무 말도 못하느냐? 꾸며낸 절제와 위선적인 온순함이라니. 누가 보면 가문의 가장 완벽한 신사로 착각하지 않겠느냐?"

이런 모욕의 일부분은 받을만하다고 인정하지만 그래도 아버지의 모욕은 지나친 것 같았습니다. 나는 내 생각을 있는 그대로 설명해도 되겠다고 생각했습니다. 나는 말했습니다. "아버지, 저는 절제하는 체하는 것이 아닙니다. 아버지를, 특히 화난 아버지를 무한히 존중하는 것은 좋은 가문의 아들에게는 자연스러운 일입니다. 저는 또한 행실 좋은 신사로 여겨진다고 생각하지도 않습니다. 저는 아버지의 꾸중을 받아 마땅합니다. 하지만 좀 더 선의를 베풀어주시고 저를 가장 혐오스러운 사람으로는 취급하지 말아주십시오. 저는 그렇

---

14 프랑스 혁명기를 비롯한 한 때 교수형 집행장으로 사용. 현재는 파리 시청 앞 광장.

게 냉혹한 말을 들을 정도는 아닙니다. 아시다시피 제 모든 잘못의 원인은 사랑입니다. 치명적인 열정이죠! 아아! 그런 사랑의 힘을 모르시나요? 제 피의 원천인 아버지의 피는 이 같은 격정을 느껴본 적 없으세요? 사랑은 저를 너무 온화하게, 너무 열정적이게, 너무 충실하게, 그리고 아마도 너무 친절하게 만들어서, 너무나 매력적인 연인에 대해 욕망만을 가질 수는 없었던 것 같습니다. 바로 이것이 저의 죄입니다. 그것이 아버지의 명예를 실추시킨 자식입니까?" 나는 부드럽게 덧붙였습니다. "자, 사랑하는 아버지, 언제나 아버지에 대한 공경과 애정으로 가득했던 아들을 조금만 더 불쌍히 여겨 주세요. 아버지가 생각하시듯이 명예와 의무를 포기한 것이 아니고 상상하시는 것보다 훨씬 더 가엽게 여기셔야 할 아들을요." 이 말을 끝맺으면서 나는 눈물을 흘렸습니다.

아버지의 마음이란 자연이 만든 걸작입니다. 자연은 거기서 호의적으로 군림하고 모든 작용을 관장하고 있습니다. 고매한 정신의 소유자이자 훌륭한 취향을 지닌 아버지는 내 사죄의 표현에 아주 감동받아서 마음의 변화를 숨기지 못했습니다. 아버지는 말했습니다. "이리 와라, 가여운 나의 슈발리에, 와서 나를 안아 주렴. 네가 가엾어서 못 견디겠구나." 나는 아버지를 포옹했고 아버지는 당신 마음의 변화를 내가 느낄 수 있도록 나를 안아주었습니다. 아버지는 다시 말했습니다. "그런데 너를 여기서 꺼내려면 어떤 방법을 써야 할까? 네 사건을 숨김없이 말해다오." 어쨌든 내 행동의 가장 중요한 부분에서는 최소한 어떤 세계의 젊은이들의 행동과 견주었을 때 그렇게 명예를 실추시킬만한 것은 아무것도 없었습니다. 그리고 우리 시대에는 애인이나 게임에서 돈을 벌기 위해 사용하는 약간의 속임수는 전혀 불명예로 여겨지지 않았습니다. 그러므로 지금까지의 내 상황을 아버지께 숨김없이 상세히 말했습니다. 나는 잘못을 고백할 때마다 부끄러움을 덜기 위해 유명한 예를 끌어들이는 것을 잊지 않았습니다. 나는 말했습니다. "저는 결혼식도 올리지 않고 한 여자와 살았습니다. 아무개 공작은 파리 전체가 다 알게 두 연인과 그렇게 살았습니다. 아무개 씨는 10년 전부터 애인이 있는데 자기 부인에게는 결코 가져본 적 없는 진실한 마음으로 그녀를 사랑한답니다. 프랑스 신사 가운데 3분의 2는 애인이 있다고 자랑합니다. 저는 게임에서 몇 차례 속임수를 썼습니다. 아무개 후작과 아무개 백작은 이런 일 외의 다른 소득은 전혀 없었습니다. 아무개 대공과 아무개 공작은 그런 부류의 기사단 우두머리들입니다." G.M. 부자(父子)의 지갑과 관련한 내 계획에 대해서는 모델이 있었음을 어렵지 않게 증명할 수 있었을 겁니다. 하지만 아직은 내 명예심이 강해서 내가 예로 제시할 수 있을 모든 사람들과 나 스스로를 비난하지 않을 수 없었습니다. 그래서 아버지께 나를 뒤흔든 두 가지 격렬한 열정인 복수와 사랑 탓으로 이 연약함을 용서해달라고 부탁했습니다. 아버지는 시끄럽지 않게 내 자유를 얻을 수 있는 가장 빠른 방법을 알려달라고 하셨습니다. 나는 치안감이 내게 호감을 갖고 있다고 알려드렸습니다. 나는 말했습니다. "만일 몇 가지 난관이 따른다면 그것은 오로지 G.M. 부자로부터 비롯된 것일 겁니다. 그러니 아버지께서 G.M. 부자를 만나는 것이 좋을 것 같습니다." 아버지는 그렇게 하겠노라 약속하셨습니다. 나는 감히 마농을 잘 봐달라고는 부탁할 수 없었습니다. 용기가 없어서가 아니라 그렇게 하는 것이 아버지의 반감을 사서 그녀와 나에 대한 좋지 않은 계획을 세우게 할까 봐 두려웠기 때문이었습니다. 나의 이 두려움 때문에 아버지가 불행한 내 연인을 위한 우호적인 조처를 취하도록 노력하는 것을 막으면서 내 가장 큰 불행을 야기한 것이 아닐까 생각합니다. 어쩌면 나는 아버지의 연민을 한 번 더 불러 일으켰을 수도 있었을 것입니다. 아버지가 G.M.의 말에 쉽게 이끌리지 않도록 주의시켰을 수도 있었을 것입니다. 내가 무엇을 알겠습니까? 내 나쁜 운명은 모든 노력보다 강했을 테지만 나는 단지 나쁜 운명 그리고 적어도 내 불행을 비난할 적들의 잔혹함만 가졌을 겁니다.

아버지는 나와 헤어진 후 G.M.을 만나러 갔습니다. 그는 근위병이 안전하게 풀어준 그의 아들과 함께 있었습니다. 나는 그들이 어떤 대화를 나누었는지 알 수 없었습니다. 하지만 그 치명적인 결과로 미루어 볼 때 대화 내용을 판단하는 일은 너무도 쉬웠습니다. 그들, 즉 두 아버지는 함께 치안감에게 가서 두 가지를 부탁했습니다. 하나는 나를 즉시 샤틀레에서 석방시켜주는 것이고 다른 하나는 마농을 영원히 가두거나 아메리카로 호송하라는 것이었습니다. 그 무렵은 많은 범죄자들을 미시시피 강 쪽으로 보내기 시작하던 때였습니다. 치안감은 그들에게 마농을 첫 번째 배로 떠나게 하겠다고 약속했습니다. G.M.과 아버지는 곧바로 내 석방 소식을 알려주려 함께 왔습니다. G.M.은 내 과거에 대해 예의바른 칭찬을 했고 이런 아버지를 가진 행복을 누리는 것에 대해 축하했으며 이제부터 아버지의 가르침과 본보기를 따르라고 권고했습니다. 아버지는 내게 그의 가문에 행한 모욕에 대해 사과하고 내 석방을 위해 애써준 데 대해 감사하라고 명령했습니다. 우리는 내 애인에 대해 한마디도 하지 않고 함께 그곳을 나왔습니다. 그들 앞에서는 심지어 간수에게조차 그녀에 대해 말하지 못했습니다. 아아! 내 슬픈 절충은 아무 쓸모없었습니다! 잔혹한 명령은 내 석방과 동시에 내려졌습니다. 이 불운한 여인은 한 시간 후에 오피탈로 이송되어 거기서 같은 운명을 선고받은 몇 명의 불행한 이들과 합류될 예정이었습니다. 아버지는 숙소로 잡아둔 집으로 따라오라고 강요했고 저녁 여섯 시가 다 되어서야 아버지의 눈을 피해 샤틀레로 되돌아갈 수 있었습니다. 나는 단지 마농의 기운을 북돋아주고 간수에게 그녀를 부탁하려는 계획이었습니다. 왜냐하면 그녀를 만날 수 있으리라는 기대를 할 수 없었기 때문이었습니다. 게다가 아직 그녀를 석방시킬 방법을 생각할 틈이 없었습니다.

나는 간수에게 할 말이 있다고 했습니다. 그는 나의 관대함과 친절함에 만족했습니다. 그래서 내게 도움을 주고 싶다는 생각에서 마농의 운명에 대해 말해주었습니다. 내가 슬퍼하기 때문에 자신도 가슴 아프다고 하며 그 불행한 운명에 대해 이야기 해주었습니다. 나는 그의 말을 전혀 이해할 수 없었습니다. 우리는 서로의 말을 이해하지 못한 채 얼마 동안 대화를 나누었습니다. 결국 내게 설명할 필요가 있다고 느낀 그가 이미 위에서 말한 끔찍한 내용을 설명해주었습니다. 아무리 격렬한 뇌출혈이라도 이보다 더 급작스럽고 끔찍한 결과를 초래하진 않았을 것입니다. 나는 아주 고통스러운 심장발작을 일으키며 쓰러졌고 의식을 잃는 순간 영원히 생명으로부터 벗어났다고 느꼈습니다. 심지어 의식을 되찾은 후에도 이런 생각의 일부가 남아 있었습니다. 불행히도 내가 여전히 살아 있는지 확신하기 위해 나 자신은 물론 방 구석구석을 찬찬히 훑어보았습니다. 나는 본능적으로 고통에서 벗어나고 싶은 움직임에 이끌려 이 절망과 망연자실의 순간에는 죽음보다 더 달콤한 것이 없다고 생각했습니다. 세상에 태어난 후 종교마저도 지금 내가 고통 받고 있는 잔인한 경련보다 더 견디기 어려운 것을 생각나게 한 적 없었습니다. 그렇지만 사랑에 어울리는 기적에 의해 기운을 되찾고 의식과 이성을 되돌려준 하느님께 감사했습니다. 내 죽음은 단지 내게만 유익한 것이었습니다. 마농을 석방시키고 도와주고 그녀의 복수를 해주기 위해서는 살아야 했습니다. 나는 그 일에 아낌없이 전념하겠다고 맹세했습니다.

간수는 가장 절친한 친구에게나 기대할 수 있는 모든 도움을 주었습니다. 나는 감사한 마음으로 그의 도움을 받았습니다. 나는 말했습니다. "아아! 그러니까 당신은 내 고통을 동정하는 겁니까? 모든 사람들로부터 버림받았습니다. 심지어 아버지도 나를 가장 잔인하게 박해하는 사람들 가운데 하나임에 틀림없습니다. 아무도 나를 동정하지 않습니다. 가혹하고 야만적인 세상에서 당신만이 가장 가여운 사람에게 연민을 보여주는군요!" 그는 내게 고통에서 어느 정도 회복되기 전에는 밖에 나가지 말라고 충고했습니다. 나가면서 나는 대답했습니다. "괜찮아요, 괜찮아요. 당신이 생각하는 것보다 더 빨리 당신을 다시 만날 겁니다. 나를 위해 가장 음침한 감방을 준비해두세요. 나는 그 방에 들어갈 만한 일을 할 겁니다." 사실 처음에 나는 G.M. 부자와 치안감을 없애버리고 내 편이 될 수 있는 사람들을 모아 함께 무장한 채로 오피탈을 습격할 결심을 했었습니다. 간수로부터 아버지와 G.M이 내 파멸을 이끈 장본이었음을 알게 되었기 때문에 이 복수는 정당해보였고 그나마 아버지는 그 대상에서 빼주었습니다. 하지만 거리로 나와 어느 정도 흥분이 가라앉고 나니 내 분노는 훨씬 이성적인 감정으로 점차 바뀌기 시작했습니다. 적들을 죽인다고 해서 마농에게는 도움이 되지 않고 그로 인해 나는 분명 그녀를 도울 수 있는 모든 수단을 잃게 될 위험에 처하게 될 것입니다. 게다가 비겁한 살인에 의존해야 할까? 복수의 길을 열 수 있는 다른 방법은 무엇일까? 나는 우선 마농을 구출하기 위해 모든 힘과 지혜를 모았고 나머지 모든 일은 이 중요한 일의 성공 뒤로 미루었습니다. 내게는 돈이 거의 남아있지 않았습니다. 그런데 무언가를 하기 위해서는 돈이 꼭 필요했습니다. 내가 기댈 수 있는 사람은 단 세 명, T씨, 아버지 그리고 티베르주뿐이었습니다. 아버지와 티베르주에게서 어떤 것을 얻을 가능성은 희박했고 T씨의 경우는 귀찮은 일들로 그를 피곤하게 하는 것이 수치스러웠습니다. 하지만 절망 가운데서는 염치가 없어지는 법입니다. 내 얼굴이 알려질지에 대해 개의치도 않고 나는 생 쉴피스의 신학교로 갔습니다. 나는 티베르주를 불러 달라고 했습니다. 처음 말하는 것들을 들어보니 그는 최근의 내 일들에 대해 모르고 있는 것 같았습니다. 이 생각으로 인해 동정심으로 그를 감동시키려는 계획을 바꿨습니다.

나는 주로 아버지를 다시 만나 기쁘다는 이야기를 했고 파리를 떠나기 전에 비밀로 해 두었던 빚을 갚아야 한다는 핑계로 돈을 좀 빌려 달라고 부탁했습니다. 그는 즉시 지갑을 꺼내 주었습니다. 나는 그의 지갑에 있던 6백 프랑 가운데 5백 프랑을 빌렸습니다. 내가 차용증을 주려 했지만 마음 넓은 그는 그것을 받지 않았습니다.

나는 거기서 T씨 집으로 갔습니다. 그에게 아무것도 숨기지 않고 내 불행과 고통을 알려주었습니다. G.M. 주니어 사건을 열심히 추적해서 그는 이미 최소한의 상황까지 다 알고 있었습니다. 그래도 그는 내 말을 들어줬고 나를 불쌍히 여겼습니다. 내가 마농을 구출할 방법에 대해 조언해달라고 하자 그는 거의 희망이 없다면서 하늘의 놀라운 도움이 없다면 희망을 포기해야 한다고 슬프게 대답했습니다. 그리고 마농이 오피탈로 이송된 후 그가 가 보았는데 자신도 그녀를 만날 수 없었고 치안총감의 명령이 아주 엄중한데다 설상가상으로 그녀가 속한 무리는 바로 이틀 후에 떠나는 걸로 예정되어 있다고 했습니다. 그의 말에 너무 놀라 그가 한 시간 동안 이야기를 하는데도 그의 말을 중단시킬 생각조차 하지 못했습니다. 그는 계속해서 그와 내가 무관하다고 여겨져야 더 쉽게 도와줄 수 있을 것 같아서 나를 보러 샤틀레에 가지 않았다고 했습니다. 또한 내가 샤틀레에서 나온 이후 어디 있는지 몰라서 안타까웠고 마농의 운명을 바꿀 수 있을지도 모를 단 한 가지 조언을 해주려고 빨리 나를 보고 싶었다고 했습니다. 하지만 이것은 위험한 조언이니 자신이 관여했다는 것을 영원히 비밀로 해달라고 했습니다. 그것은 마농의 호송 경관들이 그녀를 데리고 파리를 벗어날 때 몇 명의 용감한 사람들을 구해 그들을 습격하는 것이었습니다. 내가 내 곤궁한 처지에 대해 말할 줄은 그는 전혀 예상하지 못했습니다. 그는 내게 지갑을 주며 말했습니다. "자, 100피스톨입니다 도움이 될 겁니다. 형편이 좋아지면 갚으세요." 그는 자신의 평판을 이용해 내 애인의 석방을 시도할 수 있으면 자신의 손과 칼을 내어주겠다고 덧붙였습니다.

이 엄청난 호의에 감동받아 나는 눈물을 흘렸습니다. 비탄에 빠진 와중에도 그에게 감사를 표하기 위해 남아 있는 온 힘을 다해 마음을 표현했습니다. 나는 치안감과의 중재를 통해 그녀에 대한 선처를 바랄 수 있을지 물어봤습니다. 그는 그 생각도 해봤지만 그 방법은 소용없을 것 같다고 했습니다. 왜냐하면 이런 종류의 사면에는 상당히 근거가 있어야 하고, 영향력 있고 권력 있는 사람에게 중재자 역할을 맡게 하려면 어떤 근거를 들어야 할지 모르기 때문이라고 했습니다. 그리고 그쪽에서 어떤 것을 기대할 게 있다면 그것은 오로지 G.M.과 아버지의 마음을 돌려 그들이 치안감에게 판결을 철회해달라고 부탁하게 하는 것뿐이라고 했습니다. 그는 G.M. 주니어를 설득하기 위해 모든 노력을 해보겠다고 했습니다. 비록 우리 사건으로 G.M. 주니어가 그에 대해 의심하기 시작해 약간 냉랭하다고 느끼지만 그래도 노력해보겠다고 했습니다. 그러면서 내게 아버지의 마음을 누그러뜨리기 위해 최선을 다해보라고 권했습니다.

이것은 내게 쉬운 일이 아니었습니다. 아버지를 설득하는 일의 어려움 때문만이 아니라 아버지 곁에 가는 것조차 어렵게 만드는 또 다른 이유가 있었기 때문입니다. 나는 아버지의 명령을 어기고 숙소에서 빠져나왔고 마농의 슬픈 운명을 알게 된 이후 그곳에 돌아가지 않겠다고 굳게 결심했었습니다. 나는 아버지가 나를 억지로 붙들어두거나 지방으로 데려가지 않을까 걱정하였습니다. 예전에 형이 이 방법을 사용했었습니다. 내가 좀 더 나이가 들었다고 해서 월등한 힘에 대항할 이유가 되지 않습니다. 그렇지만 마침내, 나는 위험에서 벗어날 방법을 찾았습니다. 그것은 다른 사람의 이름으로 아버지를 밖으로 불러내는 것이었습니다. 나는 곧 이 방법을 택했습니다. T씨는 G.M. 주니어에게로, 나는 뤽상부르 공원으로 갔습니다. 그곳에서 아버지를 추종하는 어떤 신사가 기다리고 있다는 기별을 아버지께 보냈습니다. 밤이 가까운 시각이라 아버지가 오시기 힘들지 않을까 걱정스러웠습니다. 그렇지만 아버지는 하인을 데리고 곧 나타났습니다. 나는 둘이서만 있을 수 있는 산책로로 가자고 아버지께 청했습니다. 서로 아무 말도 않은 채 약 백 걸음 걸어갔습니다. 아버지는 이렇게 많은 준비를 한 것으로 보아 틀림없이 중요한 의도가 있을 거라고 생각했습니다. 아버지는 내가 말하기를 기다렸고 나는 할 말을 곰곰이 생각했습니다.

마침내 나는 입을 열었습니다. 나는 떨면서 말했습니다. "아버지, 아버지는 훌륭한 분이십니다. 아버지는 제게 한없는 은혜를 베풀어주셨고 수많은 과오를 용서해주셨습니다. 또한 제가 아버지에 대해 애정과 존경심을 가득 갖고 있음은 하늘이 아실 겁니다. 하지만 아버지의 엄격함은……" "뭐라고! 나의 엄격함이라고?" 내가 너무 천천히 말해서 인내심이 한계에 다다른 아버지가 내 말을 끊었습니다. 나는 다시 말했습니다. "아! 불쌍한 마농에 대한 처우에서 아버지의 엄격함이 과하셨던 것 같습니다. 그 문제에 있어서 아버지는 G.M.의 말을 곧이곧대로 들으셨어요. 그 사람은 마농에게 몹시 화가 나서 그녀에 대해 나쁘게 이야기한 겁니다. 아버지는 그녀에 대해 끔찍한 생각을 갖고 있어요. 그렇지만 그녀는 세상에서 가장 온화하고 사랑스러운 여인입니다. 하느님이 아버지에게 그녀를 보고 싶다는 생각을, 한 번만이라도 하게 하였더라면! 아버지가 그녀를 매력적이라고 보게 될 이상으로 그녀가 매력적이라고 저는 확신합니다. 아버지는 그녀 편을 들어, G.M.의 음흉한 계략을 경멸하고, 그녀와 나를 동정했을 겁니다. 아아! 저는 확신합니다. 아버지는 가혹하지 않으시니, 마음이 누그러졌을 겁니다." 내가 곧 끝날 것 같지 않은 열정을 갖고 말한다는 사실을 알고, 아버지가 또 다시 내 말을 끊었습니다. 아버지는 그토록 열정적인 말로 내가 얻고자 하는 것이 무엇인지 알고 싶어 하셨습니다. 나는 대답했습니다. "저를 살려달라는 겁니다. 마농이 아메리카로 영원히 보내지면, 전 제 목숨을 한순간도 더 유지할 수 없습니다." 아버지는 엄한 어조로 말했습니다. "아니, 못한다. 분별력도 명예심도 없는 너를 보느니 차라리 죽은 너를 보는 편이 더 낫겠다. 그러니 더 이상 멀리 가지 말자." 나는 아버지의 팔을 붙잡고 매달리며 소리쳤습니다. "제게서 이 추하고 견디기 힘든 목숨을 지금 거둬 가세요. 아버지가 저를 빠트린 절망은 너무 깊어서 제게 죽음은 호의에 속합니다. 그것은 아버지의 손에 어울리는 선물입니다."

아버지가 응수했습니다. "나는 네게 받을 가치 있는 것만을 준다. 다른 아버지들은 나처럼 이렇게 오래 기다려주지 않아. 내가 너의 재판관이, 사형집행인이 되려는 게 아니다. 그러나 내 지나친 선의가 널 망쳤구나."

나는 아버지 앞에 무릎을 꿇었습니다. 나는 아버지의 무릎을 끌어안으며 말했습니다. "아! 아직 그 선의가 남아 있으시다면 제 눈물을 그토록 가혹하게 다루지 말아주세요. 제가 아버지의 아들이라는 것을 생각해주세요. 아아! 어머니를 생각해보세요. 아버지는 어머니를 열렬히 사랑하셨잖아요! 누군가가 어머니를 빼앗아가는 고통을 겪어 보셨나요? 아버지는 죽을 각오로 어머니를 지켜내셨을 겁니다. 다른 사람들은 아버지와 같은 마음을 갖고 있지 않을까요? 사랑과 고통이 무엇인지 아는 사람이 그렇게 야만적일 수 있을까요?"

아버지는 분노에 찬 목소리로 다시 말했습니다. "더 이상 어머니에 대한 말은 하지 마라. 어머니를 생각하면 화가 더 치밀어 오른다. 만약 어머니가 살아 계셨다면 네 방탕함 때문에 고통스러워 죽었을 거다." 아버지는 덧붙였습니다. "이제 그만하자. 너와의 대화는 나를 괴롭힐 뿐이고 내 결심은 전혀 변하지 않을 테니, 나는 숙소로 돌아가겠다. 명령이니 나를 따라 오거라." 이렇게 명령하는 아버지의 건조하고 단호한 어조를 보고 나는 아버지의 마음이 누그러지지 않을 것임을 확신할 수 있었습니다. 아버지가 나를 잡을까 봐 두려워 몇 걸음 뒤로 물러섰습니다. 나는 말했습니다. "아버지를 거역하게 하여, 저를 더 절망시키지 말아주세요. 아버지를 따라갈 수 없습니다. 아버지가 나를 이렇게 가혹하게 다루시니 살 수가 없습니다. 그러니 이제 영원한 작별인사를 드립니다." 나는 슬프게 덧붙였습니다. "곧 제가 죽었다는 소식을 들으시고, 어쩌면 부성애가 다시 생길지도 모르겠습니다." 아버지 곁을 떠나려고 뒤돌아섰을 때 아버지는 분노에 차서 소리쳤습니다. "나를 따라가지 않겠다고? 그래 가라. 네 파멸을 향해 달려가라. 불효막심한 아들아, 다신 보지 말자." 나는 흥분한 상태로 말했습니다. "안녕히 계세요, 영원히. 야만적이고 비정한 아버지."

나는 당장 뤽상부르 공원에서 나왔습니다. 난폭한 미치광이처럼 T씨의 집까지 걸어갔습니다. 걸으면서 나는 천상의 모든 힘을 불러모으기 위해 고개를 들고 손을 높이 들어 올렸습니다. 나는 말했습니다. "오 하늘이시여! 당신도 사람들만큼 가혹하십니까? 이제 당신밖에는 의지할 곳이 없습니다." T씨는 아직 집에 돌아오지 않았지만, 잠시 기다리니 곧 돌아왔습니다. 그 역시 나처럼 협상에 성공하지 못했습니다. 그는 낙심한 얼굴로 소식을 내게 전했습니다. 자기 아버지만큼은 아니더라도 마농과 나에게 화가 난 G.M. 주니어는 아버지에게 우리의 선처를 부탁하고 싶어 하지 않았습니다. 그 역시 복수심 강한 자기 아버지를 두려워해서 그 일을 하려들지 않았습니다. G.M.은 마농과 자기 아들의 관계 때문에 아들을 비난하며 그에 대해 이미 화가 많이 나 있었습니다. 그러므로 이제 내게는 T씨가 계획을 세워준 폭력의 길밖에 남아 있지 않았습니다. 나는 그것에 모든 희망을 걸었습니다. 나는 말했습니다. "이 일이 성공할지는 아주 불확실합니다. 그럼에도 내게 가장 위로가 되는 것, 그리고 이 일에서 가장 위안이 되는 일은 적어도 이 일을 하다가 죽을 수 있다는 희망입니다." 성공을 비는 것으로 나를 도와주기를 T씨에게 청하고 그와 헤어졌습니다. 그리고는 내 용기와 결심의 불길을 전할 수 있는 동료를 찾는 일에만 전념했습니다.

가장 먼저 머리에 떠오른 사람은 G.M.을 붙잡기 위해 고용했던 바로 그 근위병이었습니다. 그날 오후에는 숙소를 마련할 정신이 없어서, 그의 방으로 가 밤을 보낼 작정이었습니다. 그는 혼자 있었습니다. 내가 샤틀레에서 나온 것을 보고 그는 기뻐했습니다. 그는 나를 다정하게 대해주었습니다. 나는 그에게 내게 줄 수 있는 도움을 설명했습니다. 그는 그 일의 모든 난관을 알 수 있을 정도의 이성은 충분히 갖고 있었습니다. 하지만 그는 아주 너그럽게 그 어려움을 극복해보겠다고 했습니다. 우리는 밤 시간을 이용해 내 계획에 대해 생각해보았습니다. 그는 내게 우리 일을 감당할 용감한 사람들로 지난번에 고용한 세 명의 경비병을 이야기했습니다. T씨는 마농을 호송하는 호송경관들의 수는 단지 여섯 명에 불과하다고 정확히 알려 주었습니다. 대담하고 용기 있는 다섯 명만 있으면 이 불쌍한 호송경관들을 겁먹게 하는 데 충분하다고 했습니다. 그 호송경관들은 비겁함을 수단으로 싸움을 피할 수 있다면, 명예 따위는 지킬 생각도 않는 이들이었습니다. 내게 돈이 넉넉히 있었으므로 근위병은 우리의 공격을 확실히 성공시키기 위해 아무것도 아끼지 말라고 권했습니다. 그는 말했습니다. "우리에게는 말과 권총 그리고 각자에게 단총이 필요합니다. 이것들은 내일 내가 마련해놓겠습니다. 또한 군복을 입고 이런 종류의 사건에 나서지 못할 우리 군인들을 위한 사복 세 벌도 필요합니다." 나는 T씨에게 받은 백 피스톨을 그에게 주었습니다. 그 돈은 바로 다음 날 바닥이 드러나고 말았습니다. 세 명의 군인들이 내 앞에 도열했습니다. 나는 그들에게 엄청난 보상을 약속하며 기운을 북돋워줬고 그들의 모든 불신을 없애기 위해 각자에게 10피스톨씩을 주었습니다. 결전의 날이 다가왔고 나는 아침 일찍 군인 한 명을 오피탈로 보내 호송경관들이 죄수를 이끌고 떠나는 때를 직접 알아보게 했습니다. 비록 내가 단지 불안과 경계심으로 이러한 주의를 기울이긴 했지만 이는 꼭 필요한 것이었습니다. 나는 그들의 여정에 대해 몇 몇 정보를 갖고 있었는데 그것은 잘못된 정보였습니다. 내가 그 정보를 믿고 이 불쌍한 일행이 바로 라 로셸에서 배를 타야 한다고 알고 있었더라면, 오를레앙 길에서 무리를 기다리다 헛수고할 뻔했습니다. 그렇지만 나는 경비병의 보고를 통해 무리가 노르망디 쪽으로 간다는 것과 아메리카로 출발하는 곳이 르 아브르 드 그라스라는 사실을 알게 되었습니다.

우리는 각기 다른 길로 곧 포르트 생토노레에 갔고 마을 밖에서 만났습니다. 우리의 말들은 생생했습니다. 곧 여섯 명의 호송경관과 2년 전에 당신이 파시에서 본 두 대의 초라한 마차들이 나타났습니다. 이 광경을 보고 의식을 잃을 뻔 했습니다. 나는 소리쳤습니다. "오 운명이여, 잔인한 운명의 신이여! 이곳에서 제게 승리가 아니면 죽음을 허락해 주소서." 우리는 잠시 공격 방법에 대해 의논했습니다. 호송경관들은 우리보다 4백보 정도밖에 앞서 있지 않았고, 큰길에 둘러싸인 작은 밭을 가로질러 지나가면 그들의 앞길을 가로막을 수 있었습니다. 근위병은 그들에게 일거에 달려들어 습격하기 위해서 이 방법을 택하자는 의견이었습니다. 나는 그의 생각에 동의했고 가장 먼저 말에 박차를 가했습니다. 하지만 운명의 신은 내 소망을 짓밟아버렸습니다. 다섯 명의 기병들이 달려오는 것을 본 호송경관들은 자신들을 공격하는 것이라고 확신했습니다. 그들은 꽤 단호한 태도로 총검과 총을 들고 방어태세를 취했습니다. 이 장면을 보고 근위병과 나는 자극을 받았을 뿐인데 다른 세 명의 비겁한 동료들은 갑자기 용기를 잃었습니다. 그들은 서로 약속이나 한 듯이 멈춰 섰고 자기들끼리 알아들을 수 없는 말을 몇 마디 하더니 파리 쪽으로 말머리를 돌려 전속력으로 도망쳐 버렸습니다. 이 치욕적인 도주에 나만큼이나 당황한 것 같은 근위병이 말했습니다. "제기랄! 이제 우리 어떻게 하지요? 우리 둘뿐이에요." 나는 분노와 놀라움으로 말이 나오지 않았습니다. 먼저 나를 배신한 겁쟁이들을 쫓아가 응징해야 하는 것이 아닌지 결정하지 못한 채 멈춰 섰습니다. 나는 그들이 달아나는 것을 바라봤고 다른 편으로 호송경관들에게로 눈을 돌렸습니다. 내가 분신술을 쓸 수 있었다면 나를 화나게 하는 두 상대에게 한꺼번에 달려들어 모두 함께 쓸어버렸을 겁니다. 방황하는 내 눈빛을 보고 내가 어쩔 줄 몰라 하고 있다고 판단한 근위병은 내게 자신의 충고를 따르라고 했습니다. 그가 말했습니다. "단 두 사람만으로 무장한 채 우릴 기다리고 있는 여섯 명을 공격하는 것은 미친 짓이오. 파리에 돌아가서 용맹한 사람들을 더 잘 선택해보도록 합시다. 무거운 두 대의 마차를 이끌고 저들이 멀리 갈수는 없을 테니 내일 문제없이 따라잡을 수 있을 겁니다."

나는 이 제안에 대해 잠시 생각했습니다. 하지만 사방에 절망적인 것들뿐이어서 나는 아주 비관적인 결심에 도달했습니다. 그것은 근위병에게 도와줘서 고맙다는 인사를 하는 것이었습니다. 그리고 그들을 공격하기는커녕, 그들에게 나를 받아달라고 사정하여, 르아브르드 그라스까지 호송경관들과 함께 마농을 따라가서 그녀와 함께 바다를 건널 작정이였습니다. 나는 근위병에게 말했습니다. "모든 사람이 나를 핍박하거나 배신하는군요. 나는 더 이상 아무도 신뢰하지 않습니다. 행운도 사람들의 도움도 더 이상 어떤 것도 기대하지 않습니다. 그래서 나는 모든 희망에 눈을 감습니다. 당신의 친절은 하늘이 보상해주시길! 잘 가십시요. 나는 기꺼이 파멸을 만나러 가서 몰락의 끝을 보겠습니다." 그는 나를 파리에 되돌아가게 하려고 나름 노력했지만 소용없었습니다. 호송경관들이 우리가 그들을 공격할 계획이라고 계속 생각할까 두려워 그에게 내 결심대로 하게 내버려두고 즉시 내 곁을 떠나달라고 부탁했습니다.

나는 느린 걸음으로 혼자 그들에게 갔고 아주 창백한 얼굴을 하고 있어서 내가 접근한다 해도 그들이 두려워할 것은 전혀 없었습니다. 그럼에도 그들은 방어 자세를 취했습니다. 나는 다가가면서 그들에게 말했습니다. "안심하세요. 여러분과 싸우려는 것이 아니라 호의를 부탁하러 왔습니다." 그들에게 안심하고 가던 길을 계속 가라고 했고, 걸으면서 내가 그들에게 어떤 호의를 기대하는지 알려주었습니다. 그들은 이 제안을 어떻게 받아들여야 할지 함께 의논했습니다. 무리의 우두머리가 대표로 말했습니다. 죄수들을 감시하기 위해 그들이 받은 명령은 극히 엄중하지만 그가 보기에 내가 아주 괜찮은 사람 같아서 그와 동료들이 약간 봐주기로 했다고 했습니다. 하지만 거기에는 약간의 대가가 있어야 한다고 했습니다. 내게는 15피스톨 정도가 남아 있었고 나는 그들에게 지갑에 있는 돈의 액수를 있는 그대로 알려주었습니다. 호송경관이 말했습니다. "자 그럼! 선심을 쓰지요. 여기 있는 여자들 가운데 마음에 드는 여자와 대화하는데 시간당 1에퀴입니다. 이건 현재 파리 시세입니다." 그들이 내 사랑을 알면 좋지 않을 것 같아 마농에 대해 말하지 않았습니다. 처음에 그들은 젊음의 혈기로 이런 여자들과 약간의 여흥을 즐기려는 것으로만 생각했습니다. 하지만 내가 사랑에 빠진 상태라는 걸 알아차리자 그들은 대가를 엄청나게 올려서 우리 숙박지인 파시에 도착한 날 내 돈은 바닥이 나 버렸습니다.

가는 도중에 마농과 나의 대화 내용이 얼마나 슬펐는지, 또 내가 호송경관들의 허락을 받아 호송마차로 가까이 가서 그녀를 봤을 때 느낌이 어땠는지, 어떻게 말로 표현할 수 있을까요? 아! 말로 하는 표현은 감정의 반도 나타내지 못합니다. 하지만 상상해보세요. 허리는 쇠사슬에 묶인 채 몇 줌의 짚단 위에 앉아, 머리를 기운 없이 마차 한쪽에 기대며, 눈을 감고 있어도 속눈썹 사이로는 한 줄기 눈물이 흘러내리고, 창백한 얼굴을 한 내 불쌍한 애인을 상상해보란 말입니다. 우리에게 기습당할까 봐 두려워하던 호송경관들이 소란을 피울 때도 그녀는 눈을 뜨고 보려는 호기심조차 없었습니다. 옷은 더럽고 흐트러져 있었으며 그녀의 섬섬옥수는 바람에 거칠어져 있었습니다. 결국 온 우주를 우상숭배자로 만들 수 있을 모든 매력의 집합체인 그 얼굴이 형언할 수 없이 황폐하고 쇠약해져 있는 것 같았습니다. 나는 말을 타고 마차 옆으로 가면서 잠시 그녀를 바라봤습니다. 나는 거의 제 정신이 아니어서, 여러 차례 낙마할 위험에 처했습니다. 내 한숨과 거듭되는 절규에 그녀는 내 쪽으로 약간 시선을 돌렸습니다. 그녀는 나를 알아보고는 곧바로 내게 오려고 마차 밖으로 돌진했습니다. 하지만 쇠사슬에 묶여 있어서 그녀는 다시 제자리에 주저앉고 말았습니다. 나는 호송경관들에게 제발 마차를 잠시 멈춰달라고 애원했습니다. 그들은 돈을 더 받아내려는 속셈으로 승낙해주었습니다. 나는 말에서 내려 그녀 곁에 앉았습니다. 그녀는 너무나 지치고 쇠약해져서 오랫동안 말을 할 수도 손을 움직일 수도 없었습니다. 그러는 사이 나는 내 눈물로 그녀의 손을 적셨고 나 역시 한마디 말도 할 수 없어서 우리는 세상에서 가장 슬픈 상황에 처해 있었습니다. 간신히 이야기를 나누게 되었을 때 우리의 대화 역시 슬펐습니다. 마농은 거의 말을 하지 않았습니다. 치욕과 고통으로 성대가 훼손된 것 같았습니다. 목소리는 약하고 떨렸습니다. 그녀는 자신을 잊지 않고 찾아와 준 데 대해 내게 고마워하며 한숨을 쉬면서 적어도 나를 한 번 더 보고 작별 인사를 할 수 있게 되어 감사하다고 했습니다. 하지만 나는 그 어떤 것도 우리를 갈라놓을 수 없고 그녀를 돌보고 사랑하며, 불행한 우리 운명을 함께 하기 위해 세상 끝까지라도 그녀를 따라갈 준비가 되어 있다고 말했습니다. 그때 이 불쌍한 여인은 사랑과 고통의 감정에 빠져서 그렇듯 격렬한 감정으로 그녀의 생명에 어떤 문제가 생길까 봐 걱정될 정도였습니다. 그녀 영혼의 모든 순간적인 힘이 두 눈에 모여 있는 것 같았습니다. 그녀는 나를 응시했습니다. 때때로 그녀는 입을 열었지만 자신이 시작한 몇 마디 말을 끝낼 힘도 없었습니다. 그래도 그녀는 몇 마디 말을 했습니다. 내 사랑에 대한 감탄, 과분한 사랑에 대한 애정 어린 탄식, 내게 이렇게 완벽한 열정을 불러일으킬 만큼 행복해도 좋을지에 대한 의심의 표시였습니다. 또한 자신을 따르려는 내 계획을 포기하고 내게 어울리는 행복을 다른 곳에서 찾으라고 간청했고 자신과 함께 하면 내가 그런 행복을 바랄 수 없다고 말했습니다.

나 자신의 가장 가혹한 운명에도 불구하고 나는 그녀의 시선과 사랑을 받고 있다는 확신에서 행복을 찾았습니다. 사실 나는 세상 사람들이 높이 평가하는 모든 것을 잃었습니다. 하지만 내가 유일하게 중요하게 생각하는 자산인 마농의 마음을 얻었습니다. 연인과 살면서 행복하다면 유럽이건 아메리카이건 사는 곳이 무슨 의미가 있을까요? 사랑하는 연인들에게는 전 세계가 조국이 아닐까요? 서로 한테서 아버지, 어머니, 친척들, 친구들, 부와 행복을 찾지 못하겠습니까? 나를 불안하게 하는 어떤 것이 있다면 궁핍에 허덕이는 마농을 보는 것이었습니다. 나는 이미 야만인들이 사는 불모의 땅에 마농과 함께 있는 나를 그려보고 있었습니다. 나는 혼잣말을 말했습니다. '그곳에는 G.M.이나 아버지처럼 잔인한 사람들이 없을 것만은 확신하다. 적어도 그곳 사람들은 우리를 평화롭게 살게 내버려둘 거야. 그들에 대해 가지고 있는 설명이 사실이라면 그들은 자연의 법칙을 따라 살 거야. 그들은 G.M.이 가진 탐욕으로 인한 분노도 나를 아버지의 적으로 만든 명예라는 헛된 개념도 알지 못할 거야. 그들만큼 단순하게 살아갈 두 연인을 결코 괴롭히지는 않겠지.' 그러므로 나는 그 점에 관해서는 평온했습니다. 하지만 일상을 위해 필요한 것들에 대해서는 낭만적인 생각을 할 수 없었습니다. 필수품이 없어서는 안 된다는 걸 자주 체험했고, 특히 안락하고 풍요로운 생활에 익숙한 예민한 여인에게는 더욱 그러하다는 것을 알고 있었습니다. 쓸데없이 돈을 써 버렸고 남아 있는 얼마 안 되는 돈은 사악한 호송경관들에게 빼앗길 상황에 절망했습니다. 약간의 돈이면 돈이 귀한 아메리카에서 얼마 동안 가난하지 않게 생활할 수 있을 뿐 아니라 지속적으로 잘 살기 위해 어떤 방편을 마련할 수 있을 거라 생각했습니다. 이런 검토를 하게 되자 나는 언제나 신속하게 우정으로 나를 도와준 티베르주에게 편지를 써야겠다는 생각이 들었습니다. 우리가 처음으로 닿은 마을에서 편지를 썼습니다. 나는 르아브르 드 그라스에 있을 때 예상할 수 있는 절박한 필요 외의 다른 동기는 전혀 알리지 않았습니다. 그에게 마농을 동행하기 위해 간다고 고백했습니다. 나는 그에게 백 피스톨을 부탁했습니다. 나는 그에게 다음과 같이 썼습니다. "그 돈을 르아브르에서 우체국장을 통해 받을 수 있게 해 주게. 자네를 귀찮게 하는 것도 이번이 마지막이라는 점을 잘 이해해 주게. 그리고 내 불쌍한 연인이 내게서 영원히 떠나가고 있는데, 그녀의 운명과 치명적인 내 회한을 달래주는 얼마간의 위안 없이는 그녀를 떠나게 놔둘 수 없네."

호송경관들이 내 열렬한 사랑을 알게 되자마자, 그들은 아주 다루기 힘들어져서 조금의 호의에도 그 대가를 계속 배로 요구하여 나를 곧 극도의 궁핍 상태로 내몰았습니다. 게다가 사랑에 빠진 나는 돈을 절약할 수 없었습니다. 나는 마농 곁에서 아침부터 밤까지 나를 잊은 채 머물러 있었습니다. 그리고 내가 머문 시간은 시간당이 아닌 하루의 전체의 길이로 계산되었습니다. 마침내 내 지갑이 텅 비어버리니, 호송경관들은 나를 견딜 수 없을 만큼 변덕스럽고 오만하게 대했습니다. 당신이 파시에서 목격한 그대로였습니다. 당신을 만난 것은 운명의 신이 내게 허락해준 행복한 휴식의 순간이었습니다. 내 고통을 본 당신의 연민은 당신의 너그러운 마음에 의해 제 고통에 유일한 위로가 되었습니다. 당신이 베풀어준 너그러운 도움 덕분에 나는 르아브르까지 이를 수 있었고, 호송경관들은 기대 이상으로 약속을 충실히 이행했습니다.

우리는 르아브르에 도착했습니다. 나는 우선 우체국으로 갔습니다. 티베르주에게서는 아직 답장이 와 있지 않았습니다. 정확히 언제쯤 그의 답장을 기대할 수 있는지 알아봤습니다. 이틀 후에나 도착할 수 있다고 했습니다. 그리고 내 불운이 기이하게 작용해서 우리 배는 내가 답장을 기대한 바로 그날 아침에 떠나야 했습니다. 그때의 내 절망은 당신께 표현할 수 없을 정도였습니다. 나는 소리쳤습니다. "뭐라고! 이미 불행한데, 나는 항상 새로운 불행을 위해 뽑혀야만 한단말인가!" 마농이 답했습니다. "아아! 이렇게 불행한 삶인데 우리가 애쓴다고 달라질 수 있을까요? 사랑하는 슈발리에, 우리 르아브르에서 함께 죽어요. 죽음이 우리 불행을 한꺼번에 끝내주기를! 우리의 불행한 삶을 미지의 나라까지 끌고 갈 건가요? 내게 형벌을 주길 원하는 이상 그 나라에서도 우리는 틀림없이 끔찍하고 험한 일들을 겪게 될 거예요." 그녀는 다시 말했습니다. "우리 죽어요. 아니면 나만이라도 죽게 해주세요. 그리고 당신은 좀 더 행복한 연인의 품에서 다른 운명을 찾으세요." 나는 말했습니다. "아니, 아니오. 그대와 함께 겪는 불행은 내가 꿈꾸던 운명이오." 그녀의 말은 나를 떨게 했습니다. 그녀가 자신의 불행에 짓눌려 있다고 판단했습니다. 나는 그녀가 죽음이나 절망적이고 음산한 생각을 못하게 하려고 좀 더 평온한 태도를 취하려고 애썼습니다. 앞으로도 같은 태도를 유지하겠노라 결심했습니다. 그리고 사랑하는 남자의 용감함보다 여인에게 더 용기를 줄 수 있는 것은 아무것도 없다는 것을 나는 알았습니다.

티베르주의 도움을 받을 희망이 없어지자 나는 말을 팔았습니다. 그 돈과 당신이 너그럽게 준 돈 가운데 남아있는 돈을 합치니 17피스톨이었습니다. 마농에게 위안이 될 만한 물건들을 구입하는 데 그 중 7피스톨을 썼습니다. 그리고 나머지 10피스톨은 아메리카에서 우리 희망의 발판이 되어줄 자산으로 소중히 간직했습니다. 내가 배에 올라타는 데는 전혀 어려움이 없었습니다. 당시 식민지행을 자원하는 청년들을 모집하고 있었기 때문입니다. 뱃삯이나 식비도 무료였습니다. 다음 날 출발하는 파리행 우편물에 티베르주에게 보내는 편지

한 통을 보냈습니다. 이 편지는 틀림없이 감동적이었을 거고 결국 그의 마음을 약하게 했습니다. 왜냐하면 이 편지로 인해 티베르주는 오로지 불행한 친구에 대한 무한한 애정과 관대함이 아니고서는 할 수 없는 결심을 했기 때문입니다.

배는 출항했습니다. 바람은 계속 순조로웠습니다. 나는 선장으로부터 마농과 나를 위한 별도의 장소를 얻었습니다. 그는 선의를 지녀 우리를 다른 비천한 사람들과는 다른 눈으로 바라봤습니다. 나는 첫날부터 그것을 간파했고 그의 관심을 끌기 위해 내 불행의 일부를 털어놓았습니다. 나는 마농과 결혼했다고 말하면서도 부끄러운 거짓말에 대해 죄책감을 느끼지 않았습니다. 그는 내 말을 믿는 것 같았고 우리를 보호해주었습니다. 항해하는 내내 그가 보호해주고 있음을 알 수 있었습니다. 그가 우리에게 제대로 된 식사를 제공하고 우리를 돌봐주자 불행한 우리 동료들도 우리를 존경하게 되었습니다. 나는 마농이 조금이라도 불편을 느끼지 않도록 계속 주의를 기울였습니다. 그것을 깨달은 마농이 자신 때문에 내가 이런 극도의 궁지에 몰렸다고 생각해서, 아주 사소한 내 일에도 아주 애정 가득하고 열정적이며 주의를 기울여서 우리 두 사람 사이에는 봉사와 사랑의 경쟁이 벌어질 정도였습니다. 나는 유럽을 전혀 그리워하지 않았습니다. 그뿐만 아니라 아메리카에 다가갈수록 내 마음은 점점 더 넓어지고 평온해졌습니다. 그곳에서 삶에 꼭 필요한 것들이 부족하지 않다면 우리 불행에 이토록 우호적인 양상을 허락해준 운명에 감사했을 겁니다.

두 달간의 항해 끝에 우리는 마침내 바라던 해안에 도착했습니다. 그 나라의 첫 인상은 우리에게 그 어떤 즐거운 느낌도 주지 못했습니다. 보이는 것이라고는 갈대와 바람에 잎이 떨어진 나무 몇 그루뿐 황폐하고 인적 없는 허허벌판이었습니다. 사람의 흔적도 동물의 흔적도 없었습니다. 그렇지만 선장의 명령으로 몇 발의 대포가 발사되자 얼마 지나지 않아 뉴올리언스[15] 시민들이 기쁜 표정으로 우리에게 다가왔습니다. 마을은 보이지 않았습니다. 이쪽에서 볼 때는 작은 언덕에 가려져 마을이 보이지 않았습니다. 우리는 마치 천국에서 내려온 사람들처럼 환영을 받았습니다. 그 불쌍한 사람들은 앞다투어 와서는 프랑스의 상황과 자신들의 고향 소식을 물었습니다. 그들은 우리를 형제처럼 그리고 자신들의 가난과 고독을 나누러 온 친한 동료들처럼 반갑게 맞이해주었습니다. 우리는 그들과 함께 마을로 향했습니다. 하지만 가면서 그때까지 우리에게 훌륭한 마을이라고 자랑했던 곳이 단지 몇 채의 초라한 오두막 촌이라는 것을 발견하고 놀랐습니다. 그곳에는 5, 6백 명의 주민들이 거주하고 있었습니다. 촌장의 집은 높고 넓어 약간 두드러져 보였습니다. 그 집은 흙담으로 둘러쳐져 있고 주변에는 큰 웅덩이가 있었습니다.

우리는 먼저 촌장에게 인도되었습니다. 그는 선장과 오랫동안 비밀회동을 했고 우리 쪽으로 돌아와서는 배편으로 도착한 모든 여인들을 한명씩 살펴봤습니다. 르아브르에서 우리 그룹과 또 다른 그룹

---

15 원서의 당시 프랑스령 표기법인 '누벨 오블레앙'을 이해의 편의를 위해 영어식 '뉴올리언스'로 번역했다.

이 합해졌기 때문에 그녀들은 서른 명쯤 되었습니다. 촌장은 그녀들을 오랫동안 살펴본 후에 배우자감을 애타게 기다리는 마을 청년들을 불러들였습니다. 그는 중요시 되는 사람들에게 가장 예쁜 여자들을 주고 나머지는 제비뽑기를 하게 했습니다. 그는 그때까지 마농에 대해서는 한마디도 하지 않았습니다. 하지만 다른 사람들에게 물러가라고 명령하고는 마농과 나에게는 남아 있으라고 했습니다. "선장으로부터 그대들이 결혼했다고 들었소. 선장은 항해 중에 그대들이 지혜롭고 장점이 많다는 사실을 알게 되었다고 했소. 나는 그대들의 불행의 원인은 알려하지 않겠소. 하지만 그대들이 얼굴에서 보여지는 만큼의 예의범절을 갖고 있는 것이 사실이라면 그대들의 처지를 위로하기 위해 지원을 아끼지 않겠소. 그러니 그대들은 이 야만적이고 황량한 곳에서 나를 기쁘게 해 줄 일을 찾으시오." 나는 그가 우리에 대해 가진 생각을 확신할 수 있도록 가장 어울리는 답을 했습니다. 그는 마을에 우리 거처를 마련하라는 명령을 내렸고 우리를 저녁 식사에 초대했습니다. 불행하게 추방된 사람치고는 그가 아주 예의바르다고 나는 생각했습니다. 그는 우리 사건의 내용에 대해 공개적으로 그 어떤 질문도 하지 않았습니다. 대화는 일반적이었고 우리는 슬픈 가운데서도 대화를 유쾌하게 이끌려고 노력했습니다.

저녁이 되자 그는 우리를 준비된 거처로 안내받게 했습니다. 그 집은 널빤지와 진흙으로 만들어진 초라한 오두막으로 위쪽에 다락방과 한 개의 층에 두세 칸의 방이 있는 구조였습니다. 대여섯 개의 의자와 몇 가지 생필품이 갖춰져 있었습니다. 그렇게 초라한 집을 보고 마농은 겁에 질린 것 같았습니다. 그녀는 자기 자신보다는 나 때문에 훨씬 더 상심했습니다. 우리 둘만 남게 되자 그녀는 자리에 앉아 비통하게 울기 시작했습니다. 처음에 나는 그녀를 위로하려 했습니다. 하지만 그녀가 나를 안타깝게 여기고, 우리 둘의 불행 가운데서도 내가 겪어야 할 고통만을 생각한다는 말을 듣고는 용기를 보여주고 그녀의 용기를 북돋워주기 위해 아주 명랑한 척했습니다. 나는 말했습니다. "내가 불평할 게 뭐가 있소? 나는 원하는 모든 걸 가졌소. 그대는 나를 사랑하지 않소? 내가 다른 어떤 행복을 꿈꾼 적 있소? 돈에 대해서는 하늘에 맡깁시다. 돈에 대해 그리 절망적이라고는 생각하지 않소. 촌장은 예의바른 사람이고 우리를 존중해주고 있소. 우리를 궁핍하게 버려두지는 않을 거요. 초라한 집과 천박한 가구로 말하자면 여기서 우리보다 더 좋은 집에 좋은 가구를 갖춘 사람들이 거의 없다는 것을 그대도 알잖소." 그녀에게 입 맞추며 덧붙였습니다. "그리고 그대는 훌륭한 연금술사요. 모든 것을 황금으로 변화시킬 수 있으니 말이요."

그녀가 대답했습니다. "그럼 당신이 이 세상에서 가장 부자일 거예요. 설사 당신의 사랑과 같은 사랑이 있어도 당신보다 더 열렬히 사랑받는 것은 불가능하니까요." 그녀는 계속 말을 이어갔습니다. "반성하고 있어요. 나는 당신이 내게 준 놀라운 사랑을 결코 받을 자격이 없음을 잘 알아요. 당신에게 많은 슬픔을 안겼어요. 최고의 선의가 아니면 결코 나를 용서할 수 없는 그런 슬픔을요. 나는 경박하고 변덕스러웠어요. 당신을 언제나 열렬히 사랑하면서도 배은망덕한 짓만 했지요. 하지만 내가 얼마나 변했는지 모를 거예요. 프랑스를 떠날 때부터 당신이 그토록 자주 봤던 내 눈물은 단 한 번도 내 불행을 위해 흘린 적 없었어요. 당신이 내 불행을 나누기 시작하면서 나는 더 이상 불행하다고 느끼지 않게 되었어요. 나는 오직 당신을 향한 애정과 연민 때문에 울었어요. 살면서 잠시나마 당신을 괴롭혔다는 것을 잊을 수가 없어요. 끊임없이 변덕스러웠던 나를 자책하고 자격도 없고 죽음으로도……" 그녀는 펑펑 울면서 덧붙였습니다. "당신에게 저지른 죄의 절반의 대가조차 치를 수 없는 불쌍한 여자 때문에 당신이 사랑의 힘으로 한 일들을 생각하면 감탄하고 감격할 따름이랍니다."

그녀의 눈물, 말 그리고 말하는 어조에 아주 놀라운 인상을 받아서 나는 이를테면 마음이 갈라지는 것 같았습니다. 나는 말했습니다. "그만, 그만해요, 마농. 나는 이토록 강한 그대의 애정 표현을 견딜힘이 없소. 이런 과한 기쁨에 익숙하지 않아요." 나는 소리쳤습니다. "오 하느님! 저는 더 이상 아무것도 바라지 않습니다. 마농의 마음에 대해 확신이 섰습니다. 이것은 제가 바라던 대로의 행복입니다. 이제 더 이상 행복은 멈추지 않고 제대로 구축되었습니다." 그녀가 다시 말했습니다. "당신의 행복이 제게 달려 있는 거라면 당신의 행복은 제대로 자리 잡았어요. 그리고 제 행복을 어디서 찾을 수 있는지도 알겠어요." 내 오두막을 세계 최고의 궁전으로 바꾸어놓은 이 매혹적인 생각을 품에 안고 잠자리에 들었습니다. 이제 아메리카는 내게 환희의 땅인 것 같았습니다. 나는 종종 마농에게 말했습니다. "사랑의 참된 즐거움을 맛보고 싶으면 뉴올리언스로 와야 해. 여기서는 이해관계도 질투도 변덕도 없이 서로 사랑할 수 있어. 우리나라 사람들은 이곳에 황금을 찾으러 오는데 우리가 훨씬 더 값진 보물을 찾아낸 줄은 상상도 못할 거야."

우리는 촌장과의 우정이 유지될 수 있도록 정성을 다했습니다. 그는 우리가 도착한 몇 주 후에 선의를 베풀어 내게 작은 일자리를 주었습니다. 비록 대단한 일자리는 아니었지만 나는 하늘의 호의로 받아들였습니다. 덕분에 나는 누구에게도 신세지지 않고 살 수 있게 되었습니다. 나는 내 하인 한 명과 마농의 하녀 한 명을 고용했습니다. 얼마 되지 않지만 재정상태도 나아졌습니다. 나는 형편에 맞게 처신했고 마농 역시 그러했습니다. 우리는 이웃에게 봉사하고 선행을 베푸는 일도 잊지 않았습니다. 이렇듯 친절한 성격과 온순한 태도로 우리는 그곳 사람들 모두의 신뢰와 애정을 얻었습니다. 얼마 지나지 않아 우리는 많은 덕망을 얻어 그 마을에서 촌장 다음으로 중요한 사람들로 여겨졌습니다.

단순한 일상과 지속적인 평온함 덕분에 종교에 대한 생각들이 서서히 머릿속에 떠오르게 되었습니다. 마농은 결코 신앙이 없는 여인이 아니었습니다. 나 역시 타락한데다 신앙심마저 없음을 자랑하는 지나친 방탕아는 아니었습니다. 우리의 모든 일탈은 사랑과 젊음에서 비롯된 것이었습니다. 경험이 우리 나이를 대신하기 시작했습니다. 경험은 우리에게 세월이 주는 효과를 주었습니다. 언제나 사려 깊은 대화를 통해 우리는 조금씩 고결한 사랑에 대한 취향을 갖게 되었습니다. 먼저 내가 마농에게 이런 변화를 말했습니다. 나는 그녀의 마음의 원칙을 알고 있었습니다. 그녀는 모든 감정에 있어 곧고 거짓이 없었습니다. 이는 언제나 미덕으로 향할 수 있는 장점이었습니다. 나는 그녀에게 우리 행복에 무언가 부족한 것이 있음을 이해시켰습니다. 나는 말했습니다. "그것은 우리 행복을 하늘로부터 인정받는 거요. 우리는 둘 다 너무 아름다운 영혼과 훌륭한 마음을 갖고 있어서 의무를 망각한 채 살아갈 수는 없어요. 프랑스에서 의무를 망각한 채 살았던 때를 생각해 봐요. 그때 우리는 사랑을 멈출 수도 없었고 정당한 방법으로 만족할 수도 없었소. 하지만 아메리카에서는 모든 것이 우리 자신에게 달려 있고 신분과 예절, 관습 따위는 문제가 되지 않으며 심지어 사람들은 이미 우리가 결혼했다고 생각하니 실제로 우리가 결혼하고 종교적 서약으로 우리 사랑을 고귀하게 하는 것을 누가 막겠소." 나는 덧붙였습니다. "나는 몸도 마음도 그대에게 다 줘서 새로이 줄 것은 아무것도 없지만 교회 제단 아래서 다시 한 번 다 주고 싶소." 이 말에 그녀의 마음에 기쁨이 스며든 것 같았습니다. 그녀는 대답했습니다. "여기 온 이후 나도 그 생각을 수 없이 했었다면 믿겠어요? 당신 마음을 불편하게 할까 두려워 마음속의 이 바람을 차마 입 밖에 내지 못했어요. 당신의 아내가 되고 싶다는 오만한 생각을 할 수는 없었어요." 나는 답했습니다. "아! 마농, 하늘이 내게 왕관을 쓰고 태어나게 해 주셨다면 그대는 곧 왕비가 될 거요. 망설이지 맙시다. 우리에게는 두려워할 어떠한 장애물도 없어요. 나는 바로 오늘 촌장에게 이에 관해 이야기하고 지금까지 그를 속여 왔다고 고백하려 하오." 나는 덧붙였습니다. "결혼이란 벗어날 수 없는 굴레라는 두려움은 저속한 연인들이나 하는 생각이오. 만일 그들이 우리처럼 계속 사랑할 거라는 확신이 있다면 두려워하지 않을 거요." 이 결심을 듣고 마농은 더없이 기뻐했습니다.

나는 당시 내 상황에서 내 계획에 동의하지 않을 사람은 단 한 명도 없을 거라고 확신합니다. 즉 억제할 수 없는 정열에 운명적으로 사로잡혀서 억누를 수 없는 참회의 공격을 받고 있는 상태에서 말입니다. 하지만 오직 하느님의 마음에 들기 위해 세운 계획을 거부할 만큼 하느님이 가혹하여 내가 고통 받는다면 그 부당함에 대해 내가 불평한다고 해서 비난할 사람이 있을까요? 아아! 그것이 거부당하다니 무슨 말을 할 수 있겠습니까? 하느님은 그것을 죄로 다스리셨습니다. 내가 악의 길을 향해 맹목적으로 걸어갈 때는 인내심을 갖고 참아주셨는데 미덕의 길로 되돌아오기 시작할 때 가장 가혹한 형벌을 내리셨습니다. 그 어떤 것보다 가장 치명적인 사건 이야기를 끝낼 힘이 없을까 봐 걱정됩니다.

나는 마농과 약속한 대로 우리 결혼식에 대한 동의를 구하러 촌장의 집에 갔습니다. 만일 당시 그 마을의 유일한 사제인 촌장의 부속사제가 촌장의 입회가 없어도 예식을 주관해줄 거라 예상할 수 있었다면, 나는 촌장에게도 다른 누구에게도 그 이야기를 하지 않도록 조심했을 겁니다. 하지만 그가 조용히 처리해주리라 기대할 수 없었으므로 나는 공개적으로 행동하는 편을 택했습니다. 촌장에게는 시느레라는 이름의 조카가 있었는데 촌장은 그를 매우 아꼈습니다. 그는 서른 살로 용감하긴 했지만 격하고 거친 사람이었습니다. 그는 미혼이었습니다. 그는 우리가 도착한 날부터 마농의 아름다움에 매료되어 있었습니다. 그리고 9-10개월 동안 수많은 기회에 그녀를 만나면서 남몰래 품고 있던 그녀를 향한 그의 열정이 불타오르게 되었습니다. 그렇지만 그는 삼촌이나 온 마을 사람들과 마찬가지로 내가 실제로 마농과 결혼했다고 알고 있어서 아무것도 드러내지 않을 만큼 자신의 사랑을 잘 다스려왔고 그 열정은 내게로 표현되어 여러 차례 내 편의를 봐줬습니다. 내가 성채에 도착했을 때 그는 삼촌과 함께 있었습니다. 그에게 내 계획을 비밀에 부쳐야 할 어떤 이유도 없었으므로 나는 아무렇지 않게 그 앞에서 내 이야기를 했습니다. 촌장은 평소처럼 친절하게 내 이야기를 들었습니다. 나는 그에게 내 이야기를 했고 그는 기꺼이 들어줬습니다. 그리고 내가 결혼식에 참석해달라고 했을 때 그는 관대하게도 모든 예식 비용을 대겠다고 했습니다. 나는 아주 만족한 채 집에 돌아왔습니다.

한 시간 후에 보좌신부가 우리 집에 왔습니다. 나는 그가 결혼식에 대해 몇 가지 알려줄 것이 있어서 왔다고 생각했습니다. 하지만 냉랭하게 인사를 하고 그는 간단명료하게 촌장이 내 결혼식을 금하며 마농에게는 다른 계획이 있다고 알려주었습니다. "마농에게는 다른 계획이라뇨?" 나는 극심한 심적 충격을 느끼며 신부에게 말했습니다. "신부님, 도대체 어떤 계획이죠?" 그는 내게 촌장이 지배자이고 마농은 프랑스에서 식민지로 보내졌으니, 촌장은 그녀를 마음대로 처분할 수 있음을 알고 있지 않느냐고 했습니다. 그리고 지금까지 그가 그렇게 하지 않은 것은 그녀가 결혼했다고 생각했기 때문인데 이제 바로 나를 통해 그녀가 결혼하지 않았다는 사실을 알게 되었으니 그녀에 대해 연정을 품은 시느레에게 그녀를 주는 것이 타당하다고 했습니다. 나는 흥분해서 신중함을 잃었습니다. 나는 촌장이든 시느레든 그리고 마을 사람들 누구든 내 아내 혹은 그들이 부르는 대로 내 애인에게 감히 손도 댈 생각하지 말라고 소리치며 신부에게 내 집에서 당장 나가라고 명령했습니다.

나는 방금 들은 비통한 전언을 즉시 마농에게 알렸습니다. 내가 돌아온 후 시느레가 자기 삼촌의 마음을 흔들었고 이는 오래전부터 숙고된 어떤 계획의 결과라고 판단했습니다. 그들은 가장 권력 있는 사람들이었습니다. 우리는 뉴올리언스에 있는 것이 다른 세계와는 완전히 동떨어진 바다 한가운데 있는 것 같다고 느꼈습니다. 어디로 가야 할까요? 미지의 황폐한 지방 혹은 맹수들과 맹수들만큼 야만적인 미개인들이 사는 곳으로 가야 하나요? 나는 마을에서 존경을 받고 있었지만 불행에 처해 적절한 도움을 바랄 수 있을 정도로 사람들을 내 편으로 감동시키기를 바랄 수는 없었습니다. 돈이 필요했지만 나는 가난했습니다. 게다가 사람들을 선동하는 것은 성공이 불확실했고, 돈이 부족하면 우리 불행은 치유불가능하게 될 것이었습니다. 이 모든 생각들로 머릿속이 복잡했습니다. 그 생각 가운데 일부를 마농에게 말했습니다. 그리고는 그녀의 대답도 듣지 않고 새로운 생각들을 하고 있었습니다. 한 가지 결정을 내렸다가 다른 것이 생각나면 그 생각을 버렸습니다. 혼잣말을 했고 내 생각에 아주 큰소리로 대답하기도 했습니다. 마침내 나는 지금껏 이와 같은 일이 없었기 때문에 그 어떤 것과도 견줄 수 없는 흥분상태에 빠졌습니다. 마농은 나를 바라봤습니다. 그녀는 내가 혼란스러워 하는 것을 통해 큰 위험이 닥치고 있다고 생각했습니다. 그리고는 이 사랑스러운 여인은 자기 자신보다는 나 때문에 두려워하며 그 두려움을 말할 엄두조차 내지 못했습니다. 여러 가지로 생각한 끝에 촌장을 만나 명예에 호소하여 그를 움직이거나, 그를 향한 나의 존경심과 나를 향한 그의 애정을 상기시켜 그를 움직여보기로 마음먹었습니다. 마농은 내가 나가는 것에 반대했습니다. 그녀는 눈물을 흘리며 말했습니다. "당신은 죽으러 가는 거예요. 그들이 당신을 죽일 거예요. 나는 당신과 함께 죽겠어요." 나는 가야하고 그녀는 집에 있어야 한다고 그녀를 설득하는 데 아주 많은 노력이 필요했습니다. 나는 곧 다시 만날 거라고 약속했습니다. 그러나 그녀도 나도 몰랐습니다. 하느님의 모든 분노와 우리 적들의 격분이 바로 그녀 자신에게로 향할 것이라는 사실을 말입니다.

나는 성채로 갔습니다. 촌장은 사제와 함께 있었습니다. 나는 그를 감동시키기 위해 다른 이유에서였더라면 수치스러워 죽었을 만큼 굴종의 태도로 몸을 낮췄습니다. 나는 잔인하고 사나운 호랑이와 같은 마음이 아니면 어떤 감동을 일으킬 수 있는 온갖 동기로 그를 설득했습니다. 그러나 피도 눈물도 없는 촌장은 내 탄식에 딱 두 가지 답만을 했고 그것을 계속 반복했습니다. 그는 내게 말했습니다. 마농에 대한 권한은 자신에게 있고 자기는 조카와 약속을 했노라고. 나는 끝까지 자제하기로 마음먹었습니다. 나는 그를 친구로 믿고 있어서 그가 내 죽음을 바라지는 않을 거라고 생각하는데 나는 애인을 잃느니 죽음을 택하겠다고 말했습니다.

나오면서 나는 조카를 위해서라면 지옥에라도 떨어질 이 고집 센 늙은이로부터는 아무것도 기대할 것이 없음을 확신했습니다. 그렇지만 나는 끝까지 절제하는 모습을 유지하겠다는 생각을 지켰고 그래도 끝까지 부당하게 행동하면 사랑으로 인한 가장 피비린내 나고 끔찍한 장면을 아메리카에 선사하겠노라 결심했습니다. 이 계획을 생각하며 집으로 돌아갔고 바로 그때 나의 파멸을 서두르고 싶어 한 운명의 신은 나와 시느레를 만나게 했습니다. 시느레는 내 눈에서 내 생각의 일부를 읽었습니다. 이미 말했던 것처럼 그는 용감한 사람이라 내게로 왔습니다. 그가 말했습니다. "나를 찾고 있지 않소? 나 때문에 상처 입은 것을 알고 있소. 그래서 그대와 결투를 하지 않을 수 없다는 것을 충분히 예상했소. 누가 행복한 사람인지 겨뤄 봅시다." 나는 그의 말이 맞노라고 우리의 갈등을 끝낼 수 있는 것은 죽음뿐이라고 대답했습니다. 우리는 마을 밖에서 서로 백 보 정도 거리를 두고 마주 섰습니다. 서로에게 칼을 휘둘렀고 나는 그에게 상처를 입힌 동시에 그의 칼을 뺐습니다. 그는 자신의 불행에 너무 화가 나서 나에게 살려달라고 애원하지도 않고 마농을 포기하는 것도 거부했습니다. 아마도 나는 그에게서 한꺼번에 두 가지 모두를 빼앗을 수 있었겠지만 관대한 피는 결코 변하지 않았습니다. 나는 그에게 칼을 던져주었습니다. 나는 말했습니다. "다시 시작합시다. 그리고 이번에는 봐 주지 않겠소." 그는 엄청난 분노로 나를 공격했습니다. 고백하건대 나는 파리에서 고작 3개월간 도장에 다녔을 뿐이어서 검술에 능하지 않았습니다. 내 검을 움직인 것은 사랑이었습니다. 시느레는 내 팔 여기저기를 찔렀습니다. 하지만 나는 기회를 엿봐 그에게 일격을 가했고 아주 강한 그 일격을 받고 그는 내 발 밑에 쓰러져 움직이지 않았습니다.

생사를 건 결투에서 이겼다는 기쁨도 잠시 나는 이 죽음이 가져올 파장에 대해 생각해보았습니다. 나는 사면도 집행유예도 바랄 수 없었습니다. 이미 언급한 바와 같이 조카에 대한 촌장의 각별한 사랑을 알고 있었으므로, 그의 죽음이 알려진 직후 내 죽음이 뒤따를 것이라고 확신했습니다. 이 두려움이 얼마나 큰 것이든 그것이 내 불안의 가장 중요한 이유는 아니었습니다. 마농, 마농의 피해, 그녀의 위험 그리고 그녀를 잃을 수밖에 없는 필연성에 눈앞이 캄캄해져서 내가 어디 있는지조차 알 수 없게 되었습니다. 나는 시느레를 죽인 것을 후회했습니다. 즉시 스스로 목숨을 끊는 것만이 내 고통의 유일한 치유제인 것 같았습니다. 그렇지만 바로 이 생각으로 인해 나는 정신을 차리고 한 가지 결심을 하기에 이르렀습니다. 나는 소리쳤습니다. "뭐라고! 고통을 끝내기 위해 죽고 싶다고? 그러면 내게 사랑하는 연인을 잃는 것보다 더 두려운 것이 있단 말인가? 아! 내 연인을 구하기 위해 아무리 지독한 괴로움이라도 견뎌내자. 그리고 그것을 참아낸 것이 소용없게 되면 그때 죽기로 하자." 나는 다시 마을로 갔습니다. 그리고는 집에 들어갔습니다. 집에는 공포와 불안으로 사색이 된 마농이 있었습니다. 내가 나타나자 그녀는 생기를 되찾았습니다. 나는 방금 일어난 끔찍한 사건을 그녀에게 감출 수 없었습니다. 그녀는 시느레가 죽었다는 것을 듣고 내 상처를 보고는 의식을 잃고 내 품에 쓰러졌습니다. 그녀가 정신을 되찾게 하는데 15분이나 걸렸습니다.

나 자신도 반쯤 죽은 상태였습니다. 그녀의 안전을 위해서도 나의 안전을 위해서도 길이 안 보였습니다. 그녀가 약간의 기운을 되찾자 내가 말했습니다. "마농, 우리 어떻게 하면 좋겠소? 아아! 어떻게 해야 할까? 나는 멀리 떠나야 하오. 그대는 마을에 남고 싶소? 그러면 남아요. 그대는 아직 행복할 수 있어. 그리고 나는 그대를 떠나 야만인들이나 맹수의 발톱 사이에서 죽음을 맞이하겠소." 그녀는 쇠약한 상태에도 불구하고 일어났습니다. 그녀는 내 손을 잡고 문 쪽으로 끌고 갔습니다. 그녀는 말했습니다. "함께 도망쳐요. 지체하지 말아요. 시느레의 시체가 우연히 발견되었을 수도 있고 그러면 우리는 달아날 시간이 없어요." 나는 완전히 감정이 격해진 채 다시 말했습니다. "하지만 사랑하는 마농! 도대체 우리가 어디로 갈 수 있단 말이오? 무슨 방법이 있어서? 차라리 그대는 나 없이 여기서 살고 나는 촌장에게 자수하는 편이 더 낫지 않을까요?" 이 제안에 그녀는 더 열의를 다 해 떠나려고 했습니다. 나는 아직 정신이 있어서 떠나면서 방에 있던 독한 술 몇 병과 주머니에 담을 수 있는 만큼의 양식을 모두 챙겼습니다. 옆방의 하인들에게 저녁 산책을 간다고 말했습니다. 우리는 매일 저녁 산책하는 습관이 있었습니다. 그리고는 연약한 마농의 상태에서는 무리가 될 만큼 빨리 걸어 마을을 벗어났습니다.

어디로 피신하면 좋을지 여전히 불확실한 상태였지만 그래도 나는 두 가지 희망을 갖고 있었습니다. 희망이 없었더라면 마농이 어찌될지 모르는 불확실한 상태보다는 차라리 죽음을 택했을 것입니다. 아메리카에 간지 거의 열 달 만에 나는 그곳에 대해 충분히 알게 되어 미개인들을 어떻게 길들여야 하는지 알고 있었습니다. 죽음을 두려워하지 않고 그들과 함께 있을 수 있었습니다. 심지어 다양한 기회로 그들을 만나면서 몇 마디 말과 관습을 약간 배우기도 했습니다. 이렇게 보잘 것 없는 수단에 더하여 신대륙에 우리처럼 식민지를 갖고 있는 영국인들 쪽에서 제공하는 수단이 한 가지 더 있었습니다. 하지만 거리가 먼 것이 걱정스러웠습니다. 영국의 식민지까지 가려면 여러 날 황무지를 횡단해야 했습니다. 그리고 산이 아주 높고 가팔라서 아무리 거칠고 힘센 남자들도 산을 넘기가 어려웠습니다. 그럼에도 불구하고 나는 이 두 가지 수단을 이용할 수 있기를 은근히 기대했습니다. 미개인들은 길을 인도해주고, 영국인들은 우리를 받아주는 것 말입니다.

이 기특한 연인이 좀 더 일찍 멈추자고 해도 계속 거절했기 때문에 우리는 마농의 기운이 견딜 수 있는 만큼 오랫동안 걸어 약 8킬로미터를 갔습니다. 마침내 기진맥진한 그녀는 더 이상 걸을 수 없다고 고백했습니다. 이미 밤이었습니다. 우리는 몸을 숨길 나무 한 그루 없는 드넓은 평원 한가운데 앉았습니다. 가장 먼저 그녀는 출발할 때 동여매준 내 상처부위의 붕대를 바꿔줬습니다. 아무리 사양해도 소용없었습니다. 그녀는 자기 자신의 안전을 생각하기에 앞서 내가 편안하고 위험이 없는 것을 확인하고 싶어 했습니다. 내가 그녀에게 이런 만족감을 주지 않으면 그녀는 극도로 고통스러워했을 겁니다. 나는 얼마동안 그녀의 바람대로 해주었습니다. 나는 말없이 부끄러운 마음으로 그녀의 간호를 받았습니다. 하지만 그녀가 자신의 애정에 만족하자 내 애정이 열정적으로 샘솟았습니다. 나는 옷을 모두 벗어서 그녀 아래 깔아 바닥을 덜 딱딱하게 만들어 주었습니다. 그녀의 반대에도 불구하고 그녀가 조금이라도 덜 불편할 수 있다고 생각되면 나는 모든 것을 해주었습니다. 뜨거운 입맞춤과 입김으로 그녀의 손을 따뜻하게 해주었습니다. 밤새 그녀 곁을 지키며 그녀에게 달콤하고 평화로운 잠을 허락해달라고 하느님께 기도했습니다. 오 하느님! 그 기도가 얼마나 강하고 절실했는지 아세요! 그런데도 그 기도를 들어주지 않으신 것은 얼마나 가혹한 심판인가요? 죽을 것처럼 아픈 이야기를 몇 마디 말로 끝내는 것을 용서해주십시오. 나는 지금부터 유례없이 불행한 이야기를 하려 합니다. 내 남은 인생은 그 불행을 한탄하며 지내도록 운명 지어졌습니다. 하지만 비록 그것은 내 기억 속에 영원히 있지만, 내가 표현하려 할 때마다 내 영혼이 두려워하며 물러섭니다.

우리는 조용히 밤을 보내고 있었습니다. 나는 연인이 잠들어 있다고 생각했고 그녀의 잠을 깨울까 봐 숨소리조차 제대로 내지 않았습니다. 새벽이 되어 그녀의 손을 만져보고는 손이 차갑고 떨리고 있음을 알아차렸습니다. 나는 그녀의 손을 따뜻하게 해주려고 내 가슴으로 가져갔습니다. 그녀는 이 움직임을 느꼈습니다. 내 손을 잡으려고 애쓰면서 약한 목소리로 자신의 마지막이 가까운 것 같다고 말했습니다. 처음에 나는 이 말을 불행한 여인이 하는 일상적인 말로만 여겼습니다. 그래서 애정 가득한 말로 답해줄 뿐이었습니다. 하지만 그녀의 숨이 가빠지고 내 질문에 답을 못하며 그녀의 손을 쥐고 있는 내 손만을 쥐고 있는 모습을 보고는 그녀의 불행의 끝이 다가오고 있음을 알게 되었습니다. 그때의 내 감정을 묘사해보라거나 그녀의 마지막 상태를 이야기해달라고 하지 마십시오. 나는 그녀를 잃었습니다. 그리고 그녀가 숨을 거두는 바로 그 순간에 그녀로부터 사랑의 표식을 받았습니다. 이것이 이 숙명적이고 안타까운 사건에 관해 제가 당신께 알려드릴 수 있는 모든 것입니다.

내 영혼은 마농의 영혼을 따르지 못했습니다. 하느님은 틀림없이 이것만으로는 내가 충분히 벌 받았다고 생각지 않는 것 같았습니다. 하느님은 이후에도 내가 지치고 불행한 삶을 살아가길 원했습니다. 나는 기꺼이 그리고 영원히 더 행복한 삶에 대한 생각을 포기했습니다.

나는 내 소중한 마농의 얼굴과 손에 내 입을 맞춘 채 스물 네 시간 이상을 그대로 있었습니다. 나는 그곳에서 죽을 계획이었습니다. 하지만 이튿날 새벽에 내가 죽으면 그녀의 시신이 야생동물의 먹이가 될지도 모른다는 생각이 들었습니다. 나는 그녀를 묻어주고 그녀의 무덤 위에서 죽음을 기다리겠다고 생각했습니다. 굶주림과 고통으로 인해 쇠약해져 나는 이미 죽음에 아주 가까이 다가가 있어서, 서 있는데도 엄청난 노력이 필요할 정도였습니다. 가지고 온 술에 의지해야만 했습니다. 술 덕분에 나는 서글픈 의식을 거행할 만큼의 힘을 얻었습니다. 내가 있는 곳에서 땅을 파는 것은 어렵지 않았습니다. 그곳은 모래로 덮인 땅이었습니다. 땅 파는 도구로 쓰려고 칼을 잘랐지만 손으로 파는 것만큼 도움이 되지 않았습니다. 커다란 구덩이를 팠습니다. 모래가 닿지 않게 내 옷으로 그녀를 정성스레 감싼 후에 구덩이 속에 내 마음의 우상을 넣었습니다. 가장 완전한 사랑이 깃든 모든 열정으로 수천 번 입을 맞춘 후에야 그녀를 그곳에 둘 수 있었습니다. 나는 또 다시 그녀 옆에 앉아 오랫동안 그녀를 관찰했습니다. 흙을 덮을 결심이 서지 않았습니다. 마침내 나는 다시 힘이 빠지기 시작했고 소임을 다하기 전에 완전히 힘을 잃게 될까 봐 두려워서 대지가 가져다 준 가장 완벽하고 사랑스러운 존재를 대지의 품속에 영원히 돌려주었습니다. 그런 다음 무덤 위 모래에 얼굴을 묻고 누웠습니다. 그리고 결코 다시 뜨지 않을 작정으로 눈을 감고서 하늘의 도움을 간청하며 초조하게 죽음을 기다렸습니다. 믿기 어려울지 모르겠지만 이 슬픈 의식을 행하는 내내 눈물 한 방울 한숨 한 번도 나오지 않았습니다. 나의 망연자실과 죽음의 각오가 절망과 고통의 모든 표현방법을 차단했습니다. 또한 무덤 위에 누운 후 얼마 지나지 않아 나는 남아 있는 약간의 의식과 감정마저 잃어버렸습니다.

방금 들은 이야기 이후, 이야기의 결말은 거의 중요하지 않아서 애써 들으실만한 것이 못됩니다. 시느레는 마을로 옮겨져 정성스럽게 치료받았는데 죽지 않았을 뿐만 아니라 심각한 상처도 입지 않았습니다. 그는 삼촌에게 우리 사이에 일어난 일을 알려주었고 너그러운 마음으로 내가 그에게 베풀어준 자비를 알렸습니다. 사람들은 나를 찾았고 나와 마농이 안 보이자 달아났을 거라고 의심했습니다. 나를 찾으러 사람을 보내기에는 너무 늦은 시각이었습니다. 하지만 다음날과 그 다음날에 나를 찾는 데 사람들이 동원되었습니다. 사람들은 마농의 무덤 위에서 죽은 듯한 나를 발견했습니다. 그리고 내가 옷을 거의 벗은 채 상처에서 피가 나고 있어서 나를 발견한 사람들은 내가 도둑을 만나 살해당했다고 확신했습니다. 그들은 나를 마을로 옮겼습니다. 운반되는 도중에 나는 의식을 되찾았습니다. 눈을 뜨자 아직 살아 있다는 생각에 한숨이 나왔습니다. 그 소리를 듣고 사람들은 내가 아직 구조의 희망이 있는 상태라고 알게 되었습니다. 나에게 너무나 친절한 도움을 주었습니다. 그래도 나는 좁은 감옥에 갇혔습니다. 심문을 받았고 마농이 보이지 않는 것은 분노와 질투로 내가 그녀를 없앴기 때문이라 추정되었습니다. 나는 서글픈 사건을 사실대로 이야기했습니다. 내 이야기를 듣고 아주 고통스러워했지만 시느레는 내 사면을 청하는 너그러움을 보였습니다. 그의 청원은 받아들여졌습니다. 나는 너무나 허약해서 사람들이 나를 감방에서 병원으로 옮겨야 했고, 석 달 동안 심한 병으로 몸져누웠습니다. 삶에 대한 나의 증오는 전혀 줄어들지 않았습니다. 나는 계속 죽기를 바랐고 오랫동안 모든 약을 끈질기게 거부했습니다. 하지만 하느님은 나를 그토록 엄하게 벌한 후에 내 불행과 당신의 벌을 내게 유용한 것으로 만들려 하셨습니다. 하느님의 빛이 나를 비췄고 이를 통해 내 혈통과 교육에 어울리는 생각들이 떠올랐습니다. 내 마음에서 평온함이 약간 되살아났고 이 변화에 뒤이어 나는 회복되었습니다. 명예의 속삭임에 나를 온전히 내맡겼습니다. 그리고 일 년에 한 번 아메리카로 오는 프랑스의 배를 기다리면서 소소한 내 일을 충실히 계속 해나갔습니다. 나는 성스럽고 절도 있는 생활로 내 행실의 추문을 사죄하기 위해 조국으로 돌아갈 결심을 했습니다. 시느레는 사랑하는 내 연인의 유해를 좋은 곳으로 이장하는 데 정성을 기울여 주었습니다.

몸이 회복되고 약 6주 후 어느 날 혼자 해변을 산책하다가 상거래를 위해 뉴올리언스에 온 배 한 척이 도착하는 것을 보았습니다. 나는 선원들의 하선을 지켜보았습니다. 마을을 향해 걸어 나오는 사람들 가운데서 티베르주를 알아보고는 엄청나게 놀랐습니다. 슬픔으로 인해 내 얼굴이 변했는데도 불구하고 이 충실한 친구는 멀리서도 나를 알아봤습니다. 그는 내게 자신이 온 유일한 이유는 나를 프랑스로 데려가려는 것이라고 했습니다. 르아브르에서 내가 쓴 편지를 받고 나를 도와주러 직접 그곳에 갔었다고 했습니다. 내가 떠났다는 것을 알고 몹시 괴로웠고 출항하는 배가 있으면 바로 나를 따르려 했다는 것입니다. 여러 달 동안 여러 항구를 찾아다닌 끝에 생 말로에서 마르티니크로 가기 위해 닻을 올리는 배를 발견했고 거기서 뉴올리언스까지 쉽게 갈 수 있으리라는 희망을 안고 그 배에 올랐다고 했습니다. 그런데 배는 도중에 스페인 해적의 습격을 받아 해적의 근거지 섬으로 끌려갔으나 재치를 발휘해 그곳을 빠져나왔다고 했습니다. 그리고 다양한 여정을 거친 후에 방금 도착한 작은 배에 올라탔고 다행스럽게 내 곁으로 올 수 있었다는 것입니다.

나는 이토록 관대하고 한결같은 친구에게 어떻게 감사를 표해야 좋을지 몰랐습니다. 그를 집으로 데려갔습니다. 내가 가진 모든 것을 그에게 다 내어주었습니다. 프랑스를 떠나온 이후 있었던 모든 일을 알려주었고 그에게 예상치 못한 기쁨을 안겨주기 위해 그가 예전에 내 마음에 뿌려둔 미덕의 씨앗이 그가 만족할만한 결실을 맺기 시작했다고 말했습니다. 그는 이렇게 달콤한 확신을 들으니 힘든 여정의 피로가 모두 풀린다고 했습니다.

우리는 프랑스행 배를 기다리며 뉴올리언스에서 두 달을 함께 지냈습니다. 그리고는 마침내 배를 타고 보름 전에 르아브르 드 그라스에 도착했습니다. 도착하자마자 바로 가족에게 편지를 썼습니다. 형님의 답장을 통해 아버지께서 돌아가셨다는 슬픈 소식을 접했습니다. 분명히 내 방황이 아버지의 죽음을 재촉했을 것임을 알기에 몸이 떨렸습니다. 칼레 항로의 바람이 좋아서 나는 당장 배에 올랐습니다. 이 도시에서 몇 킬로미터 떨어진 곳에 있는 부모님의 지인 집에 갈 계획인데, 형님이 거기서 나를 기다리고 있다고 편지에 씌어 있었습니다.

마농 레스코

초판 1쇄 인쇄 2016년 5월 10일
초판 1쇄 발행 2016년 5월 16일

지은이 아베 프레보
옮긴이 홍지화
발행인 신현부
발행처 부북스

주소 서울시 중구 동호로17길 256-15
전화 02-2235-6041
팩스 02-2253-6042
이메일 boobooks@naver.com

ISBN 979-11-86998-36-6 (04860)

이 도서의 국립중앙도서관 출판예정도서목록(CIP)은 서지정보유통지원시스템 홈페이지
(http://seoji.nl.go.kr)와 국가자료공동목록시스템(http://www.nl.go.kr/kolisnet)에서
이용하실 수 있습니다.(CIP제어번호: CIP2016010404)